Werner Killersreiter

Fraumännchen sind des Mannes Tod!

Virtutes Satire

Wichtiger Hinweis:
Dies ist ein Text voller Satire, dessen Handlung und Personen frei erfunden sind. Sie entstammen allein der Fantasiewelt des Autors. Jedwede Ähnlichkeiten mit lebenden Personen sind rein zufällig. Reale Namen und Lokalitäten wurden nur verwendet, soweit sie im öffentlichen Leben allgemein bekannt sind.

Google Suchergebnis „Satire“:
Satire ist eine Kunstform, mit der Personen, Ereignisse oder Zustände kritisiert, verspottet oder angeprangert werden.
(Ich wollte Ihnen, liebe Leser, etwas Mühe ersparen!)

Bibliografische Information der Deutschen Nationalbibliothek
Die Deutsche Nationalbibliothek verzeichnet diese Publikation in der Deutschen Nationalbibliografie; detaillierte bibliografische Daten sind im Internet über http://dnb.d-nb.de abrufbar.

Werner Killersreiter
Fraumännchen sind des Mannes Tod!
Virtutes Satire

Berlin: Pro BUSINESS 2017

ISBN 978-3-86460-673-1

1. Auflage 2017

Produktion und Herstellung: Pro BUSINESS GmbH
Gedruckt auf alterungsbeständigem Papier
Printed in Germany
www.book-on-demand.de

Virtutes GmbH, Voglau 21, D-94032 Passau
Website des Autors: www.facebook.com/werner.killersreiter

Dieser Roman ist meinen Eltern
Hedwig und Karl Killersreiter gewidmet,
denen ich letztlich Alles zu verdanken habe.
Ich war immer sehr stolz auf Euch und habe so vieles von Euch gelernt!

Mein besonderer Dank geht an
meinen Kaffeehaus-Spezi „Bernhard“
und
„Herrn Franz“,
den wohl besten Ober der Welt,
für seine nie endende gute Laune und seine grandiose Schlagfertigkeit!

Dieser Roman wurde ausschließlich in den Kaffeehäusern von Passau geschrieben und ist somit

100 % made in Niederbayern!

Inhaltsverzeichnis

Der echte Mann, der Dinosaurier des 21. Jahrhunderts

Haben sie eigentlich gewusst, dass das männliche Wesen vom Aussterben bedroht ist? Nicht? Doch, doch, das ist eine traurige Wahrheit. Und dies nicht erst in 50 Jahren, sondern schon jetzt. Glauben sie nicht? Ist aber so. Der Mann ist sozusagen ein komplettes Auslaufmodell! Verstehen sie mich bitte richtig. Ich meine den echten, den ursprünglichen Mann. So einen wie mich halt. Also nicht so einen, wie er heute auf den Straßen herum läuft oder genauer gesagt, wie man ihn am häuslichen Herd kochen oder beim täglichen Putzen oder vor dem Kindergarten herumlungern sieht. Also nicht den, den man in den Medien den „modernen Mann“ nennt. Wenn ich das schon höre „moderner Mann“. Was soll das denn sein. Modern und Mann, was hat das denn miteinander zu tun. Angefangen hat das ganze Aussterben des Mannes eigentlich mit der Frau, der sogenannten „modernen Frau“.

Also nochmal für alle zum Mitschreiben: Der Mann ist akut vom Aussterben bedroht und da meine ich eben nicht diesen geklonten Twitter-Typen namens „Fraumännchen“ mit kurz geschorenen Brusthaaren. In meinem Umfeld gibt es einige böse Stimmen, die behaupten, ich wäre ein alter Macho. Aber woher denn, sage ich da. Mit 55 steht man erst 11 Jahre vor dem eigentlichen männlichen Lebenszenit. Den lebenden Beweis dafür können sie jederzeit in Udo Jürgens Kassenschlager nachhören, der die Mannesblüte klar mit dem Rentenbeginn einhergehen lässt. Ich jedenfalls bin einfach nur ein echter Mann, so wie ihn Gott geschaffen hat. Ein direkter Nachfahre von Adam. So einer für einen roten Zwölfzylinder aus Maranello und nicht für einen Citroen Cactus mit Knautschzone an beiden Seiten. Mein Gott, das weiß doch wirklich jeder, dass das Einparken nur von Erfolg gezeitigt sein kann, wenn einer durch die eigenen Gene so gepolt ist, dass ein beiläufiger Blick in die Rückspiegel genügt, um eine S-Klasse von Daimler allein durch die leichte Drehung des rechten Ringfingers punktgenau in eine enge Parklücke zu bugsieren. Na, wer will denn da noch von Macho reden, liebe Damen. Das ist Feingefühl pur. Glauben sie wirklich, so ein blasser Twingo-Kevin, dessen automobile Welt spätestens nach 3,78 Meter an der Plastikstoßstange seines vierrädrigen Kinderrollers endet, könnte jemals eine solche Präzisionstat vollbringen? Mitnichten!

Also, dieser Ur-Mann stirbt eben aus! Einer der letzten dieser Spezies schreibt gerade diese Zeilen. Macht sie dies nicht unheimlich traurig? Resignieren sie aber nicht! Jede einzelne von ihnen kann etwas dagegen tun, um diese bedrückende Entwicklung zu stoppen. Sie, liebe Damen, müssen sich dabei ihrer ureigensten, weiblichen Qualitäten besinnen. Okay, die meisten von ihnen müssen dabei vielleicht einige Jahre oder gar Jahrzehnte zurückschauen. Sagen wir mal in eine Zeit, in der sie Stunden damit verbrachten, das richtige Outfit für ihren abendlichen Discothekenbesuch zusammen zu stellen. Sexy Top, knallenge Jeans, betonte Lippen und ein einladendes Lächeln. Also alle Zutaten, um der aussterbenden Spezies Mann wieder eine neue Chance zu geben. Vergessen sie nun bitte die armen Wale oder den übergewichtigen Pandabären aus Fernost! Hier in ihrem direkten Umfeld ist ihr neues lohnenswertes Subventionsgebiet. Seien sie so lieb und schauen sie einmal auf den netten Herrn, der vielleicht gerade neben ihnen sitzt! Ja, diesen etwas blassen Mittvierziger mit der leichten Glatzen-Bildung rechts von ihnen. Ja genau, der mit der blau-weiß karierten Krawatte! Er ist ihr neuer schützenswerter Finnwal. Ab sofort können sie persönlich ihn wieder aufpäppeln.

Es ist eigentlich alles ganz einfach. Bieten sie ihm nur den totalen Kontrast! Seien sie einfach wieder eine ganz „NORMALE FRAU“! Oh, oh, höre ich es da schon wieder aus so manchem geistigen Hinterstübchen – ich bin doch eine Frau und bestimmt nicht unnormal!
Jetzt aber mal so richtig zum Mittippen auf der Logitech-Tastatur: Eine normale Frau ist das 180 % Gegenteil eines normalen Mannes!

Vielleicht streuen wir hier gleich einige Beispiele ein, um den heutigen Lernstoff für sie, als Leser zu vertiefen, okay? Ich schlage dazu vor, dass wir ab sofort nicht mehr den Begriff „normaler Mann“, sondern einfach das für einen normalen Mann so passende Personalpronomen „ich“ zu verwenden. Verstanden? Gut! Also wenn ich z.B. einer attraktiven, sagen wir einmal 1,76 m großen, wohl geformten, brünetten Langbeinschönen aufmunternd zulächle, dann ist eben das weibliche Gegenteil ein freundlich aufmunternder Augenlidniederschlag, der zeigt, wie sehr unsere Beispielsdame sich angenehm überrascht zeigt ob des anerkennenden Interesses meinerseits. Ist da etwa nicht der 180 % Gegensatz erkennbar?
Oder ein anderes Beispiel: Ich sitze im Büro, so um 13.00 Uhr, und starre leicht verträumt aus den großformatigen Fenstern des 12. Stocks unseres Bürotempels. Frau Liebenswert, eine langjährige Kollegin aus der Marketingabteilung, tritt mit einer wohl temperierten Stimme an mich heran, (wohlwissend, dass ein wahrer Mann nicht zu hart aus seiner Mittagsmelancholie gerissen werden darf) und sagt: „Für Sie ist doch der Mittagslunch in unserem Casino nicht das Richtige. Sie brauchen einfach was Herzhaftes. Wissen Sie was, kommen sie einfach morgen Abend bei mir zuhause vorbei. Ich koche dann für Sie mal einen schönen Wiener Zwiebelrostbraten mit feinen Bratkartoffeln und leckerem

Buttergemüse." Ist das nicht schön? Ich drehe mich mit einem gelösten Lächeln um und erwidere nur: „Das wäre grandios, Sie sind ein wahrer Schatz, Frau Liebenswert!"
Da ereifern sich jetzt die unnormalen Frauen und konstatieren: „Was hat jetzt die Dame davon? Außer viel Arbeit und dem Risiko, dass das Fleisch des Zwiebelrösters nicht den erwarteten Weichheitsgrad erfüllt?" Vieles, vieles erwidere ich da nur. Denn nachdem ich das gehauchte Wortgebilde „Zwiebelrostbraten" vernommen habe, setzt sich bei mir eine wohl durchdachte Logistikmaschinerie in Gang. Was heißen soll, ich mache mir umgehend Gedanken, wo ich einen geschmackvollen Blumenstrauß in Auftrag geben werde, den ich Frau Liebenswert beim anstehenden Dinner mit einem dankbaren Lächeln überreichen kann. Zuvor sage ich das abendliche Geschäftsessen mit Dr. Dr. Todernst von der Totalprofit AG wegen nicht zu verschiebender Projekttermine ab und schicke meinem Assistenten Meyerhofer ein very important email mit dem Auftrag, ein neues, geschmackvolles Poloshirt Größe L aus der Boutique in der Wittgasse zu holen und es dort auch gleich perfekt aufbügeln zu lassen. Hier ist es natürlich von Vorteil, dass Meyerhofer exakt die gleiche Größe und Statur seines Chefs sein Eigen nennt, was wohl eines der Ausschlag gebenden Kriterien bei der Einstellung Meyerhofers und der weiteren Förderung seiner Karriere darstellte. Zeigt uns dieses Beispiel nicht wunderschön, wie sich so gegensätzliche Wesen so wunderbar ergänzen können? Und warum passt das so gut? Weil sie eben so verschieden sind! Weil Frau Liebenswert eine echte Frau und ich (sie erinnern sich, ich hatte aus Verständlichkeitsgründen den Begriff „normaler Mann" mit dem Personalpronomen „ich" ersetzt) ein echter Mann bin.

Das Fraumännchen und die Dorfwirtschaft

Aber wo kommt denn dieser echte Mann in der freien Wildbahn überhaupt noch vor? Apropos Wildbahn! Ich will bestimmt nicht behaupten, dass in der Serengeti nicht noch der ein oder andere Speerträger durch die Büsche schleicht, um seiner Angebeteten einen leckeren Antilopenbraten nach Hause zu bringen oder etwa ein Amazonashäuptling immer noch als Anführer seiner Waldläufertruppe nach „old school man" Manier für Tage auf die Pirsch nach kleinen, leckeren Unterholzwildschweinen begibt, um sich anschließend von seiner barbusigen Urwaldkönigin einen lecker Spannferkel am Grill darreichen zu lassen. Ich denke, ihm und seinen Jagdgefährten ist die Anerkennung ihrer Frauen nach wie vor gewiss. Aber wir alle sollten Gewahr sein, dass sich die Wildbahn des einheimischen Mannes weit entfernt hat von den meisten menschlichen Ansiedlungen. Nur mehr einige, wenige Naturreservate, die sich fast alle außerhalb Europas zu befinden scheinen, bieten ihm noch Platz als Lebensraum. Auch auf den Höhen des Bayrischen Waldes oder den Weideflächen Ostbayerns (an dieser Stelle muss ich auch mal betonen, dass ich selbst aus Passau komme und wirklich intensive Recherchen vor Ort durchführen konnte) lässt sich kaum mehr ein normaler Mann finden. Konnte ich vor zwanzig Jahren noch in jeder Dorfwirtschaft auf eine ganze Horde von ursprünglichen Männern treffen, sind diese Reservate männlicher Kultur praktisch verschwunden. Ja bitte, wie soll sich eine bedrohte Tierart denn zurückziehen, wenn ihr auch noch der Rückzugsraum entzogen wird? Das Aussterben ist damit geradezu vorprogrammiert.

Liebe weibliche Geschöpfe, so ein Wirtshaus hatte nichts, aber auch gar nichts mit sinnloser Sauferei und Fußballergebnissen zu tun. Dort war der kulturelle Austausch einer Spezies, die in den sechziger Jahren des vorigen Jahrhunderts noch fast 50 % der deutschsprachigen Bevölkerung ausmachte. Heute sprechen Experten von gerade noch mal 20% Normal-Männern. Das heißt umgekehrt, 80 % der heutigen Männer haben sich komplett von ihren Artgenossen entfernt. Eine erschreckende, aber klar abzusehende Entwicklung. Verdrängt wurde diese ursprüngliche Mannesart von dem neuen, sogenannten Fraumännchen-Typus.
Was ist denn das schon wieder, fragen sie sich vielleicht jetzt?
Zu einer 80 % Sicherheit sitzt er direkt neben ihnen in der Deutschen Bundesbahn oder sie haben ihn zuhause oder noch wahrscheinlicher sie selbst haben sich ihn geschaffen. Das macht betroffen, aber Betroffenheit allein genügt nicht. Es muss gehandelt werden. Es ist bereits zehn nach zwölf, holde Weiblichkeit. Um ihnen die Ausmaße dieser Entwicklung einmal vor Augen zu führen, wird es Zeit, dass ich ihnen einige Begebenheiten aus meinem täglichen Leben schildere, in dem ich um das blanke männliche Überleben kämpfe.

Nachbar Kleinwohlhans und sein kleiner Robin

Das Malheur beginnt meist schon am frühen Morgen, wenn ich um dreiviertel acht durch einen enormen Geräuschpegel geweckt werde und mir klar wird, dass das erotische Abenteuer mit meiner neuen Nachbarin nur ein Traum war und die brutale Realität darin besteht, dass der Herr Nachbar unter mir gerade wieder einmal versucht, seinen dreijährigen Sohn mit tausenderlei Versprechungen zu überzeugen, dass es

angebracht wäre, endlich seinen Anorak anzuziehen, nicht mit den Hausschuhen auf die Straße zu laufen und überhaupt solle er der Katze nicht ewig auf den Schwanz steigen. Herrgott, weiß der Typ nicht, dass es noch mitten in der Nacht ist! Sie haben gewiss bemerkt, dass ich nicht die Bezeichnung Mann gewählt habe, sondern einfach nur Typ gesagt habe. Ein normaler Mann würde nie und nimmer in diese morgendliche Situation gebracht werden. Kein Wunder, dass sein Sohn so einen Aufstand macht. Er sucht nach seinem natürlichen Vorgesetzten, er wartet auf die mütterliche Befehlsausgabe und kann, wie soll es anders sein, nicht akzeptieren, dass Papa hier an dieser Stelle absolut fehl am Platze ist. Vati ist nicht ausgebildet für die Mission: Fertig für den Kindergarten. Wo ist denn die Mama, wo treibt sie sich schon herum in den frühen Morgenstunden? Zu einer Zeit, wo die Pflicht ruft im familiären Dasein. Seit vergangenem Monat weiß ich es! Hausmeister Allgaier hat es mir gesteckt. Sie sei CFO in der Web 3.0 AG. Was ist die? Dies war meine umgehende Antwort.
Ja, bestimmt, er wisse das vom Briefträger und der sei sich absolut sicher, da seine Schwester ständig mit der Sekretärin der CFO von der Web 3.0 AG zu tun habe. Allgaier holte extra einen großen Zettel aus seinem Kittel, auf dem er sich alles notiert hatte und ihn mir nun demonstrativ als Beweis unter die Nase hielt. Na danke CFO…! Hört sich an wie ein neues Nervengas. Ich habe damals sofort den Weg ins Internet gewählt und gegoogelt, wie gefährlich CFO sei. Aber zu meinem Erstaunen kam immer wieder nur das Stichwort Chief Financial Officer, was so eine Art Buchhaltungschef oder Kassenwart für Großunternehmen sein soll. Na toll, Nachbar Kleinwohlhans (so heißt mein Herr Nachbar nämlich) ist zuhause vollkommen überfordert und sie macht einen auf Nobelbuchhalterin und treibt sich schon am

Morgen bei irgendwelchen Konferenzen rum. Na, wie auch immer, auf jeden Fall haben sich die Diskussionen zwischen Kleinwohlhans und seinem Sohnemann (ok, ob die Silbe Mann im Sohne gerechtfertigt ist, wird sich noch zeigen) mittlerweile in ein unterwürfiges Winseln von Seiten meines Herrn Nachbarn gewandelt. Nachdem Kleinwohlhans Klein-Robin mit dem Angebot, heute Nachmittag einen Hot Wheels Ferrari zu besorgen, endlich zum Abflug in den Kindergarten rumgekriegt hat, hat das Gezänk unter mir endlich ein Ende gefunden.

Baaah, was soll das heute noch für ein Tag werden. Na egal, dann eben ab ins Bad, ein bisschen Wasser vergeudet und auf meinen Adonis-Körper verteilt. Anschließend Doktor Best beim Zähneputzen in den Spiegel entgegen gegrinst. 8x4 unter die Achseln und hurtig zurück ins Schlafzimmer. Rein in die Jeans. Mann oh Mann, die waren auch schon mal weiter! Schrank auf, rein ins Hackett-Polo und schon bin ich fertig. Tja Kleinwohlhans, so schaut der Morgen eines echten Mannes aus. Fit bis unter die Haarspitzen um 8.15 Uhr und nicht schon erschöpft und ausgelaugt, wie Robins Papa. Halt! Ein Pullover müsste wohl sein, Kälte mag ich nämlich nicht. Auch keine Knitterfalten oder ein Schlabberdesign. Auf meine Frau Kostelic ist eben Verlass. Frau Kostelic kommt aus Zara in Kroatien und hat alles, was eine spitze Zugehfrau auszeichnet. Schnell, zuverlässig, stellt keine unnötigen Fragen und bügelt vor allem ohne Falten. An dieser Stelle befällt mich die Ungewissheit, ob ein CFO überhaupt weiß, was eine Bügelfalte ist. Weg mit den schlechten Gedanken, rein in den Tag!

Andi Brehme, Recaro-Sitze und die Entwicklung des Elektroautos

Auf dem Weg zur Tiefgarage ist meine erste Sinneswahrnehmung leider nicht der Kühlergrill meines Jaguar S-Type, sondern Klein-Robin, der sich mit Händen und Füßen sträubt in einen Großraum-Peugeot einzusteigen, was ich aber sehr gut verstehen kann. Für einen wahren Mann ist nun mal inakzeptabel wie ein 85 jähriger durch die Schiebetüren in einen aufgeblasenen Blechballon geschoben zu werden. Schon die Vorstellung mein Leichenbestatter könnte dies mit mir einmal vorhaben, lässt mich spontan an einen Zusatzvermerk in meinem Testament denken. Respekt Robin! Leise Hoffnung keimt in mir auf, Nachbar Kleinwohlhans habe seinem Sprössling die männliche Karriere noch nicht ganz versaut. Als der 6-Zylinder meines britischen Lieblings anspringt und ich sein sonores Schnurren höre, macht sich ein erstes Wohlgefühl bei mir breit und ich schätze das weiche Leder, das in wunderbarer Weise überhaupt nichts mit pfälzischen Recaro-Sitzen zu tun hat, denen einzig und allein die deutsche Müsli-Industrie zu höheren Umsätzen verhilft.
Was hat denn das nun wieder damit zu tun, fragt sich jetzt wohl einer der wenigen unter ihnen, der sich immer noch bemüht, den Faden zum Beginn diese Gedanken zu orten. Jede Menge gebe ich da zur Antwort! Wissen sie, dass Recaro mal einer der Weltmarktführer für Sport- und Rennwagensitze war? Nein? Ich helf Ihnen auf die Sprünge. Das waren die Sitze, auf denen Alt-Weltmeister Andi Brehme als Coach des FC Kaiserlautern saß, um der Fußballwelt zu zeigen, welchen Schleudersitzposten er innehatte. Also nochmals, Recaro war mal ganz weit oben, als der Mann noch Mann war und dann kam eben der tiefe Fall. Und warum, wollen sie jetzt sicher

wissen? Ja, dann kam eben dieser neue Typ Mann auf und vorbei war es mit der Bestuhlung von Sport- und Rennwagen. Mit dem Renault Espace fing alles Anfang der Achtziger Jahre an und heute siehst du Horden von diesen pummeligen automobilen Schuhkartons, mit denen Kleinwohlhans´ Artgenossen durch die Straßen schleichen. Es stellt sich dabei die Frage, ob wir nicht besser ganz auf Schienenverkehr umstellen sollen, denn dann hat sich das Lenken und das Gas geben auch noch erübrigt. So sah es erst mal zappenduster aus bei den Recaro-Jungs. Aber dann kam dem Recaro-Chef beim Blick auf den Frontvorbau seiner Chefsekretärin der rettende Geistesblitz. Ha, Ha, Ha sagen da wieder die Brigitte-Frauen unter ihnen, was soll da schon einem Mann einfallen, wenn er einer Langhaarblondine auf die Oberweite gafft?
Ideen von gesamtgesellschaftlicher Tragweite kann ich nur sagen. Denn nicht die beiden Sinusbogen der Konzernschönen, sondern der Müslibecher davor, war Ausgangspunkt der Firmenrettung. In einer eilig anberaumten Sitzung mit den Entwicklungs- und PR-Vorständen beschloss man eine komplette Neuausrichtung des Marken-Images hin zu Gesundheitssitzen. Speziell ausgerichtet auf das neue Fraumännchen und die sogenannte moderne Frau, die aufgrund ihrer Müsli Esskultur perfekt in die schmalen Schalensitze passten. Ein genialer Coup (wenn auch aus der Verzweiflung geboren), denn außer der Umbenennung der einzelnen Sitzbezug-Designs war keinerlei Neuinvestition von Nöten und der Laden kam umgehend wieder in die schwarzen Zahlen. Also, was lernen wir daraus, liebe Brigitte-Leserinnen? Der wohlgeformten Sekretärin steht zu Recht eine exponierte Stellung in einem Wirtschaftsunternehmen zu und auch eine herausragende volkswirtschaftliche Bedeutung! Dies wird von der modernen Frau gänzlich falsch eingeschätzt. Hier wäre es Zeit, einmal Abbitte zu leisten!

Ich war auf jeden Fall froh, als ich aus der Tiefgarage raus war und dieses automobile Inferno hinter mir gelassen hatte. Hier auf der Straße hatte ich um diese Zeit meine Ruhe vor solch unliebsamen Begegnungen, weil die Fraumännchen schon mit Kinderausladen in der Kita beschäftigt waren. So konnte ich, wie jeden Morgen, die 1000 Meter genießen, die mich mein britischer Aristokrat zu meinem Parkplatz vor dem Cafe Greindl bringt. Aufmerksamen Lesern ist sicherlich nicht entgangen, dass ich „mein" Parkplatz schreibe. Richtig, denn der Oberkellner des Greindl, den alle hier nur respektvoll Herr Franz nennen, weiß es immer zu arrangieren, dass der Jaguar jeden Morgen ein geräumiges Plätzchen direkt vor der Frühstücksterrasse findet, ohne von den Elektromobilen weiblicher Vormittagseinkäuferinnen belästigt zu werden. Ich spreche hier von diesen vierrädrigen Fahrzeugen, über die ständig in den Medien berichtet wird und deren Verbreitung Gott sei Dank, ich betone Gott sei Dank, nur bei einem Marktanteil von 0,003 % liegt. Allerdings mit steigender Tendenz. Elektrisch waren früher nur die Eisenbahn und eben Küchengeräte. Klingelt es da bei ihnen? Ja, warum glauben sie, dass die moderne Frau so scharf ist auf ein Elektromobil und nahezu kein richtiger Mann und sogar nur wenige sogenannte moderne Männer ein Solches benutzen oder nicht einmal unter der Kategorie Auto einordnen? Das Elektromobil ist die mit langer Hand vorbereitete Flucht der Frau vor dem heimischen Herd. Da jedoch im Inneren der Frau die Affinität zu Mixern, Fritteusen und Ähnlichem noch tief verwurzelt ist, versucht hier die Automobilindustrie neue Märkte zu erschließen. Allerdings, wie bekannt, mit sehr schleppendem Erfolg. Eine Frau hat aus Gründen der eigenen Genkonstellation enormen Respekt vor technischem Gerät, den es von Seiten der Industrie abzubauen gilt. Also hat eine Gruppe findiger Industriemanager das normale Auto um mindestens

50 % in Länge und Breite gekürzt, ihm den Antrieb einer Waschmaschine verpasst und schon war das Fluchtfahrzeug für die moderne Frau fertiggestellt. Nur machen dies die Vorstände von Daimler-Benz, BMW oder Audi mit einem sehr traurigen Auge, sind doch diese als Vertreter der wahren Ursprungsmänner viel mehr an 500 PS Geschoßen und Höchstgeschwindigkeiten nahe der 300er Grenze interessiert. Aber die Aufsichtsräte, in die sich immer wieder mal eine Frau einschleicht, erhöhen den Druck auf die Produktentwickler. Man dürfe 51 % der potentiellen Kundschaft, sprich die Frauen, nicht aus den Umsatzmöglichkeiten ausschließen.

Das Cafe Greindl und die Müslibrüder

Na ja, sagte ich da nur und war einmal mehr froh, dass mir Oberkellner Franz diese Fluchtfahrzeuge vom Leib hielt. Leider war es ein bisschen kühl heute und so folgte ich wie immer dem kompetenten Rat des Herrn Franz und nahm an meinem angestammten Tisch direkt am Fenster zur Terrasse, mit Blick auf das vorbeiwandernde Fußvolk, Platz. Ich liebte es, hinter dem Schutz großer Glasflächen, gewärmt von den einfallenden Sonnenstrahlen, den Duft frischen Kaffees einzuatmen. Herr Franz gehört nicht zu dieser Massenware von Freizeitobern, die gelangweilt hinter der Theke stehen und lediglich rufen: „Wie immer oder?“ Nein, an seiner Art der Bestellaufnahme könnte sich die moderne Frau ein grandioses Beispiel nehmen. „Einen wunderschönen guten Morgen wünsch ich dem Herrn Hofrat“, was natürlich von angemessenem Respekt zeugt. „Was darf ich bringen? Die Croissants sind ganz frisch und noch warm. Ein Cafe Ole wäre vielleicht das Richtige heute. Dazu a Glaserl frisch gepressten Apfelsinensaft und danach kann der Herr Hofrat ja noch

spekulieren, ob es noch etwas Herzhaftes sein soll." „So machen wir das, war meine einfache Antwort!"
Was war Nachbar Kleinwohlhans doch für eine arme Sau! Weg mit den schlechten Gedanken ist doch selber schuld. Ich ließ es mir schmecken und vertiefte mich in die Lektüre der Passauer Neuen Presse und ließ mich auch nicht von diesen pseudo intellektuellen Lesern der Süddeutschen Zeitung im Cafe Greindl in meinem morgendlichen Wohlgefühl stören. Hiervon ausnehmen muss ich ausdrücklich den Advokaten Michael Hausmann, einen sehr angenehmen täglichen Frühstücksbegleiter, mit dem ich schon so manche weltpolitische Krise im Cafe Greindl gelöst habe. Wie sie wohl jetzt zu recht vermuten, auch noch einer der alten Sorte Mann und einer mit dem Herz am rechten Fleck. Dies trotz eines Berufsstandes, den drei Viertel aller Deutschen für den vertrauensunwürdigsten halten. So konnte ich mich eine halbe Stunde in Ruhe mit den Anekdoten meiner Heimatstadt und den Siegesserien des FC Bayern beschäftigen, bis eine Gruppe von blassen Mittdreißigern das Greindl betrat. Zuerst waren es nur vier. Kurz darauf kamen aber noch zwei deutlich übergewichtige Wappler hinzu und ließen sich bedauernswerter Weise am Nachbartisch nieder. Herr Franz warf mir einen vielsagenden Blick zu, verdrehte kurz die Augen und gab sich dann seiner Pflicht hin, bei den Bleichgesichtern die Bestellung aufzunehmen. „Die Herrschaften wünschen?" trällerte er in ungewohnter Großstadt-Professionalität. Nach gefühlten 15 Minuten waren sich dann diese Müslibrüder endlich einig, dass sie vier Mal Rooibos Tee und zwei Mal heiße Milch bestellen wollten. Einer fragte nach einem Kresse-Brot und einer der schwergewichtigen Wappler faselte irgendwas von Laktose-Unverträglichkeit und bestellte dann doch um auf einen halben Liter Holunder-Saftschorle. Ob es dann noch was zum morgendlichen Frühstück sein solle, fragte Herr

Franz sichtlich erschöpft, ob des langwierigen Bestellvorganges. Nein, nein, flöteten sie alle Sechs unisono. Sie würden alle eine Entschlackungskur machen und hätten schon ihre Frühstücksration Frischkäse auf Knäckebrot intus. Ich musste den Herrn Franz richtig bewundern, dass er es schaffte, ruhig zu bleiben und nicht lauthals loszulachen. Ich versuchte mich abzulenken und meinen Focus auf die Champions-League Spielberichte in der PNP zu lenken, aber immer wieder schwirrte mir das Unwort „Entschlackungskur" durch den Kopf. Was war das denn für eine Truppe? Und was für ein Geschlecht hatten diese Frischkäse-Probanten? Die vier schmalbrüstigen Körnerzähler waren doch gewiss schon seit der Kindergartenzeit im Unterzucker und wer den beiden 130 Kilo-Knödeln in die Augen schaute, dem war doch sofort klar, dass sie die Esskultur seit ihrer Pubertät nur von der Innenseite der Tiefkühltruhe kannten. Wo war das männliche Geschlecht bei diesen bemitleidenswerten Kreaturen nur hingekommen.

Und die Gespräche, oh Mannnnnn! Ob der Kleine die Naturleinen-Windeln vertrage? Wie denn die selbst gemachten Pralinen auf Ayurveda-Basis gelungen seien? Ob den Lisas post menstruale Kopulations-Ablehnung durch das Jivamukti-Yoga überwunden werden konnte, blablabla ...! Mir verging der Appetit auf das dritte Marillen-Croissant und ich ließ es unangetastet auf dem Teller liegen. „Hat unser Herr Konditormeister heute was falsch gemacht?" Herrn Franzens Stimme riss mich aus meinen dumpfen Gedanken. „Äh..nein, nein lecker wie immer, aber Frage im Vertrauen: Kommen die jetzt öfter?" Herr Franz senkte die Stimme und versicherte mir, dass er sein Bestes täte, damit sich die Truppe hier nicht heimisch fühlte. Das Problem sei aber nur, dass diese ein nahezu freudloses Leben führten und somit die totale Enthaltsamkeit gewohnt wären. Sie kämen ihm vor, als wenn sie die

Apokalypse schon hinter sich hätten. „Und was machen die sonst so“, fragte ich nach. Alle hätten das gleiche Schicksal. Sie alle wären mehr oder minder rechtlose Hausmänner, die sich zudem um die Versorgung des Familiennachwuchses zu kümmern hätten. Ihr einziger Freiraum sei das wöchentliche Treffen im Cafe Greindl, was aufgrund eines sehr spärlich bemessenen Taschengeldes als Entschlackungskur vor den Ehepartnern getarnt werden müsse. Arme Teufel eben!
Pah, was heißt da arme Teufel! Jeder dieser Jammerlappen treibt den wahren Mann immer mehr an den Rand der Gesellschaft. Und wenn sie in ihrer Verzweiflung dann nicht mehr weiter wissen, dann retten sich diese Looser auch noch in die letzten Reservate des wahren Mannes und versauen einem das morgendliche Genussfrühstück im Stammcafe.
„Zahlen Herr Franz!“ war das Einzige, um dieser unsäglichen Situation zu entgehen. Mit einem „was soll ich machen?“ verabschiedete sich Herr Franz und öffnete mir höflich die Tür.

Die schöne Helene vom Gidihof

Da es inzwischen etwas wärmer geworden war und sich die Sonnenstrahlen ihren Weg durch die Wolken bahnten, beschloss ich, einen kleinen Spaziergang zu unternehmen und den Muff dieser Schlappi-Bande hinter mir zu lassen. Ich musste Freude in meinen Tag bringen. So konnte es nicht weitergehen. Ich suchte nach anderen Überlebenden meiner Gattung, doch wo? Es war kurz nach halb elf und auf der Straße waren nur Rentnerinnen und hektische Mütter mit ihren Kinderwägelchen unterwegs. Was sich da zumeist hinter den Hightech-Gefährten des Nachwuchses herschleppte, war nur ansatzweise als echte Frau zu erkennen. Kurzhaarfrisur

mit Seitenscheitel, unifarbene Pluderhose (gibt es eigentlich nur mehr eine einzige Konfektionsgröße für Frauen?), und flaches Schuhwerk. Dies sogar, wenn man nur 1,59 Meter maß.
Hoppala, was war denn das? Für einen Moment, dachte ich an eine Fata Morgana. Oder war es ein Fabelwesen? Nein, ich musste einer Fantasie erlegen sein. Doch, stopp, da war sie wieder die Erscheinung! Mitten unter dem Gewimmel der Graumäuse, ein Farbtupfer. Wieder weg, nein, da war er wieder. Wie von einem Zauberband gezogen, folgte ich der Zauberfee und lies mich durch die Straßenschluchten der Innenstadt treiben.
„Soll es für die Gemahlin sein?" Eine raue, forsche Stimme riss mich abrupt aus meinen Träumen. Wie, was äh? Ich sah mich um und mir wurde klar, dass ich mich vor den BH-Ständern eines Dessous-Ladens befand und mir die Satinoberfläche eines Wonderbras durch die Hände gleiten ließ. „Ja, ja für die Frau soll es sein". Ich schaute mich gedankenverloren um und stellte fest, dass meine Traum-Fee verschwunden war. Was blieb war der gestrenge Blick der Dessous-Managerin. „Wissen Sie denn die Größe?" „Wie Größe?" „Ja so um 1,70 denke ich". Ein mitleidiger Blick folgte und nach einigen Momenten des Schweigens folgte: „Ich meine die Körbchen-Größe?". Welches Körbchen, ich dachte, hier gäbe es Unterwäsche war mein spontaner Gedanken. „Hat sie ein B oder C Cup oder ist sie mehr der Skinny-Typ?" Was ist denn das schon wieder. Mir kam die Dame immer unheimlicher vor. „Ich kann mir das so schlecht vorstellen", stammelte ich, mir sogleich bewusst werdend, dass ich mich immer mehr auf das Ende einer Einbahnstraße zubewegte. „Oder ist es vielleicht doch eher für eine Freundin?" Dieser Satz war wie mit einem Sarazenen-Dolch in meine Magengrube gezirkelt. Bri, bri, bri rummelte es in meiner Hosentasche und ich war zum ersten

Mal seit Jahren richtig froh, dass mein Handy klingelte. Ich riss es förmlich aus meiner Jeans und murmelte ein „sorry" in Richtung BH-Spezialistin. „Hallo, hallo, wie bitte? Ich verstehe sie so schlecht." Achselzuckend huschte ich nach draußen, vortäuschend, dass ich keinen Empfang hätte. Die gestrenge Dame blieb ohne Worte im Laden zurück.

Es war Bernie, mein Uraltfreund aus besten Erlebniszeiten. Ob ich eine Lady am Start hätte, fragte er mich umgehend, weil ich so ins Handy brülle, obwohl unser beider Empfang bestens war. Dies war unsere alte Show, wenn wir erreichen wollten, uns schnell aus der direkten Nähe des Gesprächspartners abzuseilen. Meistens waren dies natürlich Damen. Nein, nein klärte ich Bernie auf, aber da war eine Frau, die mir aus unverständlichen Gründen einen BH verkaufen wollte und mich dabei von der Verfolgung einer Traumfrau abhielt. „Tragisch, tragisch", murmelte er. „Du, Frage, Junker der Provinz, was denkt Dein so eng bemessener Terminkalender über ein spontanes Treffen im Gidihof und der damit einhergehenden Essenseinnahme, so um 13.00 Uhr herum?" Meine Antwort war klar und kurz: „Geht!" Der Grund meiner spontanen Zusage war zum einen das herausragende Bouef la motte des Chef de Cuisine, aber vor allem ein Prachtweib mit Namen Helene, die auch ein versalzenes Stück Fleisch zu einem Sahnestückchen mutieren ließ. Also sie sehen, wir sind wieder beim Thema, dem wahren Mann! Der selbige, also ich, weiß natürlich ursprünglichen weiblichen Liebreiz zu schätzen und mein Freund Bernie war da wirklich auch ein Bruder im Geiste. Übrigens hatte es Bernie diesbezüglich in seiner Adoleszenz nicht gerade einfach, war er doch hinter den gestrengen Mauern eines Klosters erzogen worden. Drei ganze Jahre hatte er diese Stätte von Disziplin und Zucht ertragen müssen, bis seine Mutter ein Einsehen hatte und ihn in die

Passauer Innstadt zurückkehren lies. Damals gab es allerdings Gerüchte, dass eine Art Handgeld von Seiten der Klosterleitung dazu beigetragen hätte, diesen Rücktransfer zu beschleunigen, war doch der Bernie in seiner sagen wir mal zwischengeschlechtlichen Aktivität schon damals kaum zu bremsen. Auf jeden Fall entschloss sich der Abt dem ganzen Treiben ein Ende zu setzen, bevor die Jungmaiden der angrenzenden Mädchenrealschule komplett verrückt und die Reputation seiner Klosterschule gegen Null sinken würde. Pünktlich um 13.00 Uhr trudelte ich dann am Gidihof ein, wo Berni schon an seinem 190 E aus den Achtzigern lehnte und sich die Bayerwaldsonne auf den leicht ergrauten Pelz brennen ließ. „Wir haben Glück, die Helene ist da", summte er mir entgegen und rein ging es in den Gourmettempel. Natürlich ließen wir uns zuerst ausgiebig von der rassigen Helene über die Tageskarte informieren und teilten unsere Bestellung in einzelne Tranchen auf, um jedes Mal das Kommen und Gehen der Helene zu genießen. Sie hatte uns gewiss schon seit langer Zeit durchschaut, aber auch ihr schien es zu gefallen, dass die beiden Charmeure aus Passau sich an ihrer reichlich vorhandenen Weiblichkeit nicht satt sehen konnten. Das Essen war ein Gedicht und wir ließen unser Kompliment in die Küche hinaus an Jaques den III. ausrichten, der wie immer ganz in seiner Kochkunst aufging und nahezu nie Zeit fand, sich den Gästen zu zeigen. Das war auch okay, denn für die sogenannte optische Relevanz war ja die Helene zuständig. Damit jetzt kein Missverständnis aufkommt, der Chef am Gidihof war die Helene und nicht der Jaques, der III. Sie werden sich fragen, warum heißt der denn Jaques, der III. und das noch dazu als Koch auf den Höhen des Bayerwaldes? Gute Frage, klare Antwort: Der Jaques, der III. war eben der dritte Jaques in der gastronomischen Karriere der Helene. Sie als Wirtstochter (die Eltern waren schon seit einiger Zeit verstorben) hatte in München Betriebswirtschaft studiert und hatte zuhause den Landgasthof zu einem Gourmet-Restaurant umkonfiguriert und dies mit großem Erfolg. Der Helene war klar, dass die Küche internationales Topniveau bekommen müsse und ein Chefkoch erster Güte jede Menge an Gehaltskosten verursachen würde. Außerdem einen Pariser oder Römer davon zu überzeugen, seinen Schaffensbereich von den Metropolen Europas nach Niederbayern zu verlegen, wäre ein nicht zu unterschätzendes Großproblem. Würde man zumindest auf den ersten Blick meinen. Man vielleicht schon, für die Helene vom Gidihof aber nicht, denn die warf umgehend ihre gigantischen optischen Artikelmerkmale in die Waagschale, paarte diese mit praktischen, betriebswirtschaftlichen Kenntnissen und schon war der Erfolg vorprogrammiert. Sie angelte sich einen Chefkoch nach dem anderen, klemmte ihn des Abends zwischen ihre rekordverdächtige Oberweite und schon arbeitete ein französischer Meisterkoch fast zum Nulltarif und hatte dadurch auch noch ein mehr als befriedigendes Sexualleben. Nachdem der Franzose an sich nicht selten auch Jaques heißt, war dieser eben Jaques der III. und übte seine Tätigkeit nun schon fast ein Jahr am Gidihof aus. Das beunruhigte Bernie ein bisschen, denn er hatte sich schon an das überaus leckere Essen Jaques des III. gewöhnt und befürchtete, dass die Halbwertszeit des Parisers in Kürze ablaufen könnte. Selten hatte es ein Koch länger als eine Saison ausgehalten, was weniger an den langen Arbeitszeiten, als an dem anstrengenden Liebesleben mit der Helene lag. Erschöpft aber glücklich wechselte der aktuelle Chef de Cuisine dann zumeist von selber wieder an einen anderen Arbeitsplatz. Hier sieht man wieder, wie sich echte Weiblichkeit mit echter Männlichkeit blendend ergänzt. Die Helene hatte wieder einmal kräftig gespart und die Jaques von I bis III waren glücklich und geradezu froh über eine erfüllende, wenn auch sehr anstrengende Zeit. So muss es eben sein! Das Mittagsmahl war exquisit und nachdem wir beide auch noch zwei feine Bayrisch Cremes verputzt hatten, schwelgten Bernie und ich noch eine Weile in Erinnerungen, die sich zugegebenermaßen zu 80 % um Frauen drehten.

Grüne Aliens und männliche Mütter

Mitten drin – wir waren gerade bei Donna Summer und Saturday Night Feaver platzte ein drahtiger Nickelbrillenträger ins Lokal, der schweißgebadet in seinem grellgrünen Radler-Höschen ein bisschen wie ein Außerirdischer auf Erkundungsreise auf der Erde wirkte. Nach einem Hochfrequenz-Halolö war seine Anfangsmessage, ob Helene etwas zum Aufwärmen von Babymilch hätte. Helene, die im ersten Moment mit einem vorwurfsvollen Blick in Richtung ihres eigenen Busen antwortete, stutzte und legte den Kopf schräg, um zu eruieren, ob der Typ das wirklich ernst gemeint hatte. Bevor dieser sich aber endlich die angelaufenen Brillengläser abgewischt hatte, hörten wir alle das laute Schreien von mehreren Babys, die unser Alien in einem futuristisch anmutenden Kinderanhänger abgestellt hatte. Also doch einer aus einer anderen Galaxie und er hatte wohl auch schon Kolonialnachwuchs mitgebracht. Gespannt warteten Helene, der Bernie und ich, wie und wann das Mutteralien eintreffen würde, aber nach einigen Minuten des bangen Hoffens war uns klar, dass unser Warten vergebens war. Der Cyberspace-Radler hatte in der Zwischenzeit den Raum mit allzu irdisch riechendem Schweiß angefüllt und wiederholte seine Frage nach dem Milchwärmer. „Ja, klar“, erwiderte Helene, „da werden wir schon was finden“. Sodann bugsierte der uns unbekannte Mann sein Doubleseat-Cabriolet umständlich an unseren Nachbartisch. Dabei redete er ununterbrochen auf den Zweiernachwuchs ein. Ungefragt, aber doch wohl durch unser ziemlich überraschtes Schauen motiviert, stellte er uns Maike und Cedric vor, seine eineiigen Zwillinge verschiedenen Geschlechts. „Aha", war unser beider wortreiche Antwort. Immer noch hofften wir, dass sich die Mama nur etwas verspätet hätte. Dies war aber leider vergebens, denn der grüne Radel-Alwin war die „echte" Mama. Gut, dass wir das feine Mahl schon hinter uns hatten, denn der Green-Alien begann nun die beiden Michelin-Wesen auszuwickeln und auch fachfremden Männern, wie uns beiden Helene-Fans, wurde bewusst, dass dies nicht auf einen Boxenstopp mit acht Sekunden-Radwechsel, sondern auf eine langwierige, unappetitliche Windel-Wechslerei hinauslaufen würde und dies alles mitten auf dem Stammtisch des Gidihofs, einem der Heiligtümer wahren und echten Männer-Seins. Der Typ war offensichtlich noch kein Profi, denn die blütenweiße Tischdecke verwandelte sich innerhalb kürzester Zeit in einen Problemfall für Meister Proper. War man als echter Mann aufgrund dutzender John Wayne Western und Römerschlachten-Schinken einiges gewohnt, war aber dennoch dieses sich anbahnende Inferno, das hier gleichzeitig die Geruchs- und Sehorgane malträtierte, eine Stufe härter anzusiedeln. Bernie jedenfalls sprang auf und rannte wie von der Tarantel gestochen ins nahe Designerklo. Ich selbst konnte nur mit der eisernen Disziplin eines Clemens Forell aus „Soweit die Füße tragen" diese Extremsituation bewältigen und einen heftigen Brechreiz unterdrücken. Hey, was war der Typ, die Neubesetzung von Bruce Willis in Teil 8 von „Stirb Langsam"? Hatten sich diese Fraumännchen über den Umweg eines anderen Planeten auch schon in die ureigensten Männerfilm-Domänen eingenistet. Und noch schlimmer, arbeiteten diese jetzt mit den unfairen Waffen einer Zwillingsmutter, versteckt in einem grünen Radlerkostüm?

Durchhalten, durchhalten hieß die Parole. Stellunghalten bis Bernie zurückkommt und dann mit Verstärkung gegen den übermächtigen Feind. Wo bleibt der denn bloß, zweimal übergeben kann doch nicht so lange dauern. Hat sich mein alter Kumpel etwa durch die Hintertür abgesetzt und mich mit meinem schrecklichen Schicksal allein gelassen? Kalter Schweiß tropfte mir mehr und mehr von der verhärteten Stirn. „Du, der Bernie wartet schon im Garten auf Dich", kam es wie durch eine undurchdringliche Nebelwand an mein Ohr. Es war Helenes Stimme, die mir mit einem klitzekleinen Augenzwinkern den wahren Sinn der Aussage kundtat. „Gezahlt ist doch schon lange". Ich wusste es ja, wahre Männerfreunde lassen einen in der höchsten Gefahr nicht hängen. Helene war die erhoffte, von Bernie geschickte Entsatz-Truppe. „Na dann noch viel Spaß", trällerte ich dem Alien hinüber und draußen war ich durch den Seiteneingang!

Erschöpft warfen wir uns beide in den schützenden Jaguar und ich gab Vollgas! Nur mehr weg von hier. Bernie war es vollkommen egal, dass er seinen Benz hier stehen lassen musste, zumal es doch ein Grund war die schöne Helene wieder zu sehen. Ich holte Alles aus dem 6-Zylinder heraus und versuchte mit allen Fahrkünsten, die ich mir bei meinen vielen Le Mans Besuchen angeeignet hatte, um möglichst schnell einige Kilometer aus dem Krisengebiet herauszukommen. Ich bog in einen Feldweg ein, stoppte und wir beide sagten erst mal einige Minuten nichts. Gleichzeitig fiel uns auf, dass wir beide leichenblass waren. „Wir müssen die Helene anrufen, damit sie uns nächstes Mal warnt, wenn dieser Typ wieder auftauchen sollte". Uns wurde klar, dass unsere Männer-Spezies immer mehr in die Enge getrieben wurde.

Wir hatten es vor fünfundzwanzig Jahren gewaltig unterschätzt, als die ersten Müslibrüder aufgetaucht waren. Damals mit ihren selbst gestrickten Norwegerpullis. Sie waren leicht auszumachen, denn sie trugen diese auch in den Sommermonaten. Sie wurden von den Frauen lediglich als Problem-Gesprächspartner benutzt. Abschleppen war den wahren Männern vorbehalten. Wir ließen uns leider von ihrem harmlosen Auftreten einlullen. Im Gegenteil, wir waren anfangs froh um sie, denn das ewige Zuhören und Labbern ging uns gewaltig auf den Geist. Wir waren mehr fürs Anpacken. Aber diese Schluffi-Brüder waren der Anfang vom Ende des echten Mannes. Das weibliche Geschlecht war dieser Soft-Form des vermeintlich modernen Mannes weit überlegen und erlernte dadurch Verhaltensweisen, die eigentlich dem Manne vorbehalten waren. O ja, wir haben dies alles gewaltig unterschätzt! Ich ließ Bernie ein paar Straßen weiter vor seiner Wohnung raus. Er sagte, er müsse noch etwas frische Luft schnappen und sich von dem Schrecken erholen. Ich litt mit meinem Freund.

Immobilien, die Wissenschaft und legendäre Orgien

Als ich am nächsten Tag gerade aus der Tiefgarage fuhr, hatte ich eine Begegnung der vollkommen anderen Art. Es war der Gunnar Popovic, der hinter dem Steuer seines 58er Cadillac Eldorado Biarritz (natürlich in knalligem Rot) sitzend, einer ca. 20-jährigen gerade klar machte, es sei für ihren weiteren Lebensweg entscheidend, ihr Mountainbike mit dem Beifahrersitz seines Amischlittens einzutauschen. Dies gelang offensichtlich, denn das KuWi-Mäuschen (Anmerkung des Autors: Studentin der Kulturwissenschaften im Erstsemester) stieg von ihrem Edelstahl Bike ab und der Popi warf mit gewohnter Nonchalance das Zweirad in den riesigen Kofferraum des Nobel-Amerikaners, öffnete dann der jungen Lady die Seitenpforte seines automobilen Verführers, zwinkerte mir siegessicher zu und verschwand Richtung Oberhaus.

So, liebe Freunde der Marke Smart aufgepasst. Warum wird man mit diesem überdachten Rasenroller nicht zum Aufreißer? Klar! Man braucht einen großen Kofferraum, sonst geht nichts bei den Kulturwissenschaftlerinnen aus dem hohen Norden!

Nach diesem einschneidenden Erlebnis beschloss ich, ein wenig am Inn entlang zu flanieren und die Sonne zu genießen. Ich setzte mich also auf eine der Promenadenbänke und schloss die Augen.

Mir kam der Popovic wieder in den Sinn, war er doch hier in Passau geradezu legendär in der Ausübung eines ureigensten Männerberufs. Er hatte praktisch nur einen einzigen Lebensinhalt und den nannte er die „Erforschung des weiblichen Wesens". Ja wirklich, verehrte Leser, unser Gunnar war ein Wissenschaftler! Er hatte sein ganzes Schaffen der sexuellen Annäherung von Mann und Frau gewidmet. Nein, nein nix poppen und Miezen aufreißen. Er führte ernsthafte Reihenuntersuchungen in der Frauenwelt durch. Dabei scheute er es auch nicht, über die Grenzen seiner psychischen und physischen Kraft hinauszugehen. Bisweilen musste jedoch auch ein Mann seines Kalibers auf die Hilfe seiner eigenen Spezies zurückgreifen. Eine Geschichte aus den 1990er Jahren ging dabei spektakulär in die Annalen der Drei Flüsse Stadt ein, als er für sich und seine Schafkopffreunde das legendäre Puff „Grenzgänger" an der tschechischen Grenze anmietete und dort für drei Tage zusammen mit einem Dutzend Grazien aus dem Freigewerbe exzessive Testreihen durchführte, um im Sinne der modernen Wissenschaften herauszufinden, wie oft und mit welchem Spiegel an französischem Schaumwein das männliche Wesen in der Lage sei, seinen kleinen Mann zu stehen. Erst Monate danach wurde bekannt, dass dabei die Schampus-Vorräte sämtlicher Etablissements im Grenzgebiet zu 100 Prozent erschöpft wurden und die flotten Damen anschließend allesamt eine 6-wöchige berufliche Auszeit auf den Malediven antraten. Der Popovic hatte die Testreihen voll durchgezogen und das Ende vom Lied war, dass mehrere Notärzteteams aus Freyung und Prachatice anrücken mussten, um zwei seiner Spezies zu reanimieren. Sein Busenfreund Charly Windpassinger entging dieser Blamage, wenn auch nur haarscharf, denn die rote Jana hatte ihm zwischendurch immer wieder mal Böhmische Knödeln kredenzt und damit seinen hart beanspruchten Kreislauf ein gutes Stück stabiler gemacht. Der Popovic hatte jedoch nicht die geringsten Schäden davongetragen und stieg dadurch zum Popper-König von ganz Ostbayern auf, was keineswegs despektierlich, sondern durch und durch anerkennend gemeint war. Jahre später musste er aber doch zugeben, dass er nicht ganz unbeschadet aus der Sache herausgekommen war, denn über lange Zeit hinaus war ihm der Spaß am Champagner Trinken komplett vergangen. In dieser Not stieg er dann auf den Veneto Prosecco um. Ja, der Gunnar war einer der letzten großen Vertreter seiner Manneszunft, darin besteht kein Zweifel.

Sie werden sich vielleicht nun fragen, woher hatte denn der Gunnar die ganze Kohle für diesen ausschweifenden Lebensstil? Das ist eigentlich ganz einfach erklärt. Er hatte sie direkt vorher vom weiblichen Geschlecht selbst bekommen. Popovic hatte praktisch so eine Art „Sexuelles Perpetuum Mobile“

erfunden. Wie das im Prinzip funktionierte erklär ich jetzt mal schnell speziell den echten Männern in der Leserschaft.
Der Gunnar Popovic war ursprünglich ein ganz normaler Immobilienmakler. Als dann in Passau die Universität eröffnet wurde und die Herrschaften im Kultusministerium in München beschlossen, dass das Studien-Portfolio eindeutig in Richtung der Weiblichkeit ausgebaut werden müsse, war der Aufstieg des Popovic vorprogrammiert. Vorneweg muss man natürlich sagen, dass der Popi ursprünglich kein vom Ehrgeiz zerfressener Juppie war. Sein von Jugend auf exzessiver Lebenswandel hatte ihn aber ganz schnell gezwungen, auch viele Deutsche Mark und später auch einige Euros zu verdienen. Das Passauer Nachtleben war ihm schnell zu eng und so erweiterte er sein Jagdgebiet um andere Metropolen in Ostbayern. Nach dem Fall des Eisernen Vorhangs zog es ihn dann ganz schnell und oft in die Tschechische Republik. Dies besonders dann, wenn er wieder einmal gezwungen war, ein bisschen zu sparen. Sein Markenzeichen war dabei der Fünfhundertmarkschein, eine Banknote, die man zu dieser Zeit normalerweise nur beim Kauf eines Autos in der Tasche hatte. Der Popovic ließ dabei keine Möglichkeit aus, um diesen „Türöffner" in Anwesenheit von gut aussehenden Frauen in Szene zu setzen. So zum Beispiel beim Zahlen zweier Cocktails, als er es immer wieder genoss, den verdutzten Blick des Barristas zu sehen, wenn er eingeschüchtert stammelte, er müsse den Chef erst fragen, ob er denn den Exoten-Geldschein wechseln könne. Das Vorhandensein solcher Banknoten hatte verständlicherweise auch Auswirkungen auf die einheimische Jungfrauenschaft.
„Jungfrauenschaft?" werden da einige Jungspunde unter zwanzig Lenzen fragen. Wie passt das denn mit Highlife zusammen? Nun, dazu muss man wissen, dass die Jungfrauenschaft eine Art organisierte Gemeinschaft junger

Mädchen war, die im Pulk in Discotheken auftauchten, um endlich ins wahre Leben einzutauchen. Diese ließen sich dann auch sehr, sehr gerne einladen, da der Popovic ja der Inbegriff dieses wahren Lebens war. Und er war dabei wirklich großzügig, der Herr Popovic. Meistens schleppte er die Mädels im Dreierpulk ab. Aus rein logistischen Gründen logierte er dabei schon mit Anfang 20 in einer Penthouse-Wohnung im Zentrum der Passauer Altstadt, war er doch schon immer auch ein Mann für das Praktische gewesen. Die Mädels hatten schnell begriffen, dass es sich auch in der Nicht-Exklusivität gut leben ließ, denn ein Fünftel eines Fünfhunderters war immer noch ein Hunderter und damit weit mehr als ein vielleicht spendiertes Mineralwasser eines der vielen ortsansässigen Geizlinge. Gott, wie nuttig ist das denn, sagen nun die Ladies unter ihnen. Nein, nein, meine Damen, auch da irren sie gewaltig. Die Mädchen wussten eben damals noch die Großzügigkeit eines wahren Mannes zu schätzen. So ein Mann zeigte ihnen eben damit auf seine ureigenste Art seine immens hohe Wertschätzung. Und da es solche Männer eben nicht so viele gab, war es für die jungen Passauer Frauen vollkommen normal und ok, dass sie so einen halt per se nicht für sich alleine haben konnten. Man musste eben Solidarität zeigen. Diese Solidarität war aber auch oft eine physische Notwendigkeit, denn wie wir schon gehört haben, war der Gunnar nahezu unersättlich wild auf Sex. So war man oft auch froh, dass er einen nicht immer in Anspruch nahm und freute sich auch geradezu, wenn die Mitbewerberin oder sagen wir besser Mit-Anteilseignerin einmal beim Popovic, nennen wir es mal, aushalf.

Gunnar Popovic und sein Sexuelles Perpetuum Mobile

Jetzt bin ich aber ein wenig abgeschweift, denn ich wollte ursprünglich Popis Perpetuum Mobile erklären. Ausgangspunkt war für den Popovic, dass Frauen teuer waren und sich ein Investment refinanzieren musste. Soviel war zumindest nach ein paar Semestern BWL an der Uni hängen geblieben und dies brachte ihn darauf, ins Immobiliengeschäft einzusteigen. Dabei war ihm natürlich klar, dass für ihn nur eine Spezialisierung auf Wohnungen für junge Studentinnen in Frage käme. Mit der flott ansteigenden Zahl von Studienplätzen war die Nachfrage nach Wohnungen für diese weibliche Kundengruppe schlagartig nach oben geschnellt. Ein Umstand, der auch anderen ortsansässigen Immobilienmaklern zu Ohren gekommen war. So musste sich der Jungunternehmer eben einen klaren Wettbewerbsvorteil verschaffen. Er kam auf die Idee, die weiblichen Wohnungssuchenden bereits vor deren Ankunft in Passau abzufangen. So inserierte er in überregionalen Tageszeitungen mit einer Art Komplettservice, mit dem er den zumeist wohlbetuchten Eltern der Studentinnen anbot, sich vor Ort in Passau nicht nur um eine adäquate Behausung zu kümmern, sondern den jungen Nachwuchsakademikerinnen auch nach dem Wohnungseinzug mit Rat und Tat zur Seite zu stehen. Er war dabei Ratgeber bei nahezu allen Fragen des studentischen Lebens. Fragen wie zum Beispiel: Für was ist welche Behörde zuständig, wo kann man gut essen oder wo kann man mit Niveau ausgehen, wurden von ihm schnell und kompetent beantwortet. Dieser Rundum-Service kam insbesondere bei den besorgten Müttern der norddeutschen Studentinnen überaus gut an. Dass sie damit praktisch den Bock zum

Gärtner machten, sollte ihnen zumeist verborgen bleiben. Auf jeden Fall hatte der Popi-Gärtner äh Bock auf Anhieb großen Erfolg damit. Dieser Service kostete zwar erheblich mehr als die anderen Makler verlangten, aber dieser exklusive Service war schnell über die bayrischen Landesgrenzen hinaus bekannt und gefragt. Somit war der Start frei für ein weiterhin exzessives Sexualleben und eine solide Finanzgrundlage dafür war geschaffen. Der Popovic checkte immer ganz schnell ab, ob eine junge Studentin ein williges Reinvestment darstellte oder nicht. Wenn nicht, war er alles andere als ein Drängler. Warum auch? So kam doch fast jeden Tag neues Naschwerk nach.

Von Zeit zu Zeit schauten die Mütter bei ihren Küken nach dem Rechten und der Gunnar empfing sie dann charmant wie eh und je am Bahnhof und zeigte ihnen die Schönheiten der Stadt. So kam es fast zwangsläufig, dass sich für den Popi ein neuer, noch lukrativerer Markt erschloss. Er nannte es seinen Sekundärmarkt mit Spitzenprovision. Ja, der Popovic nahm seinen Beruf wirklich sehr ernst und hielt zwischenzeitlich auch noch Seminare bei der Industrie und Handelskammer. Der Rubel rollte.

Aber zurück zu Popis Sekundärmarkt. Dazu muss man wissen, dass es die betuchten Mütter unserer Studentinnen sehr genossen, von Amts wegen ihre Töchter zu besuchen. Am Anfang wunderte sich der Gunnar noch, warum kaum ein Vater einmal den Weg nach Passau suchte. Ihm wurde aber sehr schnell klar, dass die Mütter, meist so Mitte bis Ende Vierzig, viel lieber alleine in der Drei Flüsse Stadt und Umgebung agieren wollten.

Nun, liebe Leser? Keine Idee dazu?

Die Mittvierziger sind ja bekanntlich die Zeit der Midlife-Crisis. Es gibt gewiss auch eine ganze Reihe von sehr wissenschaftlichen Erklärungen dafür, aber ich will ihnen das Phänomen an einem kleinen, anschaulichen Beispiel erläutern:

Eine Architektengattin aus Hamburg sitzt morgens um 10 vor dem Spiegel ihres Designer-Ankleidezimmers und blickt besorgt in die Fältchen rund um ihr Augenwerk. Diese sind auch mit hochwertigen Kosmetikprodukten in den letzten Jahren immer mehr geworden. Sie spürt die kleinen Wölbungen unter dem Gürtel des fernöstlichen Seidenkimonos und stellt bei einem Blick in ihre untere Etage fest, dass sich ein Besenreißer an einem ihrer Oberschenkel breit gemacht hat. Deutlich und klar sichtbar, trotz der vielfältigen Kaschierversuche in diversen Bräunungsstudios. Schockiert fällt ihr ein, dass sich schon lange kein junger Waschbrettbauchbesitzer in den Kaffeehäusern der Hamburger Flaniermeilen nach ihr umgedreht hat. Die eigenen Brüste fühlen sich schutzlos ohne die stützende Struktur eines sündhaft teuren Wonderbras. Oh Gott, warum wird ihr erst jetzt klar, dass ihr erfolgreicher Architektengatte so häufig mit Kunden am Abend zu Geschäftsessen geht. Warum er sie so sehr motiviert, dass sie sich bei verschiedensten Charity-Veranstaltungen engagiert und sie geradezu mit Komplimenten überhäuft, weil sie sich so oft sportlich aktiv zeigt. Der Blick in die eigenen Augen offenbart ihr die totale Erkenntnis! Er hat schon lange eine Geliebte!!!

Ja genau so eine Midlife-Crisis Lady war die ideale Kundschaft für unseren Gunnar Popovic! Nach ein, zwei Stunden der maßlosen Entrüstung über die vermutete Entgleisung ihres Ehegatten hatte sich diese schon einigermaßen gelegt, zumal ihr eine Leidensgenossin auf der Nachbarsliege im Kosmetikstudio mittlerweile ihre eigenen Erlebnisse zum Thema

„Betrügen“ ins rechte Ohr geflüstert hatte. Der Name war ihr entfallen, es war ja auch so schwierig, sich an Menschen im Liegen zu erinnern. Noch dazu, wenn sie auch noch diese in Butterrahm eingelegten Biogurkenscheiben auf den Augen hatte. Wie auch immer, die Dame lag neben ihr und machte unserer Architektenfrau klar, dass ihr das auch vor einem Jahr geschehen sei. Aber im Nachhinein sei sie sogar sehr froh über diese Erfahrung, denn diese eröffnete ihr Perspektiven, an die sie früher nicht einmal im Entferntesten gedacht hätte. Sie hätte damals eine Wohnung für ihre Tochter zum Studienbeginn in Bayern gesucht und sei dabei auf ein Inserat in der FAZ gestoßen, in dem man in Passau, das sei die Stadt mit dem dauernden Hochwasser, einen Vollservice für Studienanfänger angeboten hatte. Das kam ihr sehr gelegen und die Inanspruchnahme dieses Services sei wohl einer der besten Entscheidungen ihres Lebens gewesen. Unsere Architektenfrau fragte, was denn das nun mit ihren eigenen Eheproblemen zu tun habe, worauf die Befragte vehement mit einem „sehr viel“ antwortete. Denn das mit dem Vollservice für die Tochter klappte hervorragend, wenn es auch nicht gerade billig war, aber das Beste dabei war das Kennenlernen von Gunnar Popovic, dem Chef dieses Passauer Vollserviceunternehmens, denn der sehr smarte Herr Popovic ging voll in seiner Aufgabe auf und kümmerte sich auch eindringlich um das Wohl einer gestressten Studentenmutter. Und wie! Olala, könne sie da nur sagen. Völlig ohne Verbindlichkeiten, aber mit großer Klasse und einem gehörigem Schuss an Verbotenem. Der Popovic hätte Spielchen drauf, die kannte ihr geschäftstüchtiger Ehemann nicht einmal von den Videofilmen, die er sich wohl ständig auf Geschäftsreisen reinzog, wenn er nicht gerade mit einer Nobelhostess um die Häuser zog. Der alte Sack!

Stopp!!! Sie nähme diese Beleidigung wieder zurück, so dürfe sie doch dankbar sein, dass ihr Göttergatte die Reisen an die deutsch/österreichische Grenze so großzügig zweimal pro Semester finanziere. Übrigens immer 1. Klasse mit der Deutschen Bahn. Darum kümmerte sich jedes Mal penibel Frau Lippenvoll, seine Assistentin. Die pralle Brünette brachte sie sogar jedes Mal mit der Firmenlimousine zum Bahnhof. Ihr Mann wollte wohl sicher gehen, dass sie auch ganz sicher in den ICE nach Passau einstieg, damit er wieder für sich selbst eine Woche freie Bahn hatte. Soll er haben, dachte sie, aber die freie Bahn hatte vor allem sie selbst. Frau Architektenfrau war erleichtert, als sie dass alles vernahm, und notierte sich umgehend die Nummer des Herrn Popovic auf einem Kärtchen, das im Geheimfach ihres Gucci-Täschchens verschwand.
Es traf sich ganz gut, dass es der Zufall so wollte und ihre Tochter nach einem Semester Kunstgeschichte im provinziellen Münster den Drang verspürte, zur Erweiterung ihres Horizontes den Weg ins weit entfernte Bayern zu suchen. Zuerst dachte sie an die Landeshauptstadt München, aber die liebe Frau Mama wollte darauf gar nicht so recht eingehen und machte es der Tochter zu guter Letzt mit dem Erwerb eines schnuckeligen Mini Coopers dann aber doch leicht, den Weg nach Passau zu finden. Die Tochter war es gewohnt, bei teuren Geschenken der Frau Mama nicht zu widersprechen. Charlotte, die junge Hoffnungsträgerin, war aber dann doch verwundert ob der überaus großen Aktivitäten, die ihre Mutter an den Tag legte, um den Weg nach Passau zu planen. Dank der Telefonnummer in ihrer Tasche war der Kontakt zu Herrn Popovic sehr schnell hergestellt und eine Woche später wurden Frau Mama samt Tochter von ihrem persönlichen Studienbegleiter am Passauer Bahnhof abgeholt. Der Popi wusste um seine Verantwortung und war im XJ von Jaguar

vorgefahren, half den Damen beim Gepäck und öffnete den Nordlichtern auch brav die Türen in den Fond des edlen Briten. Nach einer kleinen Stadtrundfahrt checkte er die Beiden im Hotel Weißer Hase ein, ließ ihnen etwas Zeit zum Nase pudern und zeigte ihnen anschließend ein äußerst respektables Apartment mit Dachterrasse in unmittelbarer Nähe des Passauer Doms mit Blick auf die Donau und die Veste Oberhaus. Beide Damen waren verzückt vom barocken Umfeld, hätten sie solch ein nobles Ambiente hier am anderen Ende Deutschlands wirklich nicht vermutet. Weitere Besichtigungen erübrigten sich also und zwei Monate später gab es ein Wiedersehen beim Einzug der Tochter. Gunnar Popovic hatte gleich gemerkt, dass sich die Tochter des Hauses weniger für seine flotten Witze begeisterte, wohingegen die Frau Mama keine Möglichkeit ausließ, ihre weiblichen Reize in Szene zu setzen. Und davon hatte sie einige! „Hat die gnädige Frau (sie haben sicherlich bemerkt, wie akkurat Herr Popovic die Gepflogenheiten der Hamburger Society schon intus hatte) eventuell noch Interesse, an meiner bescheidenen Seite ein bisschen die verborgenen Seiten der Stadt Passau kennen zu lernen?“

Mit diesem Satz machte der Popi dann immer seinen letzten Checkup. Das sei natürlich in ihrem Interesse, gab sie erfreut zur Antwort und warf sich dabei lasziv ins Seitenprofil. Fein, fein dachte sich der Popovic und ließ die Dame wissen, dass er sie gerne auf die Burg Krämpelstein entführen werde. Um 20.00 Uhr werde er sie am Hotel abholen lassen und er selbst würde sich dann dort persönlich um die Gestaltung eines außergewöhnlichen Abends kümmern. Jetzt müssen sie, liebe Leser, wissen, dass „Krämpelstein“ ein geheimes Codewort war, dass ihr die Dame mit der Biogurkenmaske aus der Hamburger Wellness Oase noch in einer SMS mit auf dem

Weg gab. Die Burg Krämpelstein lag etwas Donau abwärts von Passau, war zwar von Uferstraße aus sichtbar, aber kaum jemand wusste, wie man zu ihr hinauf gelangte. Nur ein kleiner unauffälliger Privatweg führte bergseitig herab zu den Burgmauern. Ein besonders diskreter Fahrer des Limousinen-Services, der immer mit Freude diese Sonderfahrten machte, brachte die Dame pünktlich und wohlbehalten vor Ort. Herr Popovic erwartete die Lady dort direkt am von Fackeln erleuchteten Eingangsportal, gehüllt in einen pechschwarzen Mantel, der nicht wenig den bekannten Gewändern eines rumänischen Schlossherrn ähnelte, der durch sein top gepflegtes, blütenweißes Gebiss die Aufmerksamkeit der Weltöffentlichkeit erregte. Kaum hatte die Hamburgerin den Eingangsbereich hinter sich gelassen, glitt ihr eher konservativ wirkender Kaschmir-Mantel, wie von Geisterhand bewegt, an ihren Schultern hinab und entblößte ein knallrotes Latexszenario. Gunnar Popovic war ihr dicht gefolgt und lies seinerseits seinen Umhang zu Boden fallen. Auch er hatte sich in knallenge Lacklederhosen gequetscht, allerdings war seine gewählte Farbe das Schwarz. Ein Hoch auf die Midlife-Crisis dachte sich der Popi und begann die weißen Schnüre, die die üppigen Brüste der Frau im Zaum hielten, zu lockern. Schlaufe für Schlaufe offenbarte sich unserem Immobilien-Spezialisten die wahre Lust an seinem Beruf und er hielt es für eine grandiose Idee, dass die Frau Architektin jede Form von Unterwäsche bereits im Hotel gelassen hatte. Was für einen inspirierenden Beruf er doch hatte!

Alwin, Irmintraud und die erste interkulturelle Geburt Deutschlands

„Da ist doch bestimmt noch frei“, eine unangenehme, gequetschte Stimme riss mich abrupt aus meinem Dösen. Ich war wohl etwas eingenickt nach den doch sehr erschöpfenden Tagträumen in Sachen Gunnar Popovic. „Äh ja“, war meine Antwort, eine Antwort, die ich auch schon im nächsten Augenblick bereute. In der tiefstehenden Nachmittagssonne, die über den Inn strich, hatte ich zuerst meine neuen Banknachbarn nicht erkennen können. Jetzt wurde mir aber das ganze Ausmaß der Fehlentscheidung bewusst. Ein Paar hatte sich neben mir breit gemacht. Beide so gegen Ende dreißig, von der Kleidung her eher unscheinbar. Modeblätter würden so etwas als „uni“ bezeichnen. Von Anfang an irritierte mich etwas an den Beiden und ich versuchte mir mit geschlossenen Augen ein konkretes Bild meiner Irritation zu machen. Was war es bloß? Sie hatte einen ziemlich strengen Ton drauf und schien ihn auf eine Reihe von Unzulänglichkeiten aufmerksam zu machen. Ihrem Gespräch zu folgen, war gar nicht so einfach, denn beide hatten einen sehr ausgeprägten, fremdartigen Dialekt. Zuerst dachte ich an schwäbisch, aber dann wurde mir klar, es müsste sich um Leute aus dem Allgäu handeln, denn der männliche Part von beiden versuchte in kleinen Sprechpausen seiner Partnerin diese mit einem „Äbe id“ zu unterbrechen, was sie umgehend mit einem „Äbe scho“ niederbügelte. Es gab scheinbar weniges, was der Allgäuer-Mann richtig zu machen schien. Unaufhörlich redete sie auf ihn ein und ich begann mich zu fragen, was sie überhaupt an diesem Looser positiv fand. Auf jeden Fall stand weiblich „uni“ auf einmal auf und lies ihn mit dem Satz – sie brauche etwas Distanz – auf der Bank neben mir zurück und stapfte mit ihrem khakifarben Allwetter-rucksack davon.

Das Häufchen Elend neben mir war in sich zusammengesackt und wimmerte vor sich hin. Ich glaubte, die „uni-Braut“ hätte mit ihm Schluss gemacht und versuchte ihn mit den Worten „die kommt schon wieder“ zu trösten. Nein, nein ich würde das missverstehen, seine Frau hätte ihn wie jeden Tag über seine Unzulänglichkeiten bei der Haushaltsführung in Kenntnis gesetzt und gebe ihm, wie jeden Nachmittag, Gelegenheit in Stillbeschäftigung über seine kleinen Sünden nachzudenken. Er sei sehr dankbar, dass sie ihm immer wieder die Chance gebe an seinen Fehlern zu arbeiten.

Häääääh! Was war das denn für einer??? Eine Volllusche, ein Totalaussetzer, ein Windelträger mit Penaten-Auftrag! Ich musste den Typ von oben bis unten mustern, um mir Gewissheit zu verschaffen, ob ich es wirklich und nachweisbar mit einem männlichen Wesen zu tun hatte. Mir blieb heute auch wirklich nichts erspart. Erst der Windelfetischist bei der Helene am Gidihof und nun der Haushaltssklave auf der Promenadenbank! Banknachbar Alwin (ich dachte immer, dass sei eine Backpulvermarke!) war dann leider auch nicht mehr zu bremsen in seinem Mitteilungsbedürfnis. Er müsse einen Fünfpersonen-Haushalt führen, dazu einen Berner Sennenhund und zwei Tigerkatzen versorgen. Genau genommen müsse er sich auch noch um zwei altersschwache Zwergkaninchen und einen leicht debilen Nymphensittich kümmern, die eigentlich den beiden Kindern gehörten. Seit beide aber in Ausbildung sind, bleibe das auch noch an ihm hängen. Aber das ließe sich schon managen, schwieriger sei da schon Nr.5 des Haushaltes. Er nenne sie immer nur Nr.5, weil sie seit 20 Jahren nur Channel Nr.5 trägt. Eigentlich heißt sie

Irmintraud und sei seine Schwiegermutter. Warum erzählte er mir das alles, ich hatte ihn doch nach nichts von alledem gefragt? Ich versuchte die Taktik zu ändern und begann von mir aus nachzufragen, vielleicht würde das ja seinen Redeschwall hemmen. Was täte denn die Schwiegermutter im eigenen Haushalt, war meine erste Frage. Das hätte sich seine Frau damals ausbedungen, sonst wäre ein Zusammenziehen nicht möglich gewesen. Wie damals? Ja, es wäre jetzt schon knapp zwanzig Jahre her, wo Irmintraud bei ihnen eingezogen war. „Aber die Kinder sind doch jünger als Zwanzig (wegen Ausbildung und so)." „Ja, ja, Irmintraud war vor den Kindern, die beiden sind jetzt erst 17 und 18." „Mal langsam Alwin, (ich dachte, es sei besser, dem Knaben auf der Kumpel-Schiene zu kommen) Du hast zwei Jahre lang allein mit der Schwiegermutter und deiner Frau gelebt?" „Ja genau, es war für uns alle ziemliches Neuland, denn ich hatte zuvor noch nie mit einer Frau gelebt und auch Irmintraud und Hella waren immer allein ohne Mann!" „Und der Vater von Ella?" „Hella, Hella heißt sie. Der ist bei der Geburt von Hella verstorben." „Aha!" „War eine Risikogeburt, die Chancen standen 50 zu 50." „Für den Vater?" „Nein, für Hella, aber Irmintraud zog die Schwangerschaft knallhart durch." „Ah so und das hat den Vater so belastet?" „Erst nicht so, aber die drei Tage im Kreissaal hatten ihm dann doch extrem hart zugesetzt." In diesem Moment versuchte ich mich krampfhaft an die neunte Klasse am Gymnasium zu erinnern und an Oberstudienrat Edlinger, der uns in Biologie über Wochen hinweg jedes Detail von der Befruchtung bis zur Geburt darzulegen versuchte. Es ratterte in meinem Oberstübchen, wie auf der vollkommen überlasteten Festplatte eines Großrechners, aber immer wieder leuchtete dasselbe Ergebnis auf: Die Frau bekommt das Kind! Die Frau bekommt das Kind! Wie konnte dann dieser Typ bei der Geburt sterben? Trotzdem, immer noch unsicher, versuchte ich es mit einem lapidaren „wie das denn?“ Na, er könne das auch nur in groben Zügen nacherzählen, aber Irmintraud war wohl etwas früh mit ihrem Gatten Erwin ins Krankenhaus zwecks der Niederkunft gekommen. Sowohl die Hebamme als auch der Arzt in der städtische Klinik waren der Meinung, das Ganze hätte noch mindestens einen Tag Zeit und sie können gerne wieder nach Hause gehen. Irmintraud bestand jedoch darauf, in der Klinik zu bleiben, um bei der Ankunft des Nachwuchses optimal vorbereitet zu sein. Der Arzt willigte zwar ein, war aber mehr als erstaunt, als sie insistierte, dass Gatte Erwin ebenfalls an dem Geburtsprozedere teilnehmen sollte. Erwin, ein Wesen der sensibleren Sorte und seines Zeichens Kunstlehrer an der örtlichen Oberrealschule, hatte diesem Wunsch nicht genügend Widerstandskraft entgegenzusetzen und unterschrieb damit unbewusst sein Todesurteil. Sein Herz war wohl den Strapazen der anschließenden 72 Stunden nicht gewachsen. Er konnte nicht wissen, dass er zu 100 % in den Geburtsvorgang involviert sein würde. Zudem hatte er nicht die 9-monatige Trainingsphase seiner Frau hinter sich, mit regelmäßigen Besuchen bei der Gynäkologin, Schwangerschaftsgymnastik etc. Vor allem war er niemals in den vergangenen Jahren wegen seines Herz-Kreislauf-Systems untersucht worden. Zudem hatte niemand aus der Ärzteschaft seine Geburtstauglichkeit überprüft. Nun muss man dazu wissen, dass wir uns Ende der sechziger Jahre des vorigen Jahrhunderts befanden und die Hebammen und Geburtshelfer auf die Anwesenheit des Vaters bei der Geburt einfach nicht vorbereitet waren und sich in etwaige Komplikationen noch nicht hineindenken konnten. Erwin versuchte natürlich bestmöglich die Untersuchungen an seiner Gattin zu begleiten und betrachtete es als vollkommen normal, dass ihn der Herr Doktor auf einer schnell herbei geschafften und parallel zu

Irmintraud aufgestellten Zweitliege ebenso an das Pulsmessgerät anschloss. Brav ließ er auch den Ultraschall über sich ergehen, wobei diese Untersuchung die ersten Irritationen bei der Ärzteschaft auslöste. Stellte man bei Irmintraud einen stattlichen siebeneinhalb Pfünder ohne erkennbares Phallus-Symbol fest, war bei Erwin, außer eines verkleinerten Magens und einer deutlich vergrößerten Leber auf den ersten Blick noch nichts Geburtsträchtiges zu erkennen. Irgendwie sonderbar war das schon, aber auch der Oberarzt musste zugeben, dass er bis dato keine Vergleichswerte hatte und der Ultraschallbefund sich wohl im Rahmen der Normalität bewege, zumal der Befund bei Irmintraud auf eine vollkommen intakte Schwangerschaft hinwies. Da die Wehen noch auf sich warten ließen, empfahl man einige Gymnastikeinheiten, welche die körperlich gestählte, zukünftige Mutter mit Bravour bewältigte, aber den vollkommen unsportlichen Erwin (er war ja auch Kunstlehrer und kein Proleten-Muskelprotz!) rissen diese verschärften Trainingseinheiten in ein tiefes Konditionsloch. Er klagte über beginnende Schmerzen im Bauch und Brustbereich, woraus die noch weltkriegserfahrene Hebamme schloss, die Wehen hätten bei Erwin schon eingesetzt und man schob ihn noch vor seiner Gattin in den Kreissaal. Kurz darauf folgte Irmintraud (man vermutete aus Wettkampfsolidarität) in den selbigen, immer noch mit groß gewichtigen Hanteln agierend. Leider zog sich die Sache noch weitere zwei Tage dahin und immer wieder versuchte das Krankenhauspersonal gerade bei Erwin durch Läufe im Treppenhaus den Wehen-Rhythmus zu verkürzen. So musste der Kunstlehrer immer wieder mit dem Aufzug ins Kellergeschoß fahren und dann die fünf Stockwerke bis zur Entbindungsstation hochlaufen. Wäre dies wohl auch schon für einen mittelmäßigen Leichtathleten eine ziemlich anstrengende Trainingseinheit gewesen, verschärfte dies bei

Erwin die Schmerzen im Korpus-Bereich, wobei sich das Zentrum des Schmerzes immer mehr in Richtung Brust, weg vom Unterbauch, bewegte. Man war aber von Seiten der Ärzteschaft (mittlerweile hatte man auch den Chefarzt aus seinem Kurzurlaub vom Tegernsee zurückgeholt) guter Dinge, da doch auch bei der Mutter endlich starke Wehen einsetzten. Na, auf jeden Fall ging es wieder zusammen ab in den Kreissaal und da man dachte, Frau Irmintraud sei schon etwas früher dran als ihr Gatte, konzentrierte sich das Geschehen der Geburtshelfer auf die Dame und man vergaß in der Hektik dieser historischen Doppelgeburt auch Erwin an das Pulsmessgerät anzuschließen, was durchaus ungeschickt war, da sich dessen Puls bereits in Richtung 200er Grenze bewegte und dies, obwohl der letzte Treppenlauf bereits eine halbe Stunde zurücklag. Auch er selbst war nicht in der Lage, auf diesen Missstand hinzuweisen, da ihm schlichtweg der Atem fehlte und er schweißgebadet und im Halb-Koma das rhythmische „Pressen, pressen, pressen …“ der Geburtshelferin weniger und weniger vernahm. Die Hebamme jauchzte voller Freude: „Es ist da! Es ist da, Herr Erwin, sie haben es geschafft!“ Herr Erwin hörte einen ersten und für ihn leider auch letzten Schrei seiner kleinen Tochter, und drehte in einem finalen Reflex den Kopf Richtung des neuen Erdenbürgers, wo ihm ein kohlrabenschwarzes Wesen entgegen strahlte. Unser Kunstlehrer riss die Augen auf und senkte sie ein letztes Mal in seinem Leben. Es war zu viel für sein schwaches Herz gewesen. Er bekam nicht mehr mit, dass sich der Ober- und Chefarzt persönlich um seine Reanimierung bemühten und er sah auch nicht mehr, dass sich Irmintraud einzig und allein auf das kleine Baby konzentrierte, welches der Hebamme vor allem wegen seiner dicken Schmolllippen in Erinnerung blieb. So war die erste Parallelgeburt im Klinikum Memmingen zwar einerseits von

Erfolg gekrönt (immerhin hatte sie ein gesundes und fast acht Pfund schweres Prachtbaby zur Welt gefördert und auch die Mutter war bei bester Gesundheit), aber der plötzliche Herztod des vermeintlichen Vaters (man wusste nicht genau, wie man Erwin aufgrund der tiefschwarzen Tatsache einstufen sollte)warf doch eine ganze Reihe von Problemen auf, die den mittlerweile bis aus München, Berlin und Hamburg angereisten Boulevardpressevertretern mediengerecht beizubringen waren. Professor Meggle und Klinikdirektor Sparsam trafen sich umgehend mit ihren Oberärzten in einer Krisensitzung, um zu beraten, wie man den Herztod eines bleichgesichtigen Vaters direkt im Kreissaal erklären sollte, zudem der einheimische Oberstudienrat doch wohl kaum der leibliche Vater dieses „Negermädels" mit den außergewöhnlich dicken Lippen sein konnte. Weitere zu beantwortende Fragen wären, warum dieser Mann denn überhaupt seit mehreren Tagen parallel zur Mutter in der Entbindungsstation betreut worden wäre und warum es das hochkarätige Fachärzteteam nicht fertig gebracht hatte, den Mann am Leben zu erhalten, der wohl aufgrund eines Schocks in Angesicht des dunkelhäutigen Wesens zu Tode gekommen war. Man entschloss sich also ob dieser Notsituation, die das Bestehen des Klinikums in Frage stellen könnte, und nicht zuletzt ob der damit verbundenen stockenden Karriere der führenden Ärzteschaft, folgende Presserklärung vor der versammelten Reporterschar abzugeben: „Sehr geehrte Damen und Herren, mit großer Freude und Stolz dürfen wir Ihnen mitteilen, dass heute um 3.45 Uhr im Klinikum Memmingen ein bis dato einmaliger Geburtserfolg gelungen ist. Unter meiner Leitung und in hervorragender Teamarbeit der gynäkologischen Abteilung ist die erste geschlechterübergreifende Parallelgeburt in Deutschland gelungen. In einer 3-tägigen Meisterleistung, die alle Technik und Fachkompetenz des Klinikum Memmingen aufs Äußerste in Anspruch nahm, wurde ein gesundes Baby negroider Hautfarbe geboren. Die glückliche 39-jährige Mutter aus dem Landkreis wurde dabei von einem 48-jährigen Arbeitskollegen, ebenfalls aus dem Landkreis, begleitet. Der Vater des Kindes, ein 40-jähriger Projektingenieur aus dem Senegal, der schon seit seiner Kindheit hier in unserem schönen Allgäu lebt, befindet sich seit Wochen in Zentralafrika und arbeitet dort an einem wichtigen Brückenprojekt eines führenden deutschen Stahlbau-Unternehmens. Da sich der Kindsvater aufgrund von politischen Unruhen vor Ort nicht auf den Heimflug machen konnte, um seiner Frau in ihrer Allgäuer Heimat beizustehen, hatte sich ein Kollege am Werner von Linde Gymnasium bereit erklärt, der werdenden Mutter bei der Geburt beizustehen. Parallel zur Mutter unterzog sich dieser Mann allen Untersuchungen und geburtsvorbereitenden Maßnahmen in der gynäkologischen Abteilung unseres Hauses. Aufgrund der Größe unseres Pracht-Babies kam es zu einem Geburtsmarathon, denen sich der Oberstudienrat in bravouröser Art und Weise stellte. Obwohl vollkommen unvorbereitet, ging er dabei an die Grenzen seiner physischen Kräfte. In einem Gespräch während der Wehen teilte er mir noch seinen Stolz mit, an dieser großen interkulturellen Mission teilhaben zu dürfen. Nach der Geburt der kleinen Hella, die ein wunderbares Zeichen deutsch-senegalesischer Freundschaft darstellt, hielt er zusammen mit der Mutter das gesunde Baby freudestrahlend in den Händen. Ein Sieg der Völkerverbundenheit und Wissenschaft! Leider müssen wir Ihnen an dieser Stelle auch mitteilen, dass unsere Allgäuer Held Oberstudienrat Erwin Lapper im anschließenden Freudentaumel wegen des erfolgreichen Verlaufs der Geburt einem plötzlichen, tragischen Herztod erlag. Wir werden ihm ein ehrendes Andenken bereiten und ich freue mich, Ihnen sagen zu dürfen, dass sich die Stadt Memmingen zusammen mit der Klinikleitung und der bayrischen Staatsregierung entschlossen hat, die Klinik in Erwin-Lapper Klinikum umzubenennen, zu Ehren eines wahren Kämpfers für Toleranz und Hilfsbereitschaft, für die unser schönes Allgäu seit jeher in aller Welt ein Vorbild war! Ich danke für Ihre geschätzte Aufmerksamkeit!“

„Das war wohl die ganze Geschichte gewesen, so in groben Zügen halt“, waren die abschließenden Worte meines Banknachbars Alwin. Na danke, wie lange wäre die Geschichte wohl in genauen Zügen geworden? Auf jeden Fall wusste ich jetzt, wie dieser Löffelschwinger zu seiner Black-Lady aus dem Allgäu gekommen war. Alwin schien erschöpft. Kein Wunder, wer weiß, wie viele Trommeln Buntwäsche heute schon hinter ihm lagen. Wahrscheinlich bettelte er schon seit Jahren bei seiner Dickmanns Werbeträgerin, einen Geschirrspüler zu bekommen. Aber ich wette, sie hatte immer wieder abgelehnt, mit der Begründung das bisschen Bewegung beim Geschirr-Jonglieren könne seiner Figur nur zuträglich sein. Selber mampfen, was das Zeug hält und den Sklavengatten die Körner zählen lassen.
Ja, wie er denn das Leben als Hausmann so aushalte, wo er doch gewiss sehr eingespannt damit ist. „Das passt schon so“, war die Antwort, die alles andere als begeistert klang. Es gäbe zudem auch sehr schöne Seiten, meinte Alwin. Ich hoffte für ihn, dass er dabei an die ganzen Bräute dachte, die sich in seiner Tagesfreizeit um ihn scharen konnten, ohne dass ihm die lästige Konkurrenz anderer Männer in die Quere kam. Schließlich regelte in der westlichen Marktwirtschaft Angebot und Nachfrage den Markt. So war das bei Männlein und Weiblein! Nicht anders!

Mein Onkel Adolph, der Postbote

Mir war es schon immer vollkommen rätselhaft, warum so viele Männer den Weg des Nächtens in Pubs oder sogar Diskotheken suchten, waren doch dort die Marktverhältnisse denkbar ungünstig für den Jäger. Der wahre Mann ging da schon seit langem eigene Wege, er streifte dort in den Jagdgründen, wo das weibliche Wild in großer Menge auftrat und sich kein anderer Nebenbuhler herumtrieb. Dies hatte eine ganze Reihe von eigentlich für jeden Mann unübersehbaren Vorteilen.

Jahrzehntelang beklagten sich die Gewerkschaften über die Härte der Schichtarbeit in Fabriken und öffentlichen Einrichtungen, wie z. B. Altersheimen und Krankenhäusern. Diese Art der Arbeit würde zu schneller körperlicher Erschöpfung führen und der Arbeitnehmer würde es nicht mehr gesund bis zur Rente schaffen. Abgesehen davon, dass niemand in staatlichen Institutionen Interesse daran hat, dass man gesund in die Rente kommt, haben viele Männer komplett übersehen, dass diese Art von Arbeit eine Riesenpalette von Möglichkeiten bot, sich das Leben angenehmer zu gestalten. So hatte man eben dann genau Zeit zu jagen, wenn das Wild auf der Waldlichtung, sprich auf der Straße war. Schon fast ein Jahrhundert vorher hatte es Berufsgruppen wie Briefträger, Paketmänner oder Heizungsinstallateure um Welten einfacher, bei der Damenwelt einen Fuß in die Tür zu setzen, als zum Beispiel Fleischergesellen oder Zimmerleute. Sie galten als besonders vertrauenswürdig (man ließ sie z.B. ohne große Nachfrage in die Wohnung, auch oder gerade wenn man allein zuhause war) und vor allem wurden Ehemänner oder neugierige Nachbarinnen nie argwöhnisch, wenn sie diese Männer regelmäßig bei derselben Frau antrafen. Vor allem Postboten übernahmen nach dem Krieg eine Aufgabe von geradezu staatspolitischer Bedeutung. Wie sie alle wissen, war die Zahl der Männer nach dem 2. Weltkrieg rapide gesunken und die Begierde nach einem schönen und auch genussreichen Leben verständlicherweise angestiegen. Kein Wunder nach den schlimmen und entbehrungsreichen Jahren von 1939–45. Die wenigen verbliebenen Männer zwischen 20 und 50 wählten deshalb gerne den Beruf des Postbeamten und dies bei Leibe nicht nur aus dem Bestreben nach einem sicheren Arbeitsplatz, sondern weit mehr aus anderen Begierden heraus. Und ich kann ihnen sagen, dieser Job war ganz schön anstrengend und forderte von den Männern mit dem Posthorn auf der Mütze vollen Einsatz.

Ich selbst hatte einen Onkel, der bei Familienfeiern zu den Anforderungen seines Berufes einiges zu erzählen hatte. Dies fast immer zu fortgeschrittener Stunde, nach einem Dutzend Pils und einigen Kurzen. Die Damen der Verwandtschaft waren da zumeist schon zu Bett gegangen, als wir Jugendlichen förmlich an den Lippen von Onkel Adolph hingen, als er uns von seinen amourösen Abenteuern im Dienste der postalischen Pflichterfüllung erzählte. Nur wenige wissen, dass sich der damalige Postminister der Bedeutung seiner Mitarbeiter im einfachen Postdienst (so hieß das damals) voll bewusst war, denn zum einen ließ er den Postboten in der Ausführung ihrer Tätigkeit freie Hand, war großzügig bei der Zahlung von Überstundengeldern und ließ sich auch nicht lumpen, sollte mal ein Sondergenesungsurlaub von Nöten sein, wenn sich ein Mitarbeiter des einfachen Postdienstes einmal dann noch überanstrengt hatte. Onkel Adolph war nach dem Krieg nach Gelsenkirchen verschlagen worden, auf Schalke, um ganz exakt zu sein. Das ist, wie alle Fußballer unter euch eh wissen, ein Hardcore-Stadtteil dieser Ruhrpott-

Gemeinde, die seit Jahren vergeblich versucht, deutscher Meister zu werden. Hier im Pott meint man allerdings, sie würden aus westfälischer Zurückhaltung heraus regelmäßig den Bayern aus München bei der Vergabe der Meisterschale den Vortritt lassen. Es war übrigens gar nicht so einfach, Onkel Adolphs Abenteuererzählungen zu folgen, denn nach mehr als sechs Pils und drei Kurzen hatte er sich im Laufe der Zeit auch eine sehr spezielle Art von Ruhrpott Dialekt angeeignet, der die Sache auch nicht gerade einfacher für die Zuhörer machte. Adolph liebte seinen Beruf und er hatte meist einen 12 Stunden Tag und das sechsmal die Woche. Ja Wahnsinn, werden sie sagen, das ist ja das Doppelte einer heutigen Arbeitswoche! Wie hielt der Mann das durch? Nur durch ausgiebige Nahrungszufuhr und das geregelte Vermeiden von Hektik am Arbeitsplatz, sag ich da. Also Onkel Adolph war in seinem langen Arbeitstag in einer ganzen Reihe von verschiedenen Aufgabenfeldern gefordert. Er musste am frühen Morgen zuerst möglichst flott seine Briefsendungen sortieren. Das war alles andere als eine einfache Aufgabe, da dies zum einen, wie man sich das wohl als Laie vorstellt, nach den einzelnen Straßenzügen seines Verteilungsgebietes vonstatten ging, aber auch noch nach vielerlei anderen Kriterien bewerkstelligt werden musste.

Äh, das verstehen sie jetzt nicht? Dann heißt es wieder mal, liebe Leser, ganz hoch die Löffel, denn jetzt spricht Adolph (zum besseren Verständnis unseres gewiss internationalen Publikums haben wir Onkel Adolphs Ruhrpott-Slang ins Hochdeutsche übersetzt):

„In meinem Zustellbezirk gab es einen besonders hohen Frauenanteil und deshalb hat mich unser Gebietsleiter gleich von Anfang dort eingesetzt, weil er aus Erfahrung wusste, dass ein junger unerfahrener Postler, von denen es ohnehin kaum welche gab und ältere Kollegen jenseits der Sechzig das nicht lange durchstehen würden. Gleich beim Einsortieren der Briefe in die einzelnen Sortierfächer konnte man jede Menge Fehler machen, die sich im Lauf des Tages verheerend auswirken konnten. Da musste man schon jetzt genau mit einplanen, wann man die dringend notwendigen Pausen einlegen musste. Wenn ich zum Beispiel an einem Tag viele Einschreiben hatte, musste ich schauen, dass ich möglichst früh eine kräftige Brotzeit intus bekam, sonst war ich den ganzen Schnäpsen und Likören, die einem fast von jeder Empfängerin kredenzt wurden, einfach nicht gewachsen. Es war auch sehr wichtig die einzelnen Spezialangebote der ganzen Hausfrauen zu kennen. Bei der einen gab es immer Steinhäger oder Jägermeister. Eine andere Dame hatte immer den Pommerlunder im Angebot. Nuss- oder und vor allem der bei Frauen dieser Zeit äußerst begehrte Eierlikör waren ein Dauerbegleiter bei den Stelldichein mit dem Postbeamten. Dieses süße Gesöff brachte mich immer wieder in Verlegenheit, weil die, sagen wir mal, besonders engagierten Frauen diesen besonders gerne mittranken und drei von der Sorte zumeist das Minimum pro Einschreiben waren. Die Kinder waren zumeist in der Schule oder im Kindergarten, so dass es den Nachfolgerinnen der Trümmerfrauen nicht an zeitlichen Freiräumen, speziell an den Vormittagen, mangelte. Ihr werdet vielleicht denken, super, Freigetränke ohne Ende, was gibt es Schöneres! Aber Vorsicht Jungs, die Menge macht es und zwischendurch immer kräftig treppauf, treppab! Aufzüge und Ähnliches waren damals noch Fehlanzeige. Also wenn du dann schon am späten Vormittag ziemlich am Limit warst, hieß es natürlich schnell umzudisponieren und die anderen Einschreiben auf die Zeit verlegen, wo der Ehemann oder zumindest die Kinder wieder zu Hause waren. Besonders hart waren die Tage gegen Ende des Monats, denn dann wurden die ganzen Renten in bar in der Wohnung durch den

Postmann ausgezahlt. Naturgemäß gab es da einiges tun, da es viele, viele Kriegswitwen gab. Die meisten waren damals so Mitte Vierzig. Ich sag euch, die kannten den Begriff Midlife Crisis noch überhaupt nicht und wenn, sie hätten darüber nur herzhaft gelacht. Die hätten in punkto Lebenslust eine Studentin von heute als sittsame Klosterschülerin aussehen lassen. Wenn der Rentenauszahltag also wieder anstand, hatte ich schon vor Beginn meiner Tour kräftig Leberwurststullen und Edamerbrötchen gefuttert, sonst wär ich schon um 10 Uhr platt gewesen. Und das nicht nur wegen der Sauferei. Ne, ne, da ging es an das Eingemachte. Das war auch die Zeit, als die Firma Palmers im Ruhrpott einen Laden nach dem anderen aufmachte. Ihr wisst schon, diese grünen Dessous-Boutiquen, denen sie dann am Monatsende (Kriegsrenten-auszahlung!) die Bude einrannten. Mann, wenn da bei der Sawatzki die Wohnungstür aufging und mir die neue Palmers-Kollektion unter dem Morgenmantel entgegen strahlte, war da nichts mehr mit Eierlikör, da hast du nur mehr das Türschloss hinter dir zuknallen gehört. Die riss dir die Dienstmütze vom Kopf und klemmte dich so zwischen die Beine, da hättest du auch als erfahrener Judoka keine Chance gehabt. Da hieß es nur mehr bewusst durchatmen und Disziplin bewahren. Das war wirklich noch echter Dienst am Kunden, eh der Kundin meine ich. Also die Sache dauerte meist nur ca.10 Minuten, so wild war die Else, aber ihr wisst ja, was zehn Minuten am Limit bedeuten können! Ich hab mir dann immer die Touren so gelegt, dass am Tag nur drei, maximal vier solcher Bedürftigen in der Zustellung waren. Idealerweise zwei Kundinnen am Vormittag und zwei am Nachmittag. Das war allerdings oft sehr schwierig, denn nachmittags ging nur bei den Witwen ohne Kinder, außer diese waren im Hort, aber das war vielen damals zu teuer. Wenn also die Else mal wieder über mich hergefallen war, ging ich meistens direkt zur Frau Ebenthal, die war mal Lehrerin und liebte mehr die Softschiene und vor allem machte sie ein herrliches Gulasch mit Semmelknödeln. Die Zustellung bei ihr war wirklich die perfekte Ergänzung von Mann und Frau, denn während ich das ungarische Saftgulasch genoss, rezitierte sie Gedichte von Rainer-Maria Rilke und genoss es, dass ich ihr aufmerksam zuhörte. Ehrlich gesagt, höre ich während eines schönen Essen gar nichts, aber scheinbar hatte ich ein so glückliches Lächeln beim Genuss der würzigen Semmelknödel, dass sie das für literarische Begeisterung meinerseits hielt. Und so war mir und der Dame beidseitig geholfen und auch mein Chef bei der Post war froh, einen ausgeruhten Beamten für den Nachmittag in den Reihen zu haben. Es war einfach immens wichtig, einen genauen Zeitplan einzuhalten, denn nach einigen Monaten hatte sich offensichtlich der extrem gute Service der Postbeamten auf Schalke nicht nur bei den Kriegswitwen, sondern auch bei so mancher etwas vernachlässigten Ehefrau herumgesprochen, was noch exaktere Einsatzpläne zur Folge hatte. Im Ruhrpott herrschte eine, nennen wir es mal, etwas rauere Gangart und die sollte man nicht unterschätzen, vor allem dann nicht, wenn ein Ehemann mal früher von der Schicht nach Hause kam und die Abwicklung der Rentenauszahlung noch nicht ganz abgeschlossen war. Da konnte schon mal gewaltig Stress entstehen, wenn es unverhofft klingelte und die Frau Matulke noch voller Ekstase auf einem auf und ab wippte. Sie hatte immer vorsichthalber den Wohnungsschlüssel im Schloss stecken und den Vorwerkstaubsauger laufen gelassen, damit sie einem unverhofften Besucher oder eben ihrem Mann keinen allzu schnellen Einlass gewähren hätte müssen. Das war schon ganz clever! Aber ich sage euch, die vollschlanke Matulke auf einem drauf, wohlgemerkt, das Gulasch war noch nicht allzu lange her, dann der Lärm von der Vorwerkturbine im Hintergrund und der Ehemann im Nacken, das war schon ein hartes Stück Arbeit im Extrembereich. Ich will ja nicht protzen, aber ob das der Doppel-Null Agent seiner Majestät tagtäglich so hingebracht hätte? Wie auch immer, ein deutscher Beamter war einiges gewohnt und hielt einfach durch! Es schellte und schellte und ich vernahm schon ein wildes Rumpeln gegen die Tür und auch schon ein „verärgertes Lydiaaaaa mach endlich auf, der Schlüssel steckt!“ Aber die Maschulke hielt dem Geschrei immer nur Gehauchtes „noch ein bisschen, noch ein bisschen“, entgegen, welches Gott sei Dank nur der Vertreter der deutschen Bundespost hörte und nicht Ehemann Egon Maschulke. „Wie oft hab ich der Lydia schon gesagt, sie soll den verdammten Schlüssel nicht stecken lassen!“ Mit wem, sprach der Mann, schoss es mir durch den Kopf? „Da läuft doch der Staubsauger, die hört sie nicht“, kam es zurück von gegenüber! „War eigentlich der Briefträger heute schon da?“ fragte jemand im Hausflur. Dazwischen säuselte es immer noch in meinen Ohren „noch ein bisschen, noch ein bisschen!“ Mann, stand denn hier das ganz Hause schon hinter der Tür! Mir rann der Schweiß mehr kalt als heiß über den Rücken und ich packte die Maschulke bei den mächtigen Brüsten und schrie „Finale, Finale!“ Und mit einem Ruck, lies die stellvertretende Vorsitzende des Schalker Fan Clubs „Die Blauen aus dem Pott“ von mir ab, verzückt summend: „Oh, Oh, Oh! Oh, Oh, Oh!“ Dabei profitierte ich natürlich von meiner fußballerischen Sachkenntnis, denn die Aussicht auf ein Finale führte bei einem eingefleischten Schalke Fan immer zu höchster Verzückung, wobei eben kurz nach diesem Hochgefühl sofort die knallharte Realität wiederkehrt, weil der Schalker Fan weiß, dass ein Finale nur verloren gehen kann! Auf jeden Fall wurde der Lydia Maschulke schlagartig klar, dass es wirklich Sturm klingelte und ihr Egon brachial gegen die Tür schlug. Also nix wie runter vom Herrn Postillion, die Korsage in die korrekte Position gebracht, den Morgenmantel gegen den Haushaltkittel getauscht, die Schweißperlen abgetrocknet und rein in die Hauspuschen. Auf dem Weg zur Tür die Haare in Arbeitsstellung und schon trällerte Lydia Maschulke in Richtung Wohnungstür ein Liebliches: „Ich komme, ich komme, Momeeeent!“ Na Jungens, solltet ihr nun denken, dass ihr nun einen Onkel Adolph auf den direkten Weg in die Sackgasse einer kräftigen Tracht Prügel erleben werdet, da sage ich euch nur: „Fehlanzeige! Denn die Deutsche Bundespost hatte seine Mitarbeiter schon damals für solche Notfälle bestens gerüstet. In Seminaren, geführt von Überlebenstrainern, zumeist waren dies ehemalige WK II Veteranen, die jahrelange russische Kriegsgefangenenlager überlebt hatten, war der Postbeamte für solche Extremfälle vorbereitet worden. Während die Post-Kundin den Vorwerkturbostar, der sich schon damals mit seinen 130 Dezibel ideal für die Geräuschkulisse eines außerehelichen Beischlafs in einem Mehrfamilienhaus der Schalldämmungsklasse 3 eignete, abschaltete und sich auf dem Weg zur Wohnungstür nochmals die goldblonde Wallküren-Mähne zurechtgerückt hatte, spulte sich bei mir der Post-Notfall-Plan Nr.6 wie automatisiert ab:

Schritt 1: Unverzügliche Wiederherstellung der ordnungsgemäßen Anordnung der Dienstuniform. Hosen hoch, Hemd in die Hose, Gürtelschnalle schließen, obere Hemdknöpfe schließen, Postjacke anziehen und glatt streifen.

Schritt 2: Not-Kamm einsetzen (Innentasche Postjacke oben links)… Haare glatt kämmen, Scheitel links, Schnauzbart nach unten bürsten.

Schritt 3: Stuhl am Fenster positionieren (Achtung! Sicheren Halt suchen!) Gardine im Schlafzimmer zu 20% aus den Gardinen-Häkchen lösen (bei Zeitnot einfach abreißen!), auf Stuhl stellen, ohne Posttasche (Vorsicht! Hohe Verletzungsgefahr) Gardine hoch halten

Schritt 4: Laut mit folgendem Text nach der Kundin rufen: „Ich müsste aber jetzt weiter machen mit meiner Zustelltour!"

Sollzeit für diesen Post-Notfall-Plan Nr. 6 war eine Minute und 45 Sekunden! Das wurde auch einmal pro Monat im Gemeinschaftsraum des Hauptpostamtes hart trainiert. Auf jeden Fall stand der 1,90 m große Obersteiger Egon Maschulke genau drei Sekunden danach vor mir im Schlafzimmer, den Kopf wie eine kampfbereite Bulldogge gesenkt und rief zurück in den Gang: „Lyyyyyyyyyydia Du kannst doch den Postmeister Adolph nicht ewig mit Deinen Gardinen aufhalten!" Hilfsbereit nahm er mir die Gardine ab, bedankte sich brav und wünschte mir einen nicht zu stressigen Tag.

Tja, ist schon unglaublich, was man alles kann, wenn man auf ständiges Üben mit eiserener Disziplin setzt. Da könnt ihr Jungen wirklich was lernen!

Kindergarten und Kita, was hat das denn miteinander zu tun?

Er müsse jetzt wieder los, mit diesen Worten riss mich Alwin von der Promenadenbank wieder aus meinen Erinnerungen an Onkel Adolph. Er hatte mir wohl währenddessen seine komplette Lebensgeschichte erzählt, aber ich war froh, dass

nichts von alledem an mein inneres Ohr gedrungen war, denn der Nachmittag wäre dadurch wohl gänzlich versaut gewesen. „Also dann Tschüssle", summte der Geknechtete mir noch entgegen und ich warf ihm ein bewusst strenges „Serwas" hinterher, um meine Distanz zu dieser Art von Pseudomännern zu dokumentieren. An dieser Stelle ist es mal an der Zeit, zu erklären, wie sich überhaupt solche „Fraumännchen" haben entwickeln können, denn ein derartiger Verfall des Mannseins kommt nicht von heute auf morgen. Oft bahnt sich sowas schon im Kindergarten bei den kleinen Jungs an. Schauen sie, einer wie ich, der hatte noch eine kernige Nonne als Alleinherrscherin im Kindergarten, die einem schon mit dreieinhalb Jahren klar machte, wer zu reden hatte und wer hören musste. Wer in den sechziger Jahren eine dreijährige Ausbildungszeit in einem katholischen Kindergarten überstand, der hatte auch 15 Jahre später kein Problem mit einem Geländemarsch mit 30 kg Marschgepäck bei der Bundeswehr! Später so weit verbreitete Fragen wie „was möchte der kleine Konstantin denn heute spielen?" kannte man damals überhaupt noch nicht. Im Kindergarten hörte man als allererstes den Befehl „Bauklötze auspacken, aber zack, zack!"
Den Erzieherinnen von heute sei hier mal ein klein wenig Nachhilfe in Sachen antiker Geschichte gegeben: Es gab mal einen Konstantin den Großen und nicht den Konstantin den Kleinen! Es verwundert also nicht, dass der Nachwuchskaiser aus der Kita von klein auf zum Beta-Tier erzogen wird, wenn man bei ihm schon im dritten Lebensjahr die falsche Anrede verwendet.
Meine Kindergartenschwester hieß Alicia und war aus einem ganz anderen Holz geschnitzt. „Ich brauche jetzt drei starke Männer" war ihr Ausruf in die Kinderschar, wenn mal wieder etwas aus dem Turn-Raum zu schleppen war. Sie machte uns schon hier klar, dass wir Männer waren und nicht klein,

sondern einfach nur stark. Schleppen war Männersache, da kamen die Mädchen gar nicht in Betracht! Klar, dass die Mädels in unserer Gruppe immer bewundernd nach den drei ausgewählten Ausschau hielten und es für die anderen Jungen nur ein Ziel gab, nämlich das nächste Mal bei den drei Kraftprotzen dabei zu sein. Unsere Nonne machte jedes Mal klare und eindeutige Ansagen, wo es lang zu gehen hatte. Nicht eben dieses dauernde Auswahlgelaber von heute. „Ich kann Euch heute drei verschiedene Alternativen bieten, damit ihr Eure individuellen Kompetenzen stärken könnt". Hey, was soll das denn? Als Chef weiß man, was richtig ist und diskutiert darüber nicht stundenlang. Kein Wunder, dass hier lauter antriebslose Befehlsempfänger herangezogen werden. Schwester Alicia bestimmte einen Fuhrpark-Chef (das war meist einer der 5- oder 6-jährigen) und der lies dann seine 3- und 4-jährigen Subunternehmer die Plastik-Kipper und Bagger in die hausinterne Kiesgrube, sprich Sandkasten fahren, um dann dort die einzelnen Maschinenführer in ihre einzelnen Aufgaben für den Vormittag einzuweisen. Da wurde eben ab 9.00 Uhr malocht und keine Sandkuchen gebacken. Die waren schließlich die Domäne der Kindergarten-Bräute. Sie zeigten uns mehrmals am Tag ihre Backkünste, wir übten konstruktive Kritik, manchmal war auch ein Lob darunter, aber das war es dann auch. Wir Jungs hatten schließlich das Plan-Soll unseres Schichtführers zu erfüllen. So ein Sandkasten-Tunnelsystem baute sich ja nicht von alleine. Hatten wir unser Soll in der Kiesgrube erfüllt, ging es erst mal ans Aufräumen, was pünktlich um 10.30 Uhr durch die Betriebssirene, sprich durch dreimaliges Händeklatschen von Schwester Alicia, gestartet wurde. Da gab es kein Murren und die Frage nach dem warum, nein, da hieß es eindeutig: „Aufräumen, aber dalli!"

Und jetzt mal die Kita-Praktikantinnen aufgepasst: Nix die Hälfte liegen gelassen und schlampig in die Ecke geschmissen. Ne, ne, die Mercedes, Magirus und MANs (Volvo, DAF und Scania waren damals noch nicht im Fuhrpark vertreten) wurden Schnauze neben Schnauze in perfekter Ausrichtung im Spielraum abgestellt und erst nach Abnahme des Schwarz-Weißen-Trachten-Chefs Alicia ging es wieder nach draußen, wo die Männerfreiheit wartete.

Na super, hör ich die Jung-Emanzen unter euch schon wieder sagen, die feinen Herren machen sich jetzt einen faulen Lenz, während die Mädchen jetzt wohl in die Küche watscheln durften und der Schwester beim Essen zubereiten und Tisch decken helfen mussten!

Mitnichten, mitnichten! Jetzt war die harte Cowboy-Arbeit auf der Ponderosa-Ranch angesagt. Wir mussten uns jetzt auf die harten Holzpferde schwingen und die ausgerissenen Rindviecher zurück zur Herde treiben. Wir, dass waren Adam (also ich), Little Joe (der Otto), Hoss (der große, aber schon damals etwas untrainierte Bachinger Fredy) und unser Boss Ben Cartwright, der immer nur ein Sechsjähriger sein durfte. Wir alle waren wie immer bestens vorbereitet auf unsere einzelnen Aufgaben, denn natürlich hatte jeder von uns Vieren am Samstag davor die letzte Folge von Bonanza gespannt verfolgt und sie in seinen Träumen schon mehrmals als Hauptdarsteller durchgespielt. Manchmal war unser Problem, dass ab und zu die 3-jährigen Kindergartenneulinge eine Folge verpasst hatten, da deren übereifrige Mamis sie schon um halb sieben ins Bett geschickt hatten und sie somit unwissend und hilflos im Garten herumirrten. Sie alle waren nämlich unser Rindvieh, das wir dann wieder einzufangen hatten. Dabei war es von Schwester Alicia durchaus toleriert, um nicht zu sagen gewollt, dass wir so manche unwillige Quertreiber schon mal mit Lasso einfingen und sie an den

Hinterbeinen (also an deren Haxen)gefesselt zurück in den Coral, in unsere quadratisch aufgestellten Langbänke, zurücktrieben, wo sie dann bis zum Mittagsessen ihre verdiente Strafe absitzen mussten. Natürlich gefesselt! Strafe musste halt sein. Hatte unsere Mannschaft alle Longhorns beieinander, ritten wir immer an den Fenstern des Handarbeitsraumes vorbei, um den singenden Mädels zu zeigen, dass wir unsere „Braunen" im Griff hatten. Bei offenem Fenster sangen dann unsere Bewunderinnen „Muss I denn, muss I denn zum Städtele hinaus" und wir summten begleitend vor uns hin „I am just a lonesome cowboy and I am a far way from home". Man sieht, was das Fernsehen damals für bildungspolitischen Wert hatte und sogar schon im Kindergarten exzellente Englisch-Kenntnisse vorhanden waren. Wie sich doch echte Männer und wahre Frauen schon in jüngsten Jahren ideal ergänzen konnten.

Krisengebiet KITA

In einer Kita des 21. Jahrhunderts läuft die Sache leider komplett anders ab. Das fängt schon beim Namen an. Kindertagesstätte hört sich nicht gerade nach dem Ausgangspunkt eines heroischen Männerlebens an. Wobei das alte „Kindergarten" bei mir sofort den Gedanken an den Garten Eden, also dem Paradies und damit die Endstation eines jeden Helden aufkommen lässt. Eines machte uns Schwester Alicia von Anfang an bewusst: Tun wir, was uns aufgetragen wird, werden wir bei ihr das Paradies auf Erden haben, wenn nicht, könnte die Hölle auf uns warten! So bereitete sie uns blendend auf das wahre Leben vor. Das Leben eines echten Mannes, geboren für Heldentaten. Im Gegensatz zu einer KITA (ich denke, auch die Erfinder dieses absonderlichen Namens hatten schon gemerkt, dass Kindertagesstätte eher wie Bezirkskrankenhaus oder wie man bei uns in Niederbayern sagen würde, nach Mainkofen klingt und haben deshalb schon nach kurzer Zeit das Kürzel KITA in die Öffentlichkeit gebracht). Also die KITA ist der traurige Schauplatz eines sich täglich abspielendes Dramas, das nicht einmal tragische Helden, sondern nur verweichlichte Müsli-Schlappis zustande bringt. Leider wurde ich vor einigen Monaten Augenzeuge der unglaublichen Vorgänge in einer ortsansässigen KITA, als ich, ein Galan alter Schule, eine alte Schulfreundin, die Ihren Enkel in die selbige brachte, begleitete. Ich muss gestehen, dass ich dabei nicht uneigennützig handelte, denn ich war richtig scharf darauf, nach so vielen Jahren wieder die klaren, knarrenden Befehlstöne einer Kindergarten-Chefin in mich aufzusaugen. Ich hoffte also auf einen bereichernden Vormittag, aber schon vor der Türe der KITA spielten sich Szenen ab, die mir die Zornesröte ins Gesicht trieben. Es herrschte ein wildes Durcheinander von schreienden Jungen und Mädchen, auf die Wesen mit mehr oder minder ausgeprägten Bartwuchs einredeten. Obwohl bei genauerem Zuhören (nein, nein, ein Zuhören war bei dem gewaltigen Geschrei gar nicht möglich), also bei dem Versuch die Lage genauer zu erkunden, schien es mir, dass die Befehlsgewalt bereits vor der KITA von den Eltern auf die Kinder übergegangen war. Besonders die Gruppe der Bartträger (ich war mir immer noch nicht ganz sicher, ob es sich hier tatsächlich um Männer handelte) schien vollkommen die Kontrolle über das Geschehen verloren zu haben. Ich sah einen Dreikäsehoch, der gerade dabei war, sein Dreirad auf die Motorhaube des väterlichen BMWs zu schleudern, als der Papi ihn davon zu überzeugen versuchte, das selbige vor der Kita in den Radständer zu stellen. Ein anderer Junge, er schien mir schon ein, zwei Jahre älter, warf sich in eine große Wasserlache und drohte einem Milchgesicht mit Rotbart und Pferdeschwanz, er würde sich selbst ersäufen, sollte ihn sein vermeintlicher Erzeuger hier in der KITA abliefern. Meine alte Schulfreundin zog mich zur Seite und sagte, das hier sei noch ein vermeintlich normaler Morgen, sie kenne noch ganz andere Aufstände. Sie bringe den kleinen Enkel deshalb sehr oft in die KITA, weil dessen Mama, also ihre Schwiegertochter, seit ein paar Wochen auf REHA in einer Nervenklinik am Starnberger See sei. Die Schwiegertochter würde dies einfach nicht mehr durchstehen. Der kleine Otti, ihr Enkel, akzeptiere nur mehr Omas preußischen Befehlston, sodass allein sie es mehr schaffe, ihn ohne größere Eskapaden in die KITA einzuliefern, wo er dann auch bis um 17.00 Uhr bleiben müsse. Wir zwängten uns mit einiger Vehemenz durch diese Krawallzone und konnten somit den Umkleidebereich von Ottis Kindergruppe erreichen. Hier stoppte mir erneut der Atem, denn überall an den bunten Wänden stand unübersehbar „Hier spielt die Schluffi-Gruppe". Um Himmels willen, wo war ich hier rein geraten? Was sind denn Schluffis? Wo waren hier die Mescalero-Apachen aus dem Nachbardorf von Winnetou? Auch das Schild, welches uns den Weg zur Ponderosa-Ranch weisen sollte, war mir beim Hereinkommen nicht aufgefallen! Ich nahm mir vor, später zu Hause im World Wide Web nach dem Begriff Schluffi zu suchen, vielleicht war das ja so eine Art Rosaroter Panther der Neuzeit. Als ich dann den Blick in den Gruppenraum schweifen ließ, hielt ich es allerdings eher für möglich, dass es sich um eine mir unbekannte Jugendorganisation einer Terrorgruppe handeln könnte. Ein schwarzhaariger Balkan-Sprössling mit heruntergezogener Hose schrie seine Kindergärtnerin an, sie würde ihm nur deshalb den Hintern nicht säubern, weil er einen Migrationshintergrund habe. Er sei erst sechs Jahre alt und nach EU-Kinderschutzrecht stehe jedem KITA Insassen das unumschränkte Recht auf Ganzkörperpflege zu, was natürlich auch den dreimaligen Toilettenbesuch mit anschließender Säuberung der Gebrauchskörperteile mit einschließe. Die junge Dame von der KITA-Wachmannschaft entschuldigte sich postwendend bei dem 1,15 m großen Staranwalt und begleitete diesen mit einer Rolle Zewa-Super-Softies in die Waschräume. Eine Nachwuchserzieherin, sie mochte so knapp Zwanzig sein, folgte einer Truppe von etwa vierjährigen Antifa-Aktivisten, die mit verschiedenen, von mir nicht entzifferbaren Parolen die Wände mit roter Farbe beschmierten. Sie als Nachhut hinter den Rotzpippen her, mit einem Putzeimer, Sidolin Extra Stark und diversen Lappen bewaffnet. Auf meine Frage, was das denn werden solle, erklärte sie, dass sei ein sehr wichtiger Bestandteil der neuen Fassung der bayrischen kinderpädagogischen Gesamtkonzeption. Die Kinder würden dabei ihren individuellen Fähigkeiten und Gelüsten freien Lauf lassen können. Diese Gruppe hätte eben ihre Stärken im Bereich der darstellenden Künste und sie gäbe ihnen nur die nötige Background-Unterstützung. Auf meine Nachfrage, ob das bedeute, dass sie die Kleckserei der Schmierfinken dann umgehend wieder wegzuwischen habe, bejahte sie mir dies, denn es sei besonders wichtig, dass sich künstlerisch begabte Individuen nicht mit Alltagsarbeiten belasten dürften. AHA!!! In mir reifte der Entschluss, eine Spontanflucht in Angriff zu nehmen und laut schreiend zum Ausgang zu rennen, aber etwas hing an meinem linken Bein und lähmte diesen Ausbruchsgedanken. Zuerst dachte ich an einen Hund, der sich in mein Hosenbein verbissen hätte, aber als ich nach unten sah, sah ich Otti, der sich wie eine Bulldogge an meine frisch gebügelte Jeans klammerte ohne auch nur einen einzigen Laut von sich zu geben. Ich suchte nach Hilfe und hielt Ausschau nach seiner Oma, aber konnte sie nirgendwo in diesem Getümmel erkennen. „Was soll das,

Kleiner, lass los!“ fuhr ich den Sprössling an, in der festen Meinung, meine natürlich Autorität als Erwachsener würde genügen, um den Wadenbeißer los zu werden, aber er machte nicht die geringsten Anstalten, seine Klammeraffen-Technik zu lösen. Als ich dann auf die Gewalttour umschalten wollte, begann Otti wie am Spieß zu schreien, wobei er abwechselnd „Papi, Papi, mein Papi“ schrie, um dann wieder „ich will nicht ins Heim“ zu kreischen. Da er dies im Stile einer Viertelliter-Rennmaschine von Yamaha im Vollgasbetrieb jenseits des 12000er Drehzahlbereichs tat, übertönte er jeglichen Lärm auf dem KITA Schlachtfeld und es ward auf einen Schlag absolute Stille. Mir war sofort klar, dass ich in einen Hinterhalt geraten war, denn von allen Seiten starrten mir feindliche Kurzhaar-Squaws entgegen. Ich hatte keine Zeit, um das Schussfeld genau zu sondieren, sonst hätte ich gleich bemerkt, dass sich in der feindlichen Phalanx auch Schwachstellen in Form von rotbärtigen Pferdeschwanzträgern befanden, sonst hätte ich sofort einen Ausfall gewagt, aber so dachte ich, es sei jetzt wichtig, Zeit zu gewinnen und schlug die Verhandlungsschiene ein. „Es handelt sich um ein Missverständnis, der Kleine ist nicht mein Sohn!“ Keinerlei Reaktion bei den Öko-Leibchen-Trägerinnen auf der anderen Seite der Front. „Echt nicht, der täuscht sich, genau genommen gehört der überhaupt nicht zu mir, der ist mit seiner Oma hier!“ Noch mehr versteinerte Blicke. Wo war bloß meine Schulfreundin hin verschwunden? Fieberhaft suchten meine Augen nach ihr. Nichts, nichts, nichts! Bestimmt war sie schon wieder auf dem Klo, sich die Nase pudern. Ich musste handeln. Den Amazonen musste klar werden, dass ich ein großer Krieger sei und mit dem gemeinen Volk nicht verhandelte. So fragte ich mit fester, klarer Stimme nach ihrer Anführerin:„Wer hat hier die Kindergarten-Leitung?“ Ich fixierte eine 1,80 große brünette Schwachstelle, von hagerer Statur. Sie schien mir die

Schwächste unter ihnen. Ich benutzte bewusst den alten Namen Kindergarten. Sie alle sollten wissen, dass ich mich nicht von deren pseudo-modernen Begriffswelt einschüchtern lies. Volltreffer! Frau Hager zuckte sichtlich zusammen. Sie stammelte: „Das ist Frau Träumelin, aber die ist im Krankenstand und auch ihre Vertretung, Frau Kulesch, ist außer Haus auf Fortbildung."
„So, so! So läuft das also hier", murmelte ich mit gestrengem Blick. Deutlich lauter dann meine neue Frage: „Und wer sind dann Sie?" Mir war der Gedanke unerträglich, mit einem subalternen Chergen verhandeln zu müssen. „Ich, ich bin Luisa Trittbrett, die Vertretung von Frau Kulesch." „Saubere Zustände hier, wenn Sie als momentane Führungskraft keinerlei Ahnung zu haben scheinen, wer hier in ihrem Revoluzzer-Laden ein und ausgeht. Sie müssen doch wissen, wer dieser Junge und wer sein Vater ist, oder? Ich bin es auf jeden Fall nicht!" Ich merkte, wie sich das Interesse der Meute von mir abwandte und die vorwurfsvollen Augenpaare sich nun den Weg zur Zweitvertretung suchten! Auch der Klotz an meinem Bein war verstummt und sein Klammergriff hatte nachgelassen. „Otti, was machst Du denn da, musst Du immer im Mittelpunkt stehen?" Meine Schulfreundin bahnte sich mit diesen Worten den Weg durch den Mob. „Omi, Omi", war die Antwort, „die wollen Deinen Freund lynchen". Empörtes Geschrei brandete auf und im Nu war Frau Groß und Hager von der marodierenden Menge umringt. Ich dagegen stand nun allein da, glücklich der Umzingelung der gegnerischen Mächte entkommen zu sein. Ein Held, der sich selbst seine Geschichte schrieb. Kraftlos und ermüdet, machte ich ohne weitere Worte auf dem Absatz kehrt und schritt erhobenen Hauptes von dannen.
Wirklich traurig diese Geschichte, nicht wahr? Sie sollte helfen, ihnen zu zeigen, wie es kommt, dass sich so viele Jungs

schon in früher Kindheit von ihrer Männlichkeit entfernen und dies eben häufig bei den Erzieherinnen in der KITA seinen Anfang nimmt.

Der alte Kindergarten – eine Geburtsstätte für Helden

Bei mir früher gab es alljährlich mehrere Mutproben, die schon Wochen vorher bei den Cowboys des Sankt Klara Kindergartens für hellste Aufregung sorgten. Impfungstage, hießen die Schreckensformeln. Dazu muss man wissen, dass Mitte der sechziger Jahre, der Staat den Bürger einiges vom Denken abnahm, indem er einfach einige Pflichttermine einführte, denen sich niemand entziehen konnte. So gab es eine ganze Reihe von Impfungen für Kindergartenkinder, um die sich natürlich einige Legenden und Mythen ranken. Da gab es zum Beispiel Schutzimpfungen gegen Wundstarrkrampf, Kinderlähmung, Pocken oder Ähnliches, welche für kleine Kinder (und nicht nur für die) gewaltige Mutproben darstellten. Das ziemlich große Gebäude unseres Kindergartens teilte sich damals mit dem ortsansässigen Gesundheitsamt den Eingang und somit waren wir allmorgendlich mit der wie ein Damoklesschwert über uns schwebenden Gefahr konfrontiert, heute könnte wieder eine Impfung anstehen. Das Gemeine daran war, dass uns Schwester Alicia und auch die wohl mit ihr verschworenen Mütter oft erst am Tag der Impfung oder maximal einen Tag vorher darüber informierten, dass heute ein Impftermin wäre. So gab es gar nicht so selten ein mulmiges Gefühl, wenn ich in den Kindergarten gebracht wurde und ich nicht wusste, ob später der Weg in den anderen Eingang anzutreten war, der mir wieder eine neue Mutprobe brachte. Auf der anderen Seite wurde ich hier schon auf die vielen und legendären Geschichten aus der späteren Zeit bei der Bundeswehr vorbereitet. Gerade das erste Jahr als Novize bei Schwester Alicia war nervenaufreibend, da es die älteren Kameraden förmlich genossen, den Kleinen haarsträubende Geschichten über die anstehenden Schutzimpfungen zu erzählen. Sogar die Polio-Impfung, das war die mit dem mit getränkten Zuckerstückchen, wurde auf der Ponderosa-Ranch geradezu mystifiziert. Ja, ja, der Würfelzucker selbst sei natürlich harmlos, aber das Gebräu, das darüber geträufelt wurde, hätte es jedoch heftig in sich. Es würde einen zuerst mal den Bauch zusammenziehen, dann wieder auseinander. Kurz darauf bekäme man heftigen Schüttelfrost, teilweise so vehement, dass manche von der Ärztin festgehalten werden müssten. Manche würden sogar auf dem Stuhl im Gesundheitsamt angeschnallt. Wenn alles normal verliefe sei alles nach einer halben Stunde vorbei und man könne wieder in den Kindergarten zurück, aber die Älteren hätten schon Fälle erlebt, da wäre der kleine Cowboy für Tage nicht mehr auf der Ranch zu gebrauchen gewesen, so platt war er! Sie können sich vorstellen, mit welchen Schlotterknien ich das erste Mal vor der Frau Ärztin (auch das noch, es war auch noch eine Frau!!!) im Gesundheitsamt stand und meine Mutter mir schon hundert Mal eingetrichtert hatte, dass die Impfung total harmlos sei und das Zuckerstück im Gegenteil auch noch sehr lecker schmecken würde. Mir war total schlecht und ich sah mich schon gefesselt auf dem Stuhl verendend. Damals gab es nur so genannte Reihenimpfungen, dass hieß, wir mussten alle hintereinander anstehen und durften nicht mal im Sitzen zittern. Mädels und Jungs waren dabei gemischt. Ich konnte also keine Schwäche zeigen, obwohl mir der Sinn nach Flucht stand. Ich konnte mich nicht an den vor mir stehenden Kameraden orientieren, weil mir der Impfvorgang selber durch einen Vorhang verborgen blieb und die kleinen Opfer auf der anderen Seite des Vorhanges wieder herausgeführt wurden. Ich wusste also nicht, wie man nach dieser Tortur aussehen würde. Also Augen zu und durch! Meine Mutter führte mich an der Hand hinein und ich hörte nur mehr, wie eine fremde Frauenstimme sagte: „Du kannst die Augen ruhig zu lassen, aber den Mund musst Du schon aufmachen! Also bitte Mund auf und Zunge raus!“ Mein Puls war nahe der 200er Marke und ich spürte wie sich ein Hustensaftgeschmack auf meiner Zunge breit machte und mir meine Mutter ins Ohr flüsterte: „Mund wieder zu!“ Der Rest war unspektakulär. Meine Mutter gab mir einen Klaps auf den Hintern und sagte: „So das war es, harter Cowboy, jetzt wieder ab zu Schwester Alicia, ich muss in die Arbeit!“

Meine Kameraden waren solche Vollidioten! Der Rest des Tages war wie auf Wolke Sieben und sogar das von mir nicht gerade geliebte Mensch-Ärgere-Dich-Spiel mit den Mädels war eine Labsal auf meine Wunden! Jetzt muss ich aber noch erwähnen, dass die Impfgeschichte eine sehr unangenehme Fortsetzung fand. Ungefähr einen Monat später wurde uns von Schwester Alicia angekündigt, dass am nächsten Tag eine Pockenschutzimpfung stattfinden würde. Ich war anfänglich nicht besonders nervös, weil ich ja schon mit Bravour meine erste Impfung hinter mich gebracht hatte. Ich hatte dabei keine der von meinen älteren Kameraden angekündigten Leiden aushalten müssen und es kümmerte mich daher auch nicht, dass dies eine Pocken- und keine Kinderlähmungs-Schutzimpfung war. Impfung ist gleich Impfung, was soll da schon der Unterschied sein. Ich war ja jetzt kein Greenhorn mehr und ließ mich deshalb auch nicht mehr von den anderen Cowboys ins Bockshorn jagen. Am Abend erzählte ich meiner Mutter (sie konnte immer so schön unwissend wirken, dabei bin ich mir sicher, sie hatte alle wichtigen

Informationen gewiss immer vor mir gewusst) von der bevorstehenden Pockengeschichte, aber das sei ja nur ein Klacks für einen erfahrenen Kindergartenmann. Sie zeigte sich zwar ein bisschen überrascht, aber lobte mich, weil ich immer so ein tapferer Junge wäre. Na ja schon, aber sie solle auch nicht so übertreiben, denn so ein beträufeltes Zuckerstückchen hinunter zu schlucken, sei ja jetzt auch nicht mit den Taten von Old Shatterhand zu vergleichen. Dann erzählte sie mir von den Vorkriegsjahren, als sie selbst noch ein kleines Mädchen war. Da gab es die Pockenschutzimpfung auch schon und die hätte zwei bleibende Erinnerungen bei ihr hinterlassen. Welche das denn wären, fragte ich nach und meine Mutter begann den Ärmel ihres rechten Armes hoch zu schieben und ziemlich weit oben kamen zwei deutlich sichtbare Narben zum Vorschein, die mir bei meiner Mutter vorher nie so recht aufgefallen waren. „Die sind von der Pockenimpfung", waren die wenigen Worte, die meine Zuversicht auf den nächsten Tag in blankes Entsetzen umschlagen ließen. „Weißt du, das sieht schlimmer aus, als es wirklich war. Das sind nur zwei klitzekleine Schnitte, die spürt man überhaupt nicht und bluten tut das auch fast nicht!" Was für Schnitte, welches Blut? Schnitte kommen von Messern und das erste Messer, dass mir in den Sinn kam, war das berühmte Bowiemesser und eben dieser Jim Bowie machte damals im Wilden Westen alles andere als „kleine" Schnitte damit. Das mit dem Blut war auch so eine Sache, denn so eine Monsterklinge hinterließ eher eine Mordsblutlache bei seinen Feinden. Ich befürchtete, dass meine liebe Mama das Ganze mächtig herunterspielte, damit ihr Kronprinz (also ich) nicht übermäßig leiden musste.

Und warum müssten es zwei Schnitte sein, einer täte es doch fürs Erste auch? „Weißt Du, das müssen deswegen Zwei sein, weil sonst wirkt das nicht richtig. Da sind eben zwei verschiedene Mittelchen auf der Klinge und die machen eben den Effekt.“ Mensch Mama, dachte ich, so kann auch nur eine Squaw reden, wenn auch eine tolle Squaw. Es weiß doch ein jeder Trapper, dass verunreinigte, offene Wunden zu Wundbrand, hohem Fieber und sogar zum Tode führen können. Mann was stand mir da morgen bloß bevor! Nein, ich durfte mir Nichts anmerken lassen, auch dann nicht, als mir Mama auch noch nach der Gute Nachtgeschichte den von mir später nicht mehr sehr geliebten Spruch mitgab: „Und überhaupt, das ist doch kein Problem für meinen starken Mann, denn Indianer kennen keinen Schmerz!“ Mensch Mama, ich bin ein Cowboy, kein Indianer, war mein letzter Gedanke bevor ich einschlief. Am nächsten Morgen wachte ich schon sehr früh auf und als ich durch mein Fenster einen tristen, regenverhangenen Himmel sah, wusste ich, es würde ein Tag werden an dem keine Helden geboren werden. Das Frühstück wollte nicht recht schmecken und als mir meine Mutter mit einem mitleidigen Lächeln meinen Kaba (sie wissen ja, den „echten Plantagentrank“) vor die Nase stellte und den Satz – ich müsste wirklich keine Angst vor heute haben – aussprach, war mir endgültig klar, es würde ein harter Trail mit ungewissem Ausgang werden. Mit den Gedanken an mein eigenes Testament, bei dem Fixpunkte waren, dass mein Bruder meinen geliebten Steiff-Teddybären nicht bekommen würde, stieg ich hinten auf den Drahtesel meiner Mutter. Während sich Mama mit kraftvollen Tritten den Weg aus unserer Straße heraus, entlang der Bahnlinie und durch eine Furt über den wenig Wasser führenden Rio Grande bahnte, war ich allein mit meinen Gedanken und sinnierte darüber, was nach meinem Tode geschehen würde. Würde ich nur unter einigen kargen Felsen verscharrt werden oder würden Balsi, Motte und der Wombat einen Ehrensalut an meinem Grabe abfeuern? Würde die Summerer Gabi, eine der wenigen

Mädels, die mir von Anfang an Respekt abnötigten, eine dicke Träne verdrücken? Die Gabi war allen Jungs im ersten Kindergartenjahr weit überlegen, denn sie war die einzige, die schon alleine die eigenen Schnürsenkel binden konnte und das sogar mit einer lupenreinen Doppelschleife. Sie durfte uns deshalb auch zu Pferde auf die Weiden zu den Longhorns begleiten, wenn auch standesgemäß am Ende unsere Truppe reitend.
Zur echten Legende wurde sie allerdings zwei Jahre später, als sie mir an einem heißen Tag im Hochsommer wohl das Leben rettete. Es war kurz vor der Mittagszeit. Schwester Alicia hatte schon den Bohneneintopf am Köcheln und ich löste gerade die Fußfesseln von einem 3-jährigen (sie können sich erinnern: die Kindergartennovizen hatten das Los des Rinderdasein im Langbank-Coral zu fristen) als mich ein stechender Schmerz am Handgelenk durchzuckte. Ich merkte sofort, wie sich eine Lähmung im linken Arm breit machte. Little Joe brüllte: „Es war ein Skorpion, es war ein Skorpion!" Hoss trug mich sofort in den Schatten der alten Kindergarteneiche. Ben Cartwright nahm den Stetson ab, kniete neben mir nieder und sagte: „Wenn er nicht schnell Hilfe bekommt, wird Adam sterben". „Das wird er nicht", blaffte Gabi sie alle an, nahm meinen Arm und saugte das Gift mit ihrem Mund aus meinem Körper. Das war knapp und ich war heilfroh darüber, auch wenn der Bienenstich bereits zwei Tage später abgeheilt war und die Spuren von Gabis Gebiss noch zu meiner Gymnasiumzeit an meinem Handgelenk sichtbar waren. Sie hatte wohl Saugen mit Reinbeißen verwechselt. Egal, sie war ab diesem Tag eine wahre Heldin. Eine Woche später bekam sie von uns allen den Ehrennamen „Calamity Gabi" verliehen und Zeit ihres Kindergartens war sie immer die erste, die von Schwester Alicia ihre verdiente Portion Bohnen mit Speck bekam! „Hallo Herr von und zu, wollen wir heute gar nicht

vom großen Ross heruntersteigen?“ Die Stimme meiner Mutter riss mich aus der Erinnerung an einen Tag in höchster Lebensgefahr. Würde heute wieder so ein Tag sein? Sie hob mich vom Kindersitz ihres Rades und beinahe hätten mir die Beine versagt, so schwach fühlte ich mich auf einmal.
„Blöder Stein“, grummelte ich vor mich hin, um mir nicht anmerken zu lassen, wie schlecht es wirklich um mich stand. Mama hatte mich aber wohl durchschaut und wusste dass ein echter Prärieheld jetzt Unterstützung brauchte und sagte: „Ich komm eh mit Dir mit!“
Als im Kindergarten fast schon die gesamte Truppe auf uns wartete und mir sofort auffiel, dass nahezu alle Mütter der Kinder auch anwesend waren, wurde mir bewusst, wie ernst die Lage war. Motte und Wombat waren auch schon da, samt familiärer Gefolgschaft. Aber wo war Balsi, mir schien es, als hätte er gekniffen. So eine Ratte, jetzt, wo es darauf ankam in den Kampf zu ziehen, machte der bestimmt auf „ich hab so Ohrenschmerzen“! Na warte, wenn wir zurückkommen, dann gibt es aber mächtig Druck! Wenn wir zurückkehren! Jim Bowie hatte so manchen mit seinem Messer den Garaus gemacht. Ganz zu schweigen von den Künsten von Chingachgook, der auch noch auf zwanzig Meter Entfernung einer Kakalake den Schädel spaltete. Hoffentlich waren heute ein Arzt und keine Ärztin anwesend. Denn eine Frau, die gut mit einem Messer umgehen konnte, kannte ich bis dato nicht. Also rein in die Höhle des Löwen, sprich, in den Behandlungsraum des benachbarten Gesundheitsamtes, damit ich es schnell hinter mich bringen konnte. Ich war schließlich Adam Cartwright von der Ponderosa Ranch und weit über die Kindergartengrenzen hinaus als harter Hund bekannt. Als mir dann aber die ersten „Aua, aua das tut so weh“-Rufe entgegen wehten und die „Ich will nach Hause“-Rufe nicht verstummten, standen die Zeichen doch auf geordneten Rückzug. Aber

da war Gott sei Dank Calamity Gabi hinter mir und fragte: „Gehen wir gemeinsam rein, Adam?“ Und wie von Geisterhand geführt, riss ich mir das Hemd von meinem Oberarm, bot ihn dem Schlächter dar, lächelte dem aufblitzenden Messer voller Trotz entgegen. Ich spürte einen entfernten Schmerz, die erneuten Worte „Ein Indianer kennt keinen Schmerz“ und dann sah ich nur mehr die Deckenleuchte schwanken. Als ich die Augen wieder aufbekam, sah ich einen Außerirdischen mit einer dicken Hornbrille auf mich zuschweben. Er hatte einen weißen Kittel an und sagte: „Er kommt gerade wieder zu sich, machen Sie sich keine Sorgen um ihren Sohn!“ Ich war also doch nicht in der Schlacht gefallen, aber scheinbar schwer verwundet und man hatte meine Mutter an das Krankenbett geholt. Jetzt spürte ich auch eine Hand auf der Meinigen und merkte, dass Calamity Gabi an meiner Seite saß und mir aufmunternd zuzwinkerte. Auch sie schien verwundet. Ein großes Pflaster klebte auf ihrem Oberarm, aber die Verwundung musste wohl von leichterer Natur sein. Ich war froh, noch am Leben zu sein! Dr. Oberpriller klebte ein Pflaster auf meinen Arm und sagte, ich hätte alles überstanden, solle aber noch fünf Minuten auf der Bank liegen bleiben und dann ein Wurstbrot essen. Das Pflaster über den Pockenschnitten müsse dann sieben Tage dran bleiben und in zwei Wochen käme er dann im Kindergarten noch mal vorbei, um kurz nachzuschauen, ob alles in Ordnung wäre. Ich blickte aus dem Fenster und sah, dass die Sonne wieder strahlte und die dicken Regenwolken verschwunden waren. Also doch ein Tag, an dem Helden geboren werden, dachte ich und griff fester nach der Hand von Gabi!

Über den Dächern von Passau

An einem der nächsten Tage begab ich mich zum Mittagessen ins Cafe Diwan und war guter Dinge. Den vorhergehenden Abend hatte ich gemütlich zu Hause vor dem Flachbildschirm verbracht und ergötzte mich an den wundervollen Szenen rund um Inspektor Barnaby und schlief anschließend nach einigen Seiten des 23. Bandes von Commisario Brunetti von Donna Leon ein. Ausnahmsweise war ich heute am Morgen zum Frühstück zu Hause geblieben. Meine lautstarken Nachbarn waren entweder mit extremen Halsschmerzen im Bett geblieben, was offensichtlich ein Komplettversagen der Stimmbänder zur Folge hatte, oder Vater Kleinwohlhans hatte die Endlösung seines morgendlichen Problems in die Tat umgesetzt und seinen Sohn für immer in die ewigen Jagdgründe gesandt. Frau CFO (kleine Lernzielkontrolle: Was war das noch mal?) jedenfalls war noch am Leben, denn kurzzeitig war ich durch das Röhren eines Porsche Boxter aufgewacht, welcher nur von Frau Chief Financial Officer stammen konnte (Auflösung der Lernzielkontrolle!). Dieses Geräusch war schon mal ein kleiner Lichtblick am frühen Morgen, wenngleich ich lieber von einem britischen 12-Zylinder-Motor aufgeweckt worden wäre. Das Cafe Diwan hat leider einen einzigen Nachteil, denn das direkte Vorfahren vor das Lokal ist leider nicht möglich. Grund dafür ist dessen Ansiedlung in der neunten und damit obersten Etage eines modernen Hochhauses inmitten von Passau. Zugegebenermaßen wäre es architektonisch doch etwas aufwendig, speziell für die Stammgäste eine eigene Auffahrtsrampe bis ganz nach oben zu bauen. Wenngleich dieser Gedanke durchaus hohe Attraktivität auf mein Vorstellungsvermögen ausübt. So ganz irreal scheint mir das Ganze zudem nicht, hatten doch die Römer schon vor 2000 Jahren diesen

Aufwand bei der Belagerung der jüdischen Stadt Massada auch nicht gescheut. hat. Der Weg über die Tiefgarage blieb mir also nicht erspart, aber zumindest waren dort die Plätze 11 bis 16 für treue Kunden reserviert und es hatte sich eingebürgert, dass Platz 15 immer für mich, sprich meinen S-Type frei gehalten wurde. Heute hatte er dort auch sehr angenehme Gesellschaft, waren doch Hugos Silver Shadow und Stephans 62er Corvette auf 14 und 16 geparkt. Ich war beruhigt, dass mein Jaguar eine adäquate Gesellschaft während meiner Abwesenheit haben würde. Ich ging zu den beiden Aufzügen und wartete bewusst, bis der rechte von den beiden wieder frei war, genoss ich mit ihm doch jedes Mal wieder die tolle freie Aussicht über ganz Passau. Manchmal blieb ich sogar länger unten stehen, um zu warten, bis ich alleine in diesen Lift einsteigen konnte, um eine Solo-Fahrt zu genießen. Heute war aber sehr viel los und ich fuhr dann bei der dritten Fuhre doch mit, was ein nicht unerheblicher Fehler war.
Ich muss sie dabei aber aus Gründen des besseren Verständnisses davon in Kenntnis setzen, dass alle Stockwerke bis auf das Oberste nur mit modernen und recht exklusiven Arztpraxen bzw. Anwaltskanzleien belegt sind. Es drückten sich also noch 10 andere Damen und Herren hinter mir in die Liftkabine und jeder schien ein anderes Knöpfchen gedrückt zu haben, denn die Schalttafel leuchtete auf, wie ein Weihnachtsbaum. „Na, ob der jetzt noch weiß, wo er hin soll?“ versuchte ich frohen Mutes die Laune in der mehr als angestauten Atmosphäre zu heben. Reaktion: Null. Eisiges Schweigen. Der Aufzug war ob der schweren Last wohl etwas unwillig, denn es dauerte doch eine ganze Weile, bis er sich in Bewegung setzte, nachdem sich schon lange die Tür geschlossen hatte. Grund war gewiss der stark beleibte Herr, der als letzter zugestiegen war und mit seinen geschätzten 130

Kilos, wohlgemerkt auf maximal 170 Zentimetern Körpergröße, die Höchstlastgrenze ans Limit brachte.
„Pling!" Etage 1: Kanzlei Schwalbennest und Prenzler Rechtsanwälte! Die Tür ging auf und eine aufgedonnerte Mittvierzigerin mit strengem Blick und Bundfaltenhose verließ uns mit etwas Mühe, war sie doch durch den erwähnten Schwergewichtler etwas eingeklemmt.
„Puh, endlich wieder Luft, das hat ja eine Ewigkeit gedauert", zischte sie den Verbliebenen hinterher, als sich die Tür wieder schloss. Weiter ging es!
„Mama ich habe Angst", machte sich ein zartes Stimmchen unter mir bemerkbar. Erst jetzt sah ich, dass ein sehr, sehr kleines Wesen, ich denke, es war erst in der 1. Klasse, wenn überhaupt, an mir hochschaute. Da ich aber sehr farbenfroh gekleidet war und immer noch meinen „heute wird es schön"-Blick drauf hatte, konnte ich mir nicht vorstellen, dass ich selbst der Grund für das Erschrecken der süßen kleinen Dame war. Ich war erleichtert! „Pling!" Etage 2: Praxis Dr. Dr. Schrauber und Kollegen, Zahnärzte! Eine ziemlich kompakte Dunkelhaarige schob die Kleine wie einen Schneepflug vor sich her und zur Tür hinaus. Alles klar! Ich war also kein Monster! Interessant war, dass keiner mehr rein, aber pro Stockwerk jeweils einer raus wollte. Datenschutz herrschte hier keiner, sagte doch der Lautsprecher klar und deutlich wo jeder Fahrgast hinstrebte. Der Dicke stieg erwartungsgemäß beim Kardiologen aus. Ich war mir aber nicht sicher, ob er nicht besser im sechsten Stock ausgestiegen wäre, denn dort gibt es die Ernährungsberatungspraxis eines fernöstlichen Reisgurus. Stattdessen stolzierte dort eine magersüchtige Straßenstelze aus dem Aufzug. So lichteten sich die Reihen und in der achten Etage blieben nur noch eine aufregend schöne und elegante Dame und ein ziemlich großer, kauzig wirkender Trenchcoat-Träger übrig. Die Brünette, die sich zu

meiner Freude in ein hauchenges Kostümchen gezwängt hatte, war mir beim Einsteigen überhaupt nicht aufgefallen. Ich vermutete, dass sie der zweiundeinhalb Zentner Koloss verdeckt hatte. Ich war gespannt, wer von den Beiden ganz oben den Weg zum Cafe Diwan nehmen würde. Bei meinem derzeitigen, eher mangelhaften Glück würde die Dame sicherlich zum Kieferorthopäden einschwenken und mir der Hakennasenmann bleiben.

„Pling!“ Etage 9: Kieferorthopädische Praxis Prof. Dr. Bracchus und Cafe Diwan. Ich blieb noch einen Moment stehen und sah voller Freude, dass die Dame das Cafe Diwan wählte. Sie hatte schon mal einen guten Geschmack. Ich steuerte direkt auf meinen Stammplatz an den Panoramafenstern zu, wohingegen die Dame noch suchend umherstreifte, scheinbar überrascht über den grandiosen Ausblick, der sich ihr bot. Fräulein Saskia, die stets gut gelaunte junge Dame aus dem Service, empfahl mir die Rinderlendenstreifen auf knackigen Blattsalaten mit Balsamico, wogegen ich nichts einzuwenden hatte und schwebte wieder von dannen. Zu einem schönen Mahl gehört auch eine schöne Frau und so wandte sich mein Blick unweigerlich nach der Dame aus dem Aufzug und er fand sie zuerst nicht. Ich drehte mich wohl auffälliger als nötig um, als meine Augen auf ihrer 360 Grad Reise überrascht feststellten, dass sie direkt an dem Tisch schräg hinter mir Platz genommen hatte und mir leicht amüsiert eine kurzen Blick zuwarf. In jüngeren Jahren, wäre mir so etwas total peinlich gewesen, aber später hatte ich bemerkt, dass es wahre Frauen lieben, wenn sich Männer bei ihren Interessensbekundungen ein bisschen ungeschickt benehmen. Zurückhaltung und Charme war sicherlich wichtig, aber bewusst eine Prise Ungeschicklichkeit einzustreuen, dass machte den echten Mann alter Schule aus.

Hansi von Dornberg und das harte Leben

Ein wahrer Meister dieses Genres war Hansi Dornberger, den alle nur den von Dornberg nannten. Hansi von Dornberg, der seinen Adelstitel de honore und nicht per gentem erhalten hatte, hatte das große Glück, dass ihm sein Vater ein großes Baustoffunternehmen hinterlassen hatte, welches er wenige Jahre später verkaufte und schlagartig mit nur einem einzigen Problem konfrontiert war: Wohin mit den 75 Millionen? Sie werden sagen super, so ein Problem möchte ich auch haben, aber sie werden diese Meinung vielleicht doch noch überdenken und dies nicht nur, weil es damals nur Deutsche Mark und keine Euros waren. Hansi Dornberger hatte also mit Anfang Dreißig ein riesiges Problem! Die ersten zwei Jahre riss es ihn hin und her. Sollte er einfach auswandern, sagen wir mal nach Neuseeland oder eher Ölbäume in der Toskana pflanzen? Wäre ein neuer Wohnsitz in Monaco das Richtige oder besser die Sonnenstrahlen von Beverly Hills in Kalifornien. Aber da war auch noch das schlechte Gewissen, er könne doch nicht einfach nichts tun und das hart verdiente Geld der Eltern verprassen. So saß er denn einige Tage bei der Lanz Marie und bestellte auf seinem persönlichen Selbstfindungstrip eine Halbe nach der anderen. Der nicht mehr ganz taufrischen Lanz Marie gehörte der Gasthof Lanz in Untergriesbach, einer kleinen Marktgemeinde im Landkreis. Sie war Wirtin, Alleinherrscherin und Mädchen für alles zugleich. Nur aus dem Respekt vor der Tradition und vor ihrem verstorbenen Mann hieß der Gasthof immer noch Lanzwirt und wurde nie in Gasthof zur Lanzwirtin umbenannt. Die Marie war keine Frau der großen Worte, aber was sie sagte, hatte großes Gewicht bei den Männern der Umgebung. So hielt also der Dornberger Hansi Einkehr bei ihr und bei sich, um heraus zu finden, wohin ihn sein

Lebensweg führen sollte. Als er sich dann drei Tage und Nächte bei der Marie durchgesoffen hatte und der klare Blick sich nach diversen Flaschen Steinhäger alles andere als aufgeklärt hatte, fragte der Hansi in einem lichten Moment: „Was meinst jetzt Du dazu, Lanzwirtin?“ „Also jetzt mal auf hochdeutsch Dornberger Bua. Wenn ich noch zwanzig Jahr jünger wär, da wer das Problem schon vollends gelöst, denn dann hättest Ihr beide schon mir gehört, Du und Deine 75 Millionen. Aber heut ist mir das einfach zu anstrengend. Also wenn du weiterhin Freude am Leben haben möchtest und gleichzeitig etwas Gutes tun möchtest, dann gibt es nur Eines. Du musst Deinen Reichtum möglichst vielen Frauen zukommen lassen. Das gibt Dir eine wichtige Aufgabe und du wirst vielen Menschen unvergessen bleiben, auch wenn es dich mal nicht mehr gibt!“

Der Dornberger riss die Augen ganz weit auf, erhob sich abrupt und rief mit entschlossener Stimme: „Na dann pack mas an! Sofort zahlen, Marie!“

Dann haute es ihn der Länge nach hin auf den schon lange nicht mehr geschrubbten Wirtshausboden. Die Marie schob ihm ein Kissen unter den Kopf, deckte ihn sorgsam zu, und entnahm seiner Geldbörse DM 365,30 plus 4,70 an Trinkgeld. Das war eben die aufgelaufene Zeche der letzten drei Tage vom Hansi. Anschließend schrieb sie an die Wirtshaustür „Heute wegen Neuanfang geschlossen“ und ging in den angrenzenden Schweinestall, um wie jeden Morgen die borstigen Vierbeiner zu füttern. So konnte der Dornberger Hansi seinen neuen Lebensabschnitt mit einem ungestörten Ausnüchterungsschlaf in aller Ruhe beginnen. Genau 48 Stunden später watschelte der Hansi in das „Very British“, einen auch schon damals exquisit sortierter Herrenausstatter in der Wittgasse. Hier begann er nun mit dem ersten Investment für seine Zukunft. Herr Simatschek, der Chef vom

„Very British“ hatte zu diesem Zeitpunkt auch noch keine Vorstellung, welchen Umsatzschub die neue Ausrichtung des Dornberger Sprosses für sein kleines, aber feines Unternehmen bringen sollte. Einige Jahre später hatte die Simatschek Holding über 60 Filialen in Süddeutschland und dem benachbarten Österreich. Der Hansi machte dem Simatschek auf jeden Fall unmissverständlich klar, dass er ab jetzt ein von Dornberg sei und dementsprechend müsse auch sein Outfit deutlich angepasst werden. Herr Simatschek erkannte die Bedeutung des gehegten Wunsches, rief zwei seiner jungen Beraterinnen und seinen Abteilungsleiter herbei und ließ von Frau Braumandl das Geschäft vorübergehend abschließen, nachdem diese aus dem Kaffeehaus gegenüber eine Melange und ein paar hochwertige Naschereien geholt hatte. Es sollte dem Herrn von Dornberg an nichts fehlen. Da man es in Passau nicht gewohnt war, dass das „Very Britisch“ an einem Donnerstagvormittag geschlossen war, drückten sich immer mehr Passanten an den Schaufenstern des Bekleidungshauses die Nasen platt, um zu sehen, was sich da drinnen denn abspielte. Was sie sahen, war ein jüngerer Mann, der auf einem Plüschsessel thronend einer Art Modenschau zuschaute. Auffallend war, dass der junge Herr, der dem Treiben im Lotussitz beiwohnte, lediglich mit einem Baghwan T-Shirt, alten Jeans und Jesus-Latschen bekleidet war.

„Das ist dieser Ober-Guru aus Indien“, sagte einer der Nasendrücker. „Nein, nein, das ist der Dalai Lama ... doch, doch, wenn ich es Dir sag!“ Die jüngeren Damen erkannten gar Robert de Niro hinter den Fenstern. Eine andere war sich sicher, es sei Robert Redford, der gerade einen Jesusfilm in Niederbayern dreht! Immer abstruser wurden die Vermutungen, wer denn da beim Herrn Simatschek Hof hielt, so dass auch die feste Meinung einer Marktfrau von gegenüber ungehört blieb, die strikt behauptete, das sei nur der Dornberger Hansi aus Heining und niemand anderes. Sie wurde aber sofort niedergeschrien, sie solle nicht so einen Quatsch behaupten, was wisse sie schon von Hollywood und der großen weiten Welt. Nach etwa einer Stunde wurde die Sache unübersichtlich, denn damals war die vorbeiführende Straße noch von Autos und Lastwagen befahren, die über die Maxbrücke fuhren. Der Verkehr kam nämlich zusehends ins Stocken, weil der Bahnlinienbus aus Freyung die Warnblinkanlage eingeschaltet hatte und sich die Fahrgäste sowohl im als auch außerhalb des Omnibus nur mehr für das Geschehen im „Very British“ interessierten. So dauerte es nicht lange, bis die Situation zusehend bedrohlicher wurde, weil sich der Verkehr weit über die andere Donauseite zurückgestaut hatte. Ein zufällig vorbei schlendernder Verkehrspolizist konnte sich nur mit Müh und Not einen Weg durch die Menschenmassen bahnen und sah dann aber auch nur, wie sich verschiedene Angestellte des Herrenausstatters und eine ihm fremde Person im Inneren des Modehauses befanden. Die Räumlichkeiten waren offensichtlich geschlossen, was unser kleiner Sherlock Holmes aufgrund des angebrachten Schilds sofort ausgespäht hatte. Da sich aber nicht genau erkennen ließ, was die Personen da drinnen so trieben und sich das Verhalten des Ladenpersonals als geradezu unterwürfig für den Schutzmann darstellte, wurde er argwöhnisch. Mit lautem Befehlston rief er: „Was ist denn da los?“ Aber bei diesem riesigen Menschenauflauf nahm kaum jemand Notiz von ihm außer zwei österreichischen Rentnern, die ihn postwendend anraunzten: „Ja sehns des ned? Des is a Geiselnahme! Rufens das Überfallkommando, aber schnell!“ Das Ganze war ein gehöriges Missverständnis, denn eine der ebenfalls vor den Schaufenster stehenden Ordensschwestern aus dem Heilig-Geist-Spital hatte lediglich angemerkt, dass dieser Guru Baghwan eine Geisel Gottes sei und wenn man den nicht aufhalte, werde dieser mit seinen Anhängern nach der Donau auch noch den Rhein überschreiten, so wie damals die Hunnen. In dem lauten Getöse hatten die k.u.k. Pensionäre dann nur „Geiseln“ verstanden und dies dann wichtigtuerisch an den Polizisten als „Geiselnahme“ weitergegeben. Der Herr Amtsträger griff sofort zum Funkgerät und setzte einen Notruf ab. Jetzt kam es leider zu einer Kette von noch unglücklicheren Missverständnissen. Grund war die zu dieser Zeit noch nicht so gut funktionierende Funktechnik. Oberwachtmeister Pilsl setzte nämlich folgenden Funkspruch ab: „Hier Pilsl, das ist ein Notruf! Standort Auffahrt Max Brücke, Herrenausstatter „Ferry Biitisch“. Überfall mit Geiselnahme. Lage unübersichtlich. Massenauflauf. Brauche dringend Unterstützung.“ Jetzt ist es wichtig zu wissen, dass am Vorabend ein Kollege in der Polizeiinspektion Passau seinen 50.Geburtstag gefeiert hatte und alle Kameraden ihm ihre Aufwartung gemacht hatten. So hatte es zumindest anfangs begonnen, aber das Fest war wie immer zu solchen Anlässen in eine Riesensauferei ausgeartet und mehr als die Hälfte der Kollegen hatte gar nicht den späten Heimweg angetreten, sondern hatte sich in den nicht belegten Ausnüchterungszellen zum Schlafen gelegt. So saß am Funkgerät der Hauptwachtmeister Paleczek, der mit seinen 64 Jahren zwar deutlich schwerhörig, aber aufgrund seiner im 45-jährigen Polizeidienst schwer in Mitleidenschaft gezogenen Leber nicht so über die Maßen aktiv am vorabendlichen Besäufnis teilnehmen gekonnt hatte. So verstand der Paleczek: „Krrr … Pilsl, krrrr … Notfallplan, Max Brücke baufällig … krrrr … Briten kommen … krrrr Geiselnahme …“ Als er um Bestätigung bei Oberwachtmeister Pilsl bat, war der Funkverkehr abgerissen.

„Mistdreck, verreckter, warum des jetzad, nächste Woche war i scho in Rente." Nach einigem gedanklichen Hin und Her mit seinem inneren Schweinehund und seinem Pflichtbewusstsein (zuerst glaubte er sowieso, dass Pilsl immer noch besoffen sei), entschloss er sich aber doch ins Büro zum Jungkommissar Mieslinger zu stapfen und Meldung zu machen: „Meldung von der Maxbrücke! Brücke baufällig, Geiselnahme durch die Briten, Hauptwachmeister Pilsl in höchster Bedrängnis, der Notstand muss ausgerufen werden." Kommissar Mieslinger verstand zwar nur Bahnhof, ihm wurde aber sofort klar, dass dies hier nach nur einer Woche in der Polizeiinspektion Passau für ihn die große Stunde werden würde und setzte den Notfallplan in Gang. „Paleczek, werfen Sie die Kollegen aus den Zellen, alle sofort in die Fahrzeuge und mit Tatütata zu dieser Brücke. Ich übernehme die Einsatzleitung! Oberneder, runter vom Klo, rufen Sie die Feuerwehr an, alle Fahrzeuge raus, dann direkte Telefonleitung zum THW Chef! Wir brauchen schweres Gerät! Bumberger, hallo! Geschlafen wird später! Nehmen Sie den 5er BMW und dann mit Galeriebeleuchtung rauf nach Kohlbruck zum Oberstleutnant, wir brauchen die Bundeswehr.
Die Brückenbaupioniere sollen runter zur Donau, Brücke absichern!"
Einige Minuten später war ganz Passau erfüllt vom wilden Geheul der Sirenen und Blaulichter. Der ganze Auflauf in der Passauer Altstadt trug, wie sie sich vorstellen können, nicht zu einer Entspannung der Lage bei, aber hier zahlte sich dann doch die absolute Obrigkeitshörigkeit des Niederbayern aus, denn kaum hatten die Massen von Schaulustigen das Blaulichtgewimmel erblickt, sprangen sie auseinander und machten den Weg frei für die Einsatzfahrzeuge. Auch die Fahrgäste der im Stau stehenden Linienbusse strömten zurück in die Fahrzeuge. So wurde der Weg frei für die eintreffenden

Grünen von der Polizei, die sofort alles absperrten. Betonung auf alles, denn keiner wusste so genau, wo der Brennpunkt oder Tatort oder was auch immer war. Kommissar Mieslinger wirbelte durch die Reihen und seine ihm eigentlich dienstrangmäßig vorgesetzten Kollegen waren froh, dass irgendjemand die Befehlsgewalt übernahm, waren sie doch während der Absperrung hauptsächlich damit beschäftigt, die eigene Dienstuniform einigermaßen in Ordnung zu bringen bzw. zu komplettieren. Das eilige Ausrücken aus den Ausnüchterungszellen hatte dazu keine Zeit gelassen, aber alle hatten genügend Routine, sodass kein Uniformteil in der Inspektion zurück blieb. So tauschte man dann noch schnell auf offener Straße Jacke oder Mütze untereinander aus. Für etwas Aufsehen bei der staunenden Bevölkerung sorgte allerdings der nahezu komplette Ausstauch der Uniformen zwischen Wachtmeister Erwin Stemplinger und Polizeianwärter Pauli. Der überaus beleibte Stemplinger platzte bei seinem Eintreffen vor dem „Very british“ nahezu aus allen Nähten, wohingegen der 19-jährige Pauli aussah, als hätte er eine zwei jährige Hungerkur hinter sich und die Regierung von Niederbayern sei wieder mal zu geizig gewesen, dem spindeldürren Jungpolizisten eine neue Uniform zu spendieren. Eine besorgte Metzgermeistersgattin stürmte jedenfalls aus ihrem Laden und hielt dem Pauli gleich ein paar Knacker und eine Leberkäsesemmel unter die Nase. Kurz darauf traf der 1. und 2. Löschzug der Hauptwache der Feuerwehr an der Max-Brücke ein. Von der anderen Seite der Brücke rasten auch schon die blauen LKWs des Technischen Hilfsdienstes heran und deren Kommandant ließ umgehend die Sturmboote von den Transportanhängern direkt in die reißende Donau absetzen. Sicher ist sicher, man wusste ja nie, was bevorstand. Kommissar Mieslinger rief den um Luft ringenden Oberwachtmeister Pilsl heran und forderte eine genaue Lageaufklärung! Pilsl meldete, der Geiselnehmer sei wohl alleine und vermutlich ausländischer Herkunft, er trage fremdländische, orangefarbene Kleidung und für europäische Verhältnisse ungewöhnliches Schuhwerk. Welche Waffen er bei sich trage sei unklar, er, Pilsl, vermute aber, dass er eine Bombe versteckt halte. Diese könnte sich seiner Meinung nach am Leib oder unter dem Geiselnehmer befinden, da sich dieser partout nicht von seinem großen Sessel im „Ferry Biitisch“ wegbewege. Einen Kontakt zu dem Geiselnehmer konnte er noch nicht herstellen. Er wisse auch noch nichts über seine Forderungen. Mieslinger ließ sich einen Feldstecher geben und spähte hinter einem Dienstfahrzeug auf der anderen Straßenseite in den Innenraum des Bekleidungshauses. Was er sah und auch hörte, verwirrte ihn. Ohne jeden Zweifel war laute Partymusik aus dem „Very British“ zu hören, und mehrere junge Damen gingen beschwingt und sehr modisch gekleidet an dem vermeintlichen Geiselnehmer vorbei, hielten kurz vor ihm an und zeigten ihm dabei jedes Mal andere Kleidungsstücke. Wenn er nicht irre, handelte es sich ausschließlich um Ware aus der diesjährigen Männerkollektion. Ein Herr Mitte vierzig verschwand alle zwei Minuten hinter einem Vorhang. Der mittlerweile etwas ausgenüchterte Hauptkommisar Wondrak meinte, es könne sich eventuell um eine Umkleidekabine handeln, denn er wäre vor längerer Zeit auch im „Very British“ gewesen und er denke, die hätte sich da befunden. Genau wisse er dies allerdings nicht mehr, da er zudem an sehr starken Kopfschmerzen leide und sein aktuelles Erinnerungsvermögen mangelhaft sei. Der besagte Herr im Modegeschäft kam dann jedes Mal vollkommen anders gekleidet wieder hinter dem Vorhang hervor und stolzierte am Geiselnehmer vorbei. Waffen konnte Kommissar Mieslinger keine erkennen. Die Vermutung, der wie ein Baghwan-Guru wirkende Geiselnehmer habe eine Bombe am Leib oder er sitze auf einer, wurde immer wahrscheinlicher. Was dagegen sprach, war, dass sich der schlecht rasierte Mann, so rhythmisch auf dem Sessel bewegte, als würde er sich mit der lauten Partymusik mitbewegen. Mieslinger versuchte sich an sein letztes Seminar an der Polizeischule zurückzuerinnern, in dem es um die Erkennung, Wirkung und Behandlung von Sprengstoffen ging. Er war sich nicht mehr sicher, aber Erschütterungen und Bewegung waren wohl für eine Bombe nicht gut. Wahrscheinlich handelte es sich um einen religiösen Fanatiker, der sich mit der lauten Musik in eine Art Trance versetzen wollte, um dann die Bombe zu zünden. Wie auch immer, er musste die Sache in den Griff bekommen. Von seinen verkaterten Kollegen war sowieso keine Hilfe zu erwarten und er war froh, dass diese zumindest die Absperrung aufrecht erhalten konnten, wenn auch einige von ihnen auf Stühlen sitzend. Diese waren ihnen mittlerweile vom THW aus den umliegenden Geschäften organisiert worden.

Er musste das SEK in Straubing oder die GSG-9 in München anfordern, das würde sich nicht vermeiden lassen, aber was tun, bis die da sind? Das konnte ein oder zwei Stunden dauern und bis dahin war dieser orange Bombenleger bestimmt schon in Hochtrance und ihnen allen würde die exklusive Herrenmode um die Ohren fliegen. Er versuchte es per Telefon, aber niemand im „Very British" nahm ab. War ja auch kein Wunder bei der lauten Musik. Er ließ sich vom Feuerwehrkommandanten Dittlbacher Franz ein Megaphon geben und kritzelte sich schnell einen Text auf einem Strafzettelblock zusammen, damit er sich bei der bevorstehenden Ansprache (es war die erste seiner noch jungen Dienstzeit) nicht verhaspeln würde. In der Zwischenzeit waren auch der Oberbürgermeister und der Standortkommandant Oberstleutnant Altkämpe mit einer Vorhut von Feldjägern eingetroffen. Diese

waren alle mit Stahlhelm und Kampfanzug von einem Unimog abgesessen und gingen mit Sturmgewehren hinter ihrem Fahrzeug in Stellung. Oberstleutnant Altkämpe versicherte, dass die Brückenpioniere spätestens in 15 Minuten unten an der Brückenauffahrt auffahren würden. Er warte auf Mieslingers Instruktionen. Oberbürgermeister Schmollenbacher versicherte Mieslinger ausdrücklich vollste Rückendeckung durch den Stadtrat, da er überzeugt davon sei, Mieslinger wisse bestimmt, wie in solchen Situationen zu verfahren sei. So nahm der 23-jährige Jungkommissar Anton Mieslinger mit mittlerweile butterweichen Knien das Megaphon in die Hand und las von seinem umfunktionierten Strafzettelblock folgendes ab: „ACHTUNG, ACHTUNG hier spricht die Polizei! Attention! Attention! Bavarian Police is speaking to you! Wir haben das Gebäude umstellt, geben Sie auf! We are all around you, no chance! Give up! Kommen Sie zusammen mit dem Sessel heraus! Come out, but only seated! Lassen Sie die Geiseln frei! Bring out all men, ladies first please. Sollten Sie noch Fragen haben, lassen Sie es mich wissen. If you have any problems, do not hesitate to contact me. Mein Name ist Kommissar Mieslinger. My Name is Inspector Not So Bad! Ende! Out!“
Die ganze umstehende Menschenmenge ließ ein anerkennendes Raunen vernehmen, war man doch tief beeindruckt von der weltmännischen Vorgehensweise des jungen Kommissars. Hatte er doch mit einbezogen, das der Geiselnehmer von fremdländischer Herkunft sein könnte und vielleicht kein bayrisch, eventuell sogar kein Hochdeutsch verstehen könnte und seine Ansprache sogar in English gehalten, und das nahezu fehlerfrei, wie Studiendirektor Pankraz und ein Kollege vom Leopoldinum anerkennend von sich gaben. Die beiden hatten es sich mittlerweile im Cafe Greindl gegenüber gemütlich gemacht.

Nach dieser Ansprache tat sich einige Minuten überhaupt nichts und die Feldjäger hinter dem Unimog wurden zusehends nervöser. Dann kam allerdings etwas Bewegung in das Geschehen hinter den Schaufensterscheiben. Man hatte aber den Eindruck, dass die Personen hinter dem Glass nach wie vor keine Notiz vom Geschehen auf der Straße nahmen. Auch die Musik trällerte nach wie vor in erheblicher Lautstärke. Auf einmal stand der Geiselgangster auf und Kommissar „Not so Bad“ Mieslinger brüllte: „Alles in Deckung!“
Sofort hörte man ein zig-maliges Klacken, das vom Entsichern der Waffen von Polizei und Militär kam. Die Luft war noch stickiger, als sonst auf dieser schmalen Straße und dies obwohl kein einziges Fahrzeug vorbeifuhr. Mehrere Stimmen riefen auf einmal: „Sani, Sani, wir brauchen einen Sanitäter!“ Es waren zwei Stadträte der CSU, die halb vom Körper des OB Schmollenbacher begraben waren. Offensichtlich war der gut beleibte Oberbürgermeister seiner Nerven und seines Kreislaufes nicht mehr mächtig gewesen und war urplötzlich umgekippt. Da die Malteser und das Rote Kreuz gemäß der Notplanverordnung mit jeweils drei Notambulanzen inklusive Besatzung vor Ort waren, kam es zu einem spontanen Wettrennen zweier rivalisierender Notarztteams, die in einem Höllensprint zum hochrangigen Opfer gelangen wollten (keiner wollte vor den Augen dieser großen Öffentlichkeit eben als Verlierer dastehen). Dabei kam der knapp führende Oberarzt Stecker aus der städtischen Klinik kurz vor dem ohnmächtigen OB ins Straucheln und Dr. Helgenberg aus der Bergischen Privatklinik zog noch an ihm vorbei. Beifall brandete auf, aber auch einige Pfiffe und Buhrufe, wollte doch eine Passantin gesehen haben, dass ein Sani aus der Privatklinik dem Dr. Stecker einen Schubser gegeben hätte. So waren alle für einige Sekunden vom Hauptgeschehen abgelenkt und hätte Feldjägerleutnant Ruskowiak nicht laut

„Achtung, Feind kommt!“ geschrien, wäre die Eingangstür vom „Very British“ wohl von allen unbemerkt aufgegangen. So tauchte aber aus dem Inneren ein vollkommen verdutzter Willi Simatscheck auf. Er war mit zig Tüten behangen und sah dabei aus wie eine Art verfrühter Christbaum. Neben ihm der augenscheinlich unbewaffnete Geiselnehmer, der wirklich nur eine Bluejeans, ein verwaschenes oranges T-Shirt und braune, abgetragene Jesuslatschen anhatte. Nichts war von einer Bombe zu sehen. Alle verstummten und erneut rief eine ältere Dame (sie wissen, diejenige, die man schon am Anfang der ganzen Katastrophe nicht ernst nahm und niedergeschrien hatte) laut aus: „Wenn ich es doch nochmals sag, des is da Dornberger Bua aus Heining, des is koa Bombenleger.“
So schauten also die alt eingesessenen Geschäftsleute und der fast vollständige Stadtrat (inklusive der beiden von der Feuerwehr wieder ausgegrabenen CSUler) nochmals genauer hin und einer nach dem anderen stammelte heraus: „Tatsächlich, des is der Hansi Dornberger, der Sohn vom oiden Beton-Dornberger.“ Oberstleutnant Altkämpe ließ die verkrampften Feldjägerdaumen die Sturmgewehre sichern, die THWler halfen dem Simatscheck beim Tragen der Unmengen von Einkaufstüten, die Notärzte fuhren gemeinsam den immer noch benommenen Oberbürgermeister ins Krankenhaus und die Feuerwehr machte noch einige Erinnerungsfotos mit ihrem Altkameraden Hansi Dornberger. Einzig und allein die Brückenpioniere aus Kohlbruck zogen etwas enttäuscht von dannen, hatten sie doch gehofft, nach langer Zeit wieder einmal mit ihren Sturmbooten eine Spritztour auf der Donau machen zu können.

Die EU-Norm Frau

Das Essen war ausgezeichnet und der Blick immer wieder aufs Neue berauschend. Die barocken Baumeister aus Italien hatten hier in Passau grandiose Arbeit geleistet. Von hier aus der 9. Etage sah man von ungefähr gleicher Höhe auf die Türme des Passauer Stephan Dom, die ausnahmsweise einmal nicht von einem Gerüst der Restauratoren verdeckt waren. Apropos barock, auch die Dame am Nachbarstisch hatte ihr Mahl beendet und ließ sich noch einen Espresso bringen. Sie lächelte mir zu und sagte: „Es ist schön, wieder einmal hier zu sein". „Ja, ich bin zwar ständig hier, aber da geht es mir genauso." So entwickelte sich ein angenehmes Gespräch zwischen uns beiden, bei dem sich herausstellte, dass die junge Dame mit dem bezaubernden Namen Baronesse Claudia von Königsberg just einen Tag, bevor ich vor vielen Jahren nach Passau zog, ihre Heimatstadt verlassen und sich in Monte Carlo niedergelassen hatte, wohin sie ihrem Mann, einem südfranzösischen Industriellen, gefolgt war. Dieser war aber leider vor drei Jahren überraschend verstorben. Seitdem treibe es sie immer mehr zurück nach Passau. Ich merkte sofort, dass sie großen Wert auf Manieren legte, dabei aber nicht affektiert oder hochnäsig wirkte. Ich schätzte Sie auf Anfang 50, aber in einem Top-Class-Zustand, wie man als Freund britischer Oldtimer mit hoher Anerkennung über einen Klassiker zu urteilen pflegte. Auch schien sie mir sehr angetan von unserem Gespräch, denn sie ließ sich auch noch ein Stückchen der leckeren hausgemachten Malakoff-Torte bringen und gönnte sich auch noch einen Cappuccino. So plauderten wir genüsslich dahin, bis unser schöner Nachmittag von einem Paar gestört wurde, das sich an einem der Nachbartische niederließ oder sagen wir besser, breitmachte. Auch Frau von Königsberg zeigte sich nicht gerade erfreut über die Ankunft der beiden. Nicht, dass wir beide keine weiteren Menschen in diesen Momenten um uns haben wollten, nein, es war der krasse Kontrast, den uns diese beiden boten. Sie schien so gegen Mitte 30. Er wohl auch. Beides Brillenträger. Sie kennen dieses intellektuelle Hornbrillengestell. Sie sehr schlank, fast ein wenig zu dünn. Er eher mit Bäuchlein, aber auch groß. Sie mit Jeans, aber nicht gerade eng anliegend, er mit Cordhose, eher weit im Bund. Sie eher in blassen Tönen gewandet. Er vom Teint her sehr blass. Sie mit grünlichem Öko-Sweater und er mit demselben in Ocker. Beide eine Art Hemdchen darunter, vermutlich aus dem Fairtrade-Handel. Körperrundungen: Bei ihr nicht erkennbar, bei ihm wie gesagt, leichtes Bäuchlein, keine erkennbaren Muskeln. Bei diesen Betrachtungen fiel mir auf, dass es nur wenige markante Unterschiede zwischen den beiden gab. Claudia von Königsberg erging es offenbar ähnlich, denn meine mit gedämpftem Ton ausgesprochenen Betrachtungen fanden ihre uneingeschränkte Zustimmung.

Dies ist eben das Dilemma von Mann und Frau in der modernen Zeit: Es gibt kaum mehr Unterschiede zwischen den beiden Geschlechtern. Auch bei genauerem Hinsehen fiel es schwer, auszumachen, wo hier bei diesen beiden das Weibliche, wo das Männliche sei. Vor meinen Augen vermischten sich die Gesichter, ja sogar die Körper der beiden Tischnachbarn. Ein Einheitsbrei nach neuen EU-Normen entstand. Ein Neutralkörper nach vom Parlament festgelegten Standards. Ein unspezifisches „Es“, ohne markante Wölbungen und Einbuchtungen. V-Form, Apfelhintern oder Geheimratsecken, alles durcheinander gemischt und geschüttelt, bis niemand mehr ein „Er“ oder ein „Sie“ wiedererkennen konnte. Hat denn niemand bei den EU-Kommissaren in Brüssel in der Schule aufgepasst oder es gar danach komplett vergessen, dass die Gesetze der Physik uns gelehrt haben, dass

sich nur verschiedenartige Pole anziehen und eben gleichartige abstoßen? Hat dieser riesige Bürokraten-Apparat im Heimatland des begnadeten Geistes Hercule Poirot jeglichen Willen zum klaren und vernünftigen Denken eingestellt oder ist man nur besonders raffiniert und egoistisch und gönnt der Restbevölkerung Europas nicht mehr den Hauch von Erotik und zwischenmenschlicher Anziehungskraft? Kennt man dort in den Hochhauskomplexen, in denen es geradezu von körperbetont gekleideten Sekretärinnen wimmelt und hochbezahlte Anzugträger ein ständiges Angriffsziel weiblicher Begierde sein müssten, die Jahrtausende alte Anziehungskraft des Weibes auf den Mann nicht mehr? Das kann man eigentlich nicht glauben, oder? Vielmehr drängt sich mir der Verdacht auf, dass sich die EU-Spitzen alle Genüsse einer paneuropäischen Gesellschaft als Exklusivrecht selbst behalten wollen und alle restlichen Europäer zu tumben, emotionslosen Steuerkälbern heranzüchten möchten. Also jetzt mal im Klartext für die Freunde der Volksmusik:
Die von euch gewählten sogenannten Volksvertreter des Europaparlaments und die Myriaden sie begleitender Bürokraten wollen euch doch nur den letzten verbliebenen Spaß nehmen. Sie machen dies aber nicht nur direkt, indem sie euch wieder mal eine neue frei erfundene Steuer abverlangen, nein, nein, sie gehen hauptsächlich undercover vor. Unter dem Deckmantel der Emanzipation und Toleranz wird die Vermännlichung der EU-Frau vorangetrieben. Sie soll arbeiten wie ein Mann. Sie soll führen wie ein Mann. Sie soll denken wie Mann. Und sie, liebe Damen, wie verhalten sie sich mehrheitlich? Sie watscheln wie hörige kleine Enten diesen ständig wachsenden Ansprüchen hinterher. Sie brüsten sich vor ihren Männern, was sie nun zusätzlich alles leisten können und wie unabhängig sie agieren können. Sie selbst sind jetzt in der Lage zu heben, zu schrauben, zu dübeln oder

zu malern. Wow sag ich nur! Glauben sie im Ernst, das Ansehen einer Frau oder der Karrieresprung eines weiblichen Wesens würde von Schrauben, Dübeln oder Muskelkräften abhängig sein? Wollen sie ihren sinnlichen Körper, ihre samtenen Hände und ihre wohl proportionierten Waden von Brüsseler Despoten verunstalten lassen? Wollen sie im Ernst so werden, wie ihr Mann oder ihr Freund? Wollen sie den gleichmäßigen Auftrag eines geschmackvoll akzentuierten Nagellacks dafür hintenanstellen? Soll ihr Samstagnachmittag oder ihr Mittwochabend wirklich in einer vom schalen Gestank irischen Bieres geschwängerten Sky-Kneipe enden? Wollen sie ihr Diskussionsuniversum allein auf zwei Themen beschränken? Ist Fußball und Sex alles, was eine Frau ausmacht?
Wenn ja, müssen sie den vorgegebenen Weg aus Brüssel folgen, wenn nein, ist es höchste Zeit, dagegen aufzubegehren. Lassen sie sich nicht länger auf die Trampelpfade der Emanzipation drängen, sondern befreien sie sich von den Fesseln, die sie auf den Weg zurück zu diesen seit Urzeiten so wunderbar, vielfältigen Wesen mit Namen „Frau“ behindern. Genießen sie es, wieder im Mittelpunkt zu stehen. Betonen sie wieder die fantastische Formenvielfalt, die ihnen von Gott gegeben wurde. Seien sie wieder Gast. Fühlen sie sich geschmeichelt, von der hohen Zeche, die sie einem Mann beim abendlichen Dinner wert sind. Erfreuen sie sich am Werben des Mannes, an seinem Ideenreichtum und Witz. Entdecken sie aufs Neue die Anziehungskraft verschiedener Pole. Keine Frau will doch wirklich beweisen, dass Sie einen Audi Avant A6 allein mit den Rückspiegeln einparken kann. Im Gegenteil, sie will es zelebrieren, wenn ein Mann von echter Originalität um die Front eines SL aus dem Hause Daimler schreitet, um ihr mit starker Hand die Beifahrertür zu öffnen. Sie liebt es, wenn ihr der Mann die Hand reicht,

um ihr festen Halt zu bieten beim Ausstieg aus den mit feinem Leder bezogenen Sesseln des edlen Cabrios. Sie macht sich dabei selbst glücklich und sieht zudem mit tiefster Befriedigung, wie der Mann seine Dienerschaft genießt. Er will nicht herrschen, er will sie umgarnen, er will ihr seine Fähigkeiten und Kompetenzen offerieren. Sie allein hat die Entscheidung über ihr eigenes Glück. Was für ein schönes Spiel nicht wahr? Frau und Mann ein Puzzle von sich perfekt ergänzenden Teilen.

Rudi der holländische Frauen-Logistiker

Es gibt natürlich auch weniger romantische Verführungskünstler, die aber nicht minder erfolgreich die Damenwelt beglücken. In einer meiner früheren Firmen hatten wir einen Logistikleiter, einen Holländer, der mir erzählte, er hätte nur zwei Vorlieben. Die eine sei Pool Billard – eine übrigens durch und durch männliche Domäne – und eine zweite, die eine gute Physis, aber vor allem ein ausgeklügeltes System verlangte. Am Anfang seiner Tätigkeit bei uns im Hause fiel mir auf, dass Rudi, so hieß unser Niederländer, in der Tat ein ausgesprochenes Talent für den Aufbau von komplexen Systemen hatte. Alles, was er im Lagerbereich anpackte, hatte nach kurzer Zeit eine äußerst effektive Systematik und ich war mit seiner Arbeit sehr zufrieden. Lediglich eine Eigenschaft bereitete mir gewisse Sorgen. Sein Arbeitsbeginn war 8.00 Uhr, eine nicht besonders unmenschliche Zeit für einen Lagerleiter, aber schon nach etwa acht Wochen stellte sich heraus, dass er offenbar Schwierigkeiten mit dem pünktlichen Einhalten des Dienstbeginns hatte. Am Anfang sah ich darüber hinweg, weil er sich sonst ausgezeichnet machte und auch trotz seines peniblen Vorgehens großer Beliebtheit bei den Kollegen erfreute. Er kam aber immer häufiger zu spät und machte zudem einen sehr erschöpften Eindruck. Auch Rudis Stellvertreter sprach mich an, weil er sich ebenfalls Sorgen um den Gesundheitszustand seines Vorgesetzten machte. Er komme manchmal schon mit hochrotem Kopf am Morgen an und er hätte den Eindruck, Rudi hätte schon eine harte Übungseinheit irgendeines Leistungssportes hinter sich. Das würde sich dann bis Mittag zwar meistens bessern, aber ab Mittag würde er dann einen Kaffee nach dem anderen trinken, offensichtlich, um sich wach zu halten. Er hätte ihn auch schon einige Male darauf angesprochen, aber er wiegelte stets nur ab. Es wäre alles in bester Ordnung. Zuerst vermutete ich, er hätte noch einen Zweitjob, aber erstens war er sehr gut bezahlt und er ging auch nie vor 18.00 Uhr aus der Firma. Seine Arbeit schien ihm zudem großen Spaß zu machen. Eines Tages, es waren schon alle anderen Angestellten nach Hause gegangen, sah ich noch Licht im Lager und dachte, jemand hätte es vergessen, es auszuschalten und ich ging rüber in die große Lagerhalle, um nach dem Rechten zu sehen. Da bemerkte ich, dass das Auto von Rudi – ein top gepflegter, aber schon 20 Jahre alter Porsche 924 – noch auf dem Firmenparkplatz stand. Ich betrat die Halle und sah, dass Rudi regungslos auf einem Stuhl an einen Packtisch gelehnt saß. Als ich näher kam, sah ich und hörte ich vor allem, dass er tief und fest schlief. Ich war unschlüssig, was ich tun sollte, aber dann entschloss ich mich, ihn doch zu wecken, da es ja Freitagabend war und die Gebäude am Wochenende von einem Wachdienst kontrolliert wurden. So stupste ich ihn ein wenig an, was aber fast dazu führte, dass er vor lauter Schreck vom Stuhl gefallen wäre. Es dauerte einige Sekunden, bis er sich gesammelt hatte und das einzige, was er dann vor sich hin murmelte war: „Sorry, sorry Chef, ich muss einfach die Systematik ändern.“ Ich dachte erst an eine neue Regal-

anordnung, aber als ich weiter nachfragte, begann er zu erzählen:
„Nein, nein, Chef die ist schon vollkommen eingespielt, aber meine Frauensystematik macht mich komplett fertig, so kann es nicht weitergehen. Sie wissen doch, ich hatte ihnen bei der Einstellung von meinen zwei großen Vorlieben erzählt." Daran erinnerte ich mich gut, er spielte Pool Billard, aber stimmt, die andere hatte er nicht näher ausgeführt. „Erforderte diese nicht eine sehr gute körperliche Kondition?" fragte ich und in diesem Moment dachte ich an seine häufigen Erschöpfungszustände, die mir sein Stellvertreter im Vertrauen mitgeteilt hatte. „Stimmt Chef, aber das entscheidende dabei ist die Einteilung, gar nicht so sehr die Kondition oder die Muskeln." Aha dachte ich, jetzt verstehe ich wieder einmal gar nichts! „Also das ist so Chef, ich habe ein etwas spezielles Hobby, eine Art Passion, die mich seit Jahren fesselt und die mehr und mehr zu einer Sucht wird, die ich besser in den Griff bekommen muss, sonst schlaf ich ihnen noch während der Arbeit ein und nicht danach." „Und was wäre das für eine geheimnisvolle Leidenschaft?" wollte ich jetzt schon wissen.
„Ich lerne nach einer genau fest gelegten Systematik Frauen kennen. Das Ganze begann damit, dass ich mich nach 15 Ehejahren von meiner Frau getrennt hatte, weil das Leben mit ihr in Holland jeden Tag mit derselben Systematik ablief. Einer nach einigen Jahren immer währenden, gleichen, langweiligen und Nerv tötenden Systematik:
Aufstehen, Morgenwäsche, schnelles Frühstück, Arbeit (wir hatten einen kleinen aber gut florierenden Großhandel mit Frischblumen), schnelles Mittagessen, Arbeit, am Abend ein bisschen TV und dreimal in der Woche Sex. Man konnte förmlich nach allem die Uhr stellen, so exakt lief das Ganze ab. Das Problem war nur, dass meine Frau (sie war wirklich eine Schönheit, da gab es nichts zu meckern), scheinbar

zufrieden war mit dieser Monotonie und als wir dann noch nach fünf Jahren einen kleinen Sohn bekamen, beließ sie es bei diesem Ablauf, nur dass sie die Arbeit mit dem Aufziehen unseres Sohnes eintauschte und die dreimal Sex pro Woche mit ihrem neuen Abendprogramm „ich bring dann mal den Kleinen ins Bett“ ersetzte, was bedeutete, dass ich meine Frau ab 20.00 Uhr nur mehr schlafend mit dem Kleinen sah und dies die nächsten fünf Jahre lang. So suchte ich Monat für Monat mehr nach einer vollkommen neuen auch für mich befriedigenderen Lösung meiner Lebensfreuden. Als ich am Tag nach dem 10. Geburtstag meines Sohnes endgültig die Schnauze voll hatte von dieser vollkommenen Ereignislosigkeit, setzte sich mein Egoismus durch und ich hinterließ einen Abschiedsbrief für die Beiden zusammen mit einem Sparbuch von 500000 Holländischen Gulden. Sie müssten sich keine Sorgen machen und ich würde mich alle drei Monate auf meinem Weg durch die Welt mit einer Postkarte melden. So startete ich an meinem 38. Geburtstag einen neuen Weg durch die Welt und vor allem einen Weg durch die Frauenwelt. Ich wollte nun die in 10 Jahren Theorie ausgefeilte Technik des „Rotary-Girls-Dating“ in die Praxis umsetzen. Zuerst war das Ganze auf die 4-Tage-Woche ausgelegt, aber das sollte sich bald ändern! Ich wollte mein Leben genießen und möglichst viele erotische Abenteuer haben. Ich nahm mir also eine Karte und zog mit dem Zirkel einen Kreis von 50km um meinen jeweiligen Wohnort. Dann schaute ich, welche Orte über 20000 Einwohnern sich innerhalb dieses Kreises befanden. Bei meiner ersten Station, ich war nach Nimwegen gezogen, gab es sieben Städte, die dieses Kriterium erfüllten. Als nächstes fragte ich Bekannte, wo denn hier am Abend was los sei und wo sie denn hingingen, wenn sie einen drauf machen wollten. Zudem durchforstete ich den Lokalteil der Tageszeitungen oder auch Telefonbücher nach den Anschrif-

ten von Discotheken, Nightclubs oder Bars. Diese notierte ich dann hinter den Namen der sieben Städte. Wie schon erwähnt, wollte ich ursprünglich eine 4-Tage-Woche haben, aber die sieben Städte veranlassten mich, die Sache auch gleich auf eine 7-Tage-Woche auszudehnen, was sich später als sehr verhängnisvoll herausstellen sollte. So begann ich an einem Freitag in einem Nachtklub in einer Kleinstadt 40 km von Nimwegen entfernt mein Rotary-Girls-Dating Projekt. Ich war auf anfängliche Rückschläge eingestellt, aber der eigene Tatendrang wog die Bedenken mehr als auf. Ich nahm mir vor, nie an zwei aufeinander folgenden Tagen in derselben Stadt unterwegs zu sein, weil ich befürchtete, meine Absichten könnten sich bei der ortsansässigen Frauenwelt zu schnell herumsprechen und ich könnte zu häufig auf dieselben Damen stoßen. Ein weiteres Logistikproblem war, dass ja viele Menschen Gewohnheitstiere sind und an denselben Wochentagen im Nachtleben unterwegs sind. So perfektionierte ich eben mein „Rotary-Girls-Dating System".
Wenn ich also z. B. am Freitag in der Stadt Nr.1 unterwegs war, war ich automatisch am folgenden Freitag in der Nr.2 und die Woche darauf in der Stadt Nr.3 usw. unterwegs. Das hört sich im ersten Moment einfach an, aber die Ausführung erwies sich als enorm kompliziert. Hier, Chef, hat sich meine Ausbildung zum Logistikmeister in Holland, die ich einige Jahre zuvor absolviert hatte, zum ersten Mal als sehr, sehr nützlich erwiesen. Erstens hatten fast alle Lokale ein oder zwei Ruhetage. Zweitens waren Diskotheken meistens nur von Mittwoch bis Samstag geöffnet. Auch die Besucherfrequenz war an den verschiedenen Wochentagen sehr, sehr unterschiedlich. So dachte ich mir, dass an den Wochenenden die Chancen besser sein müssten, aber bald stellte sich heraus, dass der alte Spruch „zu viele Jäger sind der Hasen Tod" sich vor allem an Samstagen in Top-Diskotheken als mehr als

zutreffend erweisen sollte. Auf jeden Fall wollte ich sofort loslegen und kreuzte so um 22 Uhr vor einem Nightclub namens Sugar Cat auf, um gleich festzustellen, dass dieser erst um 23 Uhr öffnete. Also noch mal zur Currywurstbude um die Ecke und Kraft getankt. Vorsichtshalber kehrte ich erst um halb zwölf zum Sugar Cat zurück und tatsächlich hatten sich jetzt schon eine ganze Menge Autos auf dem Parkplatz vor dem Lokal eingefunden. Darunter einige richtig heftige Schlitten und mir wurde hier schon klar, dass klotzen statt kleckern im Nachtleben eine wichtige Komponente war. Kurz darauf legte ich mir dann den 944er Porsche zu. Damals ein richtig heißer Hobel, der mir später noch sehr hilfreich sein sollte. Am Eingang stellte sich mir dann ein erstes größeres Problem in Form eines zwei Meter Riesen entgegen, der jeden einzelnen Landjunker genauestens musterte und die Damen alle nur durchwinkte. Aha sagte ich mir, das Angebot an Mädels ist hier wohl richtig groß. Hier war ich richtig! Ich beschloss zu warten und beobachtete, wen der Goliath reinließ und wen nicht. An der Kleidung schien es nicht zu liegen, denn er wies einige ab, die ziemlich exklusives Zeug anhatten. Schönheit auch nicht, denn da waren Typen dabei, na gute Nacht! War ja nicht schlecht, dies würde meine eigenen Chancen nur steigern. Aber was war dann das Kriterium? Mir war klar, der Einlass musste aufs erste Mal klappen, sonst war ich von Anfang an auf der Looser-Schiene. Ich musste es wagen. Ich klemmte mich an eine Gruppe, die einem Jeep Grand Cherokee entstiegen war und hatte einfach Anfängerglück. Der Rudel-Führer sagte zum Türsteher-Riesen „Hi Igor, die vier Charmebolzen hinter mir, gehören zu mir! Dabei steckte er Igor einen Geldschein in die Sakkotasche. Das Kraftpaket trat zur Seite zählte bis vier und ich war drin. Der Cherokee-Fahrer hatte nicht bemerkt, dass ihm einer seiner Spezies abhanden gekommen war und sich immer noch beim

Pinkeln hinter einem parkenden Auto befand. Meine neue Karriere hatte also begonnen. Drinnen war echt schon mächtig was los und an Frauen schien es keinen Mangel zu haben. Aber da war schon ein neues Problem aufgetaucht. Bei welcher sollte ich beginnen und welche Tour sollte ich fahren. Ich war immerhin seit über 15 Jahren aus der Übung. Außerdem hatte ich nicht uneingeschränkt Zeit und es war ja schon Mitternacht. Keine Ahnung, wann der Schuppen zumachte. Ich quetschte mich also an die Bar, bestellte einen Cocktail und sondierte die Lage. Goldblond war hier offensichtlich das Trendprodukt. Brünette und Schwarzhaarige stachen aus der Menge heraus. Ich entschied mich für zwei Schwarzhaarige, die sich hinter mir an der Bar festhielten. Gut, zwei wären gleich ein toller Einstieg, aber mein Überspannungs-Notschalter riet mir, nicht übermütig zu werden. Eine der beiden schenkte mir auch schon ein verschämtes Lächeln, während die andere gelangweilt ins Nichts starrte. Als ich mir einen weiteren Drink von der Bar holte, wurde ich von einem Drängler geschubst und landete etwas sehr plump auf dem Busen der Lächlerin von vorhin. O Mist, dachte ich, blöder kann es nicht laufen. Aber ihr C-Cup fing mich wunderbar ab und seine Besitzerin amüsierte sich köstlich über mein ungewollt forsches Auftreten. Respekt, mein Ritter der Nacht, das traut sich nicht jeder. Aber solltest Du dich nicht zuerst einmal bei mir vorstellen? Ich wusste es ja, ich war ein Glückspilz, und galant sagte ich: Ehrenwerte Dame, darf ich Ihnen Freiherr Rudi von der Hollandie vorstellen, auf Besuch in Eurem schönen Städtchen. Sie brach sich fast ab vor lauter Lachen, wohingegen sich ihre vermeintliche Freundin noch mehr gelangweilt abwandte, um nicht weiter von diesem Knallbonbon belästigt zu werden. Fein dachte ich, die Herde trennt sich von selbst. Ich kann mich gleich um meine erste Herzensdame kümmern! Die

Sache entwickelte sich sehr gut und nach gut einer Stunde intensiver Quatscherei machte Christine den Vorschlag, das Gespräch in der Horizontalen weiter zu führen. Ich war zufrieden mit meinem Einstieg in die neue Erlebniswelt, wenn sich auch meine erste Probantin als etwas inaktiv erwies.
So fuhr ich die Tage darauf am Abend in weitere Städte aus meiner Liste, musste aber zu meinem Leidwesen mehrmals allein nach Hause gehen oder besser gesagt gingen meine Zielobjekte allein ohne mich in ihr Zuhause. Mir machte dabei weniger der Misserfolg zu schaffen, als das mehrstündige Reden und das daraus resultierende Schlafdefizit. Ich musste eine weitaus effektivere Methode ausarbeiten, um ans Ziel zu gelangen. Vor allem musste ich mir pro Lady ein zeitliches Limit setzen. So nahm ich mir vor, spätestens nach 20 Minuten die alles entscheidende Frage zu stellen: Hast Du Lust auf Sex mit mir? Zuerst befürchtete ich, dass ich jede Menge Ohrfeigen erhalten würde und sich die Frauen extrem aufregen würden, aber ich wurde zu meiner Freude eines Besseren belehrt. Schon bei der Dritten am darauf folgenden Samstag klappte es. Hey, nur insgesamt 60 Minuten und nicht nur Nonstop-Quasseln bis 3 oder 4 Uhr morgens. So wurde ich im Laufe der nächsten Wochen und Monate immer geübter und erfolgreicher in Sachen Frauen für sich zu gewinnen. Ich bekam einen Blick dafür, welche Frauen empfänglich waren für eine schnelle Nummer. Diejenigen, die sich besonders sexy kleideten, hatten oft gar kein wirkliches Interesse. Sie waren meist Frauen in festen Händen, die mal wieder testen wollten, ob sie noch für andere Männer attraktiv sind. Die Typen scharf machen ja, aber Sex nein. Andere aber, die sich eher unscheinbar und desinteressiert gaben, waren oft atemberaubende Liebhaberinnen. Sie wussten genau, was sie wollten und zogen dabei die Nummer nach ihrem eigenen, mir oft selbst verborgenen Drehplan durch. Sie wollten

einfach eine wilde Viertelstunde oder eine fantasievolles Stündchen. Groß kuscheln wollte keine. Ja, Chef, so sind die letzten Jahre vergangen und die Passion ist zur Sucht geworden. Ich kann es einfach nicht lassen mit den Frauen, aber seit einigen Monaten merke ich, dass ich nicht jünger werde. 45 Stunden Arbeit und dann der Weiberstress, ich schaff es nicht mehr. Ich bin einfach platt."

Was für ein armes Schwein, dachte ich mir. Da gibt es sie noch diese echten Männer, die ihren Lebensinhalt in den Frauen sehen und sich dabei fast zu Grunde richten, weil ihnen nur mehr wenige zu Hilfe eilen und sie bei ihrem harten Job unterstützen.

So eine Misere kommt doch nur zustande, weil das Gros der heutigen modernen Männer keinen Anreiz für die Frau mehr bietet. Würde eine Frau die Dienste anderer Typen in Anspruch nehmen, wenn sich ihr eigener seiner ureigensten Stärken besinnen würde? Aber nein, der moderne Mann besorgt lieber im Bio-Markt Dinkelnudeln und vegane Tomatensauce, köchelt die dann für die Kleinen und widmet sich anschließend mit einer Haushaltsschürze bewaffnet dem Abwasch! Dieses eklatante Missverhältnis zwischen den wirklich verantwortungsbewussten Männern, wie sie mein Logistikmeister Rudi im besten Sinne verkörperte und den lavierenden Haushaltsgehilfen, die sich nur aufgrund ihrer Geburtsurkunde als männliches Wesen ausweisen können, sorgt dafür, dass auch unsere Industrie und der Handel stark in Mitleidenschaft gezogen werden. Sind sich diese Drückeberger, die sich hinter dem Küchenherd verstecken, nicht im Klaren, was sie mit ihrem „Frau spielen" angerichtet haben? Es kann doch nicht sein, dass der wahre Mann unter der Bürde von dauernder Doppelbelastung zusammenbricht und sich so ein Weichspülspezialist auf dem Kinderspielplatz einen schönen Lenz macht.

Kinderspielplatz und was dann?

Apropos Kinderspielplatz. Als Kind hatte ich überhaupt keinen Kinderspielplatz und das, obwohl ich mitten in der Stadt wohnte. Mein Spielplatz war der LKW-Hof einer Spedition. Dort war ich entweder mit meinem Spezi Klausi oder allein unterwegs. Wir kraxelten auf 38 Tonnen Sattelzügen herum oder schauten dem Werkstattmeister bei der Motorenüberholung zu. Bei schönem Wetter versteckten wir uns zwischen den LKWs und fühlten uns wie Winnetou oder der letzte Mohikaner auf der Jagd nach wilden Tieren. Wir spielten auf den kiesigen Abstellflächen der Spedition Fußball. Dabei stand abwechselnd der Klausi und dann ich wieder im Tor und dies mehrere Stunden lang. Von meiner Mutter und meinem Vater weit und breit kein Spur. Papa war den ganzen Tag in der Arbeit und die Mama hatte am Nachmittag genug mit allen möglichen Dingen im Haus zu tun. Sie hatte nie Angst um mich, denn sie wusste, sie konnte sich auf mich verlassen. Am Abend kam ich dann mit Papa hoch in die Wohnung und als erstes war waschen angesagt, denn der Sand hinterließ bei mir vor allem in den Socken tiefe Spuren. Meinem Papa wäre es nie in den Sinn gekommen, mit mir auf einen Spielplatz zu gehen und schon gar nicht, dass er sich dort stundenlang auf die Parkbank setzt und sich mit anderen Männern über Ökowaschmittel unterhält. Ok, der Fairness halber muss ich zugeben, dass es Ende der 60er Jahre überhaupt keine Ökowaschmittel gab, aber sei´s drum. Er hätte es auch heute nicht getan. Unser moderner Mann aber hockt sich dort den Hintern ab, knabbert an seinen Hirseriegeln und packt vielleicht auch noch die Häkelnadeln aus. Was soll denn aus so einem Buben werden, wenn er seinen Erzeuger auf den Kindergartenbänken rumhängen sieht. Das einzige, was ihm haften bleiben wird, werden Papas

Zwischenrufe sein, die zu 99 % aus folgendem Wortlaut bestanden: Kevin, bitte fall nicht von der Schaukel – Kevin, schlag bitte nicht den Jonas – Kevin, teil doch bitte die Nüsse mit Alma – Kevin, setz bitte Dein Sonnenmützchen auf – Kevin Du musst mehr Trinken – Kevin mach doch bitte die Rutsche für Adrian frei – Kevin ... – Kevin ... –
Nein liebe Leute, das ist kein Alptraum, das ist die Realität, die ich euch hier schildern muss. Mittlerweile soll es am Kinderspielplatz Typen geben, die nicht einmal mehr das von sich geben, sondern spezielle CDs abspielen, um die eigenen Kinder und sich selbst damit in den Schlaf zu wiegen. Auf einigen Spielplätzen soll der Frauenanteil auf unter 30 % gesunken sein. Eine niedersächsische Stadt will jetzt sogar eine Männerquote einführen, um den Anteil wenigstens wieder auf 50 % zu heben. Es ist an der Zeit, dass sich auch die Universitäten mit diesem Verfall des Mannes beschäftigen. Wenn auch schon nahezu alles zwischen Mann und Frau ins Schwanken gekommen ist, steht eines immer noch als Tatsache fest: Der Mann ist zu 50 % am Fortbestand der Menschheit beteiligt. Der Fortbestand ist aber nur gewährleistet, wenn dieser auch gut gedeihen kann. Gute Gene können sich nur in einem positiven Umfeld entwickeln. Wie soll dies aber funktionieren, wenn körperliche Kraft, Logik oder vorausschauendes Denken, um hier nur einige männliche Eigenschaften anzuführen, auf den Schaukeln von Kinderspielplätzen verkümmern? An der Freien Universität in Berlin kommt nun endlich Bewegung in die Welt der Wissenschaft, wo jetzt Professor Dr. Starkmann auf diese bedrohliche Entwicklung aufmerksam gemacht hat und ab dem Wintersemester an seinem neuen Institut für Manneskraft und Menschheitsentwicklung nach Lösungen sucht, diese Entwicklung zu stoppen. Auch aus dem benachbarten Ausland, vor allen aus den Niederlanden und

Belgien, die ebenfalls mit dem Rückgang der wahren Männer schwer zu kämpfen haben, kommt Hilfe für Professor Starkmann. Sogar der frühere Bayrische Ministerpräsident hat kürzlich eine aufrüttelnde Rede vor dem EU-Parlament gehalten, um Mitstreiter zu mobilisieren.
Aber zurück zu Rudi aus der Hollandie. Der saß mittlerweile noch mehr erschöpft am Packtisch, aber sichtlich erleichtert, mir gebeichtet zu haben, was der Grund seiner Erschöpfung sei. Ich sagte ihm, dass wir bestimmt eine Lösung finden würden und er solle nach Hause gehen und sich einmal ein paar Tage richtig ausschlafen, damit er wieder zu Kräften käme. Wenn er dann wieder fit wäre, wird sich bestimmt eine Möglichkeit finden, wie wir seine Tätigkeit so verändern, das er seine Arbeit, und ich möchte dies hier ohne jegliche Pathos aussprechen, wie er auch seine andere Aufgabe von geradezu nationaler Bedeutung unter einen gemeinsamen Hut bringen kann. Notfalls müssten eben betriebliche Belange zurückstehen. Da sähe ich mich als verantwortungsbewusster Unternehmer in der Pflicht. Nun, einige Zentimeter größer, machte er die Hallenbeleuchtung aus, verschloss die Lagertüren und startete den Sechszylinder seines 944er.

Frauenkompatibilität

Claudia von Königsberg war auf jeden Fall das genaue Gegenteil unserer Tischnachbarn. Sie war das, was man im besten Sinne als „stattliches Weibsbild“ bezeichnet. An die 1,75 groß, lange braune lockige Haare, vollschlank und mit erheblichen Rundungen. Die Beine nicht zu kurz und nicht zu lang. Außergewöhnlich schöne Hände. Sie schminkte sich in Perfektion, was nun nicht bedeutete, dass sie viel an Unattraktivem zu verbergen hatte. Im Gegenteil, sie akzentuierte das

Weibliche gekonnt an den richtigen Stellen. Sie genoss es offensichtlich, klassisch weibliche Mode zu tragen. Das Beste an ihr war aber ihr vollkommen freundlicher und offener Blick, der sie mir unheimlich sympathisch machte. Bei ihr redete man einfach drauf los und man kam gar nicht auf die Idee, man müsste sich als Mann die Worte „frauenkompatibel“ zurechtlegen. Ist ihnen das auch schon aufgefallen, dass Männer in der modernen Welt Frauen gegenüber ein ganz anderes Vokabular verwenden müssen, als sie es untereinander tun?

„Frauenkompatibilität“ ist der Fachbegriff dazu. Das besondere dabei ist, dass es sogar Unterschiede in der Wortwahl gibt, ganz nachdem ob man mit einer Frau eine Beziehung hat oder ob man mit ihr zusammen sein möchte. Beim Kennenlernen verhält sich die moderne Frau sowieso komplett anders als später in einer festen Beziehung oder als Ehefrau. Als verheiratete Frau legt sie dann besonderen Wert auf die Wortwahl ihres Partners.

Ab Eheschließung gelten für den modernen Mann folgende von der Frau ausgesprochene Verbote im sprachlichen Bereich:

Verbot Nr. 1: Jeglicher umgangssprachlicher Ausspruch ist verboten und muss durch einen hochdeutschen Ausdruck ersetzt werden! Ein Beispiel für einen falschen Satz: Gib mir mal den Löffel. Richtig dagegen ist: Würdest du bitte so freundlich sein, mir den Löffel zu geben. Es ist nicht dringend. Nur wenn es gerade für dich passt, ich danke dir im Voraus.

Verbot Nr. 2: Jegliche Art der Bewunderung für eine andere weibliche Person ist verboten. Einzige Ausnahmen: Mutter Teresa und Sophia Loren. Bei der zuletzt genannten bitte Vorsicht walten lassen. Nur bewundernde Worte für die heute 82 Jährige Loren. Aussagen über die Loren der 60er und siebziger Jahre sind zu vermeiden, da Hochrisikobereich.

Hier ein Beispiel für völlig falsche Ausdrucksweise: Janette, die neue Freundin von Bernhard, ist eine wirklich attraktive Frau! Richtig sollte es heißen: Janette, du weißt schon die, die Bernhard in letzter Zeit immer dabei hat, wirkt irgendwie nuttig. Ich versteh überhaupt nicht, was der an ihr findet!
Verbot Nr. 3: Jegliche sexuelle Anspielung gegenüber der Ehefrau ist strengstens verboten! Dazu ein verheerend falsches Beispiel: Du hast den heißesten Arsch und die geilsten Titten, die ich kenne. Beispiel für die richtige Ausdrucksweise: Was mich immer wieder an dir fasziniert ist dieser wundervolle Mix an Spiritualität und Intellekt, den du für mich verkörperst. Deine innere Schönheit hat für mich eine besondere Anziehung! Körper sind nur eine oberflächliche Hülle, die ohne innere Strahlkraft verblasst. Ich schätze diese besondere Schönheit in dir.

O Gott, jetzt muss ich mich aber erst mal kräftig, kräftig abschütteln. Was hab ich mich aber auch gewaltig bei diesen letzten Zeilen zusammenreißen müssen. Was für ein unendlicher Schwachsinn! Die blanke Wahrheit ist, dass immer mehr Frauen diesen Mega-Blödsinn so hören wollen und in vielen Fällen sogar auch noch glauben. Kann bei diesem salbungsvollen Gelaber auch nur der Hauch von Erotik aufkommen? Geschweige denn stundenlanger leidenschaftlicher Sex? Nicht nur ich sage hier laut und klar: NEIN! NEIN! NEIN! Die Folgen sind doch unvermeidlich. Die Erotik wird mehr und mehr zurückgefahren und die Lust auf das andere Geschlecht lässt immer mehr nach. Endstation Neutrum!
Und dies, liebe Damen, sollte ihnen nach der 3. Klasse Grundschule klar geworden sein, dies heißt, die Menschheit wird über kurz oder lang aussterben. Wollen sie das wirklich? Wenn ja, dann wird es bald statt ihrer Neutral-Bubis überhaupt keine Männer mehr geben. Und wenn es die nicht

mehr gibt, wird es auch keine Frauen mehr geben. So einfach ist das.
Wir waren ja gerade bei dem Begriff „Frauenkompatibilität". Da gibt es seit vielen Jahren dicke Wälzer in gedruckter Form, einer davon nennt sich Duden, über alle möglichen Wortbedeutungen. Aber das wohl allerwichtigste Wörterbuch, welches Männerwörter in frauenkompatible Wörter (auch Frauenwörter genannt) übersetzt, ist nach wie vor nicht geschrieben. Wäre es doch im Zeitalter des Internet und von Großrechnern ein Leichtes, ein solch lebensnotwendiges Werk zu verfassen und allen Menschen zugänglich zu machen. Vor noch 10 bis 15 Jahren sprachen die Männer ihr Gedankengut frei und ungefiltert aus.

Der Stammtisch

Heute hingegen sind moderne Männer kaum mehr in der Lage eigenständige Gedankenkombinationen in Worten auszuformulieren. Vokabular, das Männern über Jahrtausende unbekannt war, hat sich in den letzten beiden Dekaden wie ein wuchernder Tumor in deren Gehirnen eingenistet. Ein blendendes Beispiel für die feine Klinge der männlich, traditionellen Sprachausprägung war der gute alte Stammtisch, der aus vielerlei Gründen über die Jahrhunderte hinweg allein der Männerwelt vorbehalten war. Ich vermute oder besser ich befürchte, dass nahezu allen jungen Männern unter meiner Leserschaft der Ablauf eines Stammtisches vollkommen unbekannt ist. Stimmt´s? Ich denke, es wird das Beste sein, ihnen einen Stammtisch, in meinem Falle einen bayrischen, historisch akkurat zu schildern:
Unser Szenario ist dabei eine bayrische Wirtschaft kurz nach 10 Uhr an einem Sonntag im Jahre 1984 unweit der nieder-

bayrisch/oberbayrischen Grenze. Im Gastraum hat sich nach dem Kirchgang eine Vielzahl von Männern aller Altersstufen eingefunden. Im Normalfall alle, die auch in der Kirche waren. Die Frauen, die sich ebenfalls am sonntäglichen Hochamt in der Gemeindekirche beteiligt hatten, haben sich auf dem Kirchenvorplatz noch ein Viertel Stündchen zusammengestellt und ein bisserl geratscht. Spätestens um halb Elf waren dann aber alle zu Hause, denn der knusprige Schweinsbraten samt Semmelknödel oder Teigknödel (je nach eigenem Gusto!) sollte ja gut gelingen und der frische, gemischte Salat aus dem eigenen Garten musste ja auch noch geputzt und zubereitet werden. Die Männer waren alle am Kirchenportal scharf nach rechts abgebogen und hatten sich direkt und zielstrebig zum Postwirt begeben, in dem wir uns nun befinden. 1984 war die Atmosphäre in einem Gasthof noch eine ganz andere als heute. Wenn man den Gastraum betrat und sich nach den Anwesenden umschaute, sah man trotz vieler Gäste erst einmal gar nichts und niemanden, denn dicker Qualm von Zigaretten, Zigarillos und Zigarren vernebelte die eigene Sicht. Hatten sich die Augen nach ein paar Minuten an die dicken Nebelschwaden gewöhnt, wurde der zweite große Unterschied zum Gasthaus von heute deutlich: Es herrschte ein Höllenlärm, bei dem man am Anfang erst mal überhaupt kein Wort verstand, außer den aus dem infernalen Lärmpegel heraus schallenden so typischen Wirtshaussätzen wie z. B. „Theres! No a Hoibe, äh und heid a Weizn fürn Vierthaler,der hoads scho wieder mitm Magn!“ oder „Glei, glei, werdsas scho no dawarten kenna und ned verdurstn! I bin koa D-Zug. Vierthaler tring doch du glei an Kamillentee.“ Die beschriebenen Zustände waren für den damaligen Wirtshausgast kein wirkliches Problem. Denn er hatte in seinem Wirtshaus immer denselben Platz und den kannten nicht nur er, sondern auch alle anderen im

Wirtshaus. Zum Streiten gab es da nichts. Außer über Politik, aber dazu später. Der Mann nahm also Platz und im Normalfall stellte die Bedienung ihm eh schon automatisch das Getränk vor ihn hin, welches er eh immer trank. Der Bestellvorgang mit dem Heutigen – bitte gerne, bitte danke – entfiel komplett. Der Bayer hatte noch nie Zeit zu verschwenden. Nach einem ebenso kurzen „Serwas" oder „Grias enk" setzte man sich nieder und sagte grundsätzlich nichts, bevor nicht die erste Halbe vor einem stand! War die dann am Tisch eingetroffen, prostete man den anderen am Tisch zu und trank einen kräftigen Schluck, der zumeist schon die Hälfte des Glases leerte. Danach wischte man sich genüsslich mit dem Handrücken den Schaum vom Mund und sprach als erste Worte: „Guad is!" Dann ging es ohne Ankündigung los mit der Unterhaltung am Tisch. Start war fast immer der FC Bayern und das Ergebnis des gestrigen Bundesligaspieltages. In den 80er Jahren ging man mit den Roten aus München ziemlich kritisch um, war man doch verwöhnt von den großen Erfolgen von 74, 75 und 76, als man dreimal hintereinander den Europapokal der Landesmeister gewann. „De wissn ja ned a moi mehr, wos Tor steht" oder „i dad eana die Hälfte vom Gehalt abziagn, wenn so wenig laufn wia gestern" waren dabei noch die gemäßigten Aussprüche, welche die anwesende Creme de la Creme der ortsansässigen Toptrainer, die sich Woche für Woche bei der Sportschau am Samstagabend um kurz nach sechs den Kopf über die Taktik, Kondition und Einsatzfreude der Bayern den Kopf zerbrachen, von sich gaben. Die Ergebnisse dieser fachmännischen Betrachtungen wurden dann am Sonntag um halb elf in der Dorfwirtschaft mit den anderen Experten ausgetauscht. Da ging es manchmal auch hart zur Sache, war man oft an einem Tisch fünffach unterschiedlicher Meinung. Die gedanklichen Leistungen, die hier erbracht wurden, wurden damals von allen Gruppen der Bevölkerung zu Recht sehr hoch eingestuft, wohingegen heute vor allem die modernen Frauen diese als Männergelaber für Proleten abtun. Solche abschätzigen Aussagen zeigen, wie wenige Frauen heute in der Lage sind, soziologische Problemstellungen zu erfassen, geschweige denn zielführend aufzuarbeiten. Kaiser Franz sagte schon damals: „Mir gefällt es nur, wenn mir die Mädels nach den Siegen um den Hals fallen, aber dann ist es auch schon wieder gut!" Hatte man am Stammtisch die Bundesliga abgehakt, ging es zum Thema Auto oder großen Veränderungen der Verhältnisse im Bekannten- und Verwandtenkreise, sei es wegen Geburt, Heirat oder Hauskauf. Nachdem man dann so um halb zwölf schon zwei oder drei Halbe intus hatte, ging es an die wirklich harten Themen, speziell aus der Politik. Richtig laut wurde es dann, wenn an einem Tisch auch mal der ein oder andere Sozi saß, der sich traute gegen den Bayrischen Prinzregenten Franz Josef Strauß aufzubegehren. Mit einem Stimmanteil von zumeist 70 bis 80 % für die CSU ähnelte so etwas fast schon einem Selbstmordversuch. Geschlagen wurde aber äußerst selten einer, denn insgeheim war man doch froh, dass man am Sonntag immer einen hatte, auf den man verbal draufhauen konnte. Waren einige kurz vor zwölf aber schon bei der vierten Halbe angelangt, konnte sich das männliche Interesse auch mal weg vom Politischen bewegen, speziell wenn die Theres mal wieder ihr besonders knackiges und offenherziges Dirndl anhatte und sich der Blick eines Politikexperten während des Redens in den Ausschnitt der selbigen verirrte und dann minutenlang keinen Ausweg mehr fand. Der Theres war es wurscht, hatte sie doch so manchen flapsiges Spruch drauf und das Trinkgeld fiel bei ihren Bewunderern immer sehr üppig aus.

Punkt zwölf Uhr breitete sich dann schlagartig Aufbruchsstimmung aus und innerhalb von Minuten zahlten alle und gingen nach Hause. Der Grund war bei allen Mannsbildern derselbe: Zu Hause wartete ein saftiger Sonntagsbraten und man zollte mit einem pünktlichen Erscheinen der geschätzten Köchin höchsten Respekt. Wiederum ein Beispiel von positivem Umgang zwischen zwei so unterschiedlichen Geschlechtern.

Frauen und die Realität

Im Jahre 2017 gibt es kaum mehr Wörter, die als typisch männlich eingestuft werden können. Die Frau der Neuzeit hat dem männlichen Wesen nahezu jeglichen Kraftausdruck abgewöhnt. Ein archaischer Fluch ist verpönt. Der Mann hat Zurückhaltung zu leben. Mannigfaltige Gründe werden dazu angeführt. „So was sagt man nicht vor den Kindern", „du benimmst Dich wie ein Prolet, das mag ich nicht", „ein Mann von Bildung weiß sich anders auszudrücken" sind nur einige davon. Grundübel für die ständig erwarteten frauenkompatiblen Wörter ist die von Frauen stets verleugnete Tatsache, dass sie die Realitäten nicht sehen wollen. Schauen wir uns mal den Tagesablauf einer Frau in Bezug auf die Realitäten doch einmal an. Sie Frau erwacht am Morgen und geht ohne das Licht anzumachen aus dem Schlafzimmer hinüber ins Bad. Grund dafür ist der große Spiegel des Schlafzimmerschrankes, an dem sie vorbei muss und der ihr die Realität des eigenen Körpers gnadenlos offen legen würde. So zieht sie es vor, im Dunkeln lieber über herumliegende Kleidungsstücke zu stolpern, anstatt auf die etwaigen Fettpölsterchen aufmerksam gemacht zu werden. Ein weiterer Grund insbesondere bei Ehefrauen ist, dass der Mann schon wach sein könnte und diese ebenfalls bemerken könnte. Im Zufluchtsort Badezimmer angekommen, zieht sie sich sofort in die Duschkabine zurück, ist sie doch hier ebenfalls vor den Blicken anderer geschützt oder nur schemenhaft erkennbar. Niemand soll sie so verschwitzt sehen. Das zerzauste Haar, das über Nacht von 0,00001 % Verfettung heimgesucht worden ist, wird sofort mit einem Hochpreis-Shampoo und einer Reihe von Vor- und Nachbereitungsprodukten behandelt, bevor es dem eigenen Auge vorgeführt werden kann. Der Dusche entsprungen wird der Körper gleich nach dem Abtrocknen mit einem drei Quadratmeter großen Badetuch verhüllt. Dies geschieht alles, ohne bis zu diesem Zeitpunkt auch nur einmal das Licht angeschaltet zu haben. Bevor dann der erste Blick in eine Minirealität gewagt wird, wird noch ein riesiger Turban auf dem Kopf aufgebaut, um für den allmorgendlichen Hammer vorbereitet zu sein: Spot an, Augen auf! Drei 15 Watt Sparlampen aus dem Badeschränkchen strahlen erbarmungslos auf die Furchen, die sich unter den Augen gebildet haben. Riesige, gerötete Tränensäcke quellen bedrohlich über die Backenknochen hervor. Tausende von Pfirsichhärchen wuchern über schlaff herunter hängende Wangen, hin zu einer mit Unreinheiten übersäten Nase, die schon wieder länger geworden zu sein scheint. Depression breitet sich aus. Wie ist dies alles nur in 30 Minuten zu schaffen? In diesem Moment jedoch schaltet das weibliche Wesen auf Notfallbetrieb. Wie von einer überirdischen Schaltzentrale gesteuert, öffnet es die Glasschränkchen mit zitternden Händen und ein riesiges Restaurierungsarsenal bietet neue Hoffnung für ein Weiterleben nach dem Badezimmerbesuch. Hunderte alchimistischer Tinkturen, Pasten, Cremes, Gels und Fluids versprechen schnellste Besserung! Ich möchte an dieser Stelle darauf hinweisen, dass führende deutsche Bademöbelhersteller, allen voran die Fa. Allibert, dieser Entwicklung seit zwei Jahren Rechnung getragen haben und ihre Glasschränke mit Panzerglas und Tresorschlössern ausgerüstet haben. Sie reagierten damit auf Vertragsänderungen der Münchner Allianz und anderer Großversicherer, die festgestellt hatten, dass sich die hohen Werte in einem Durchschnittshaushalt nicht in der Geldschatulle im Schlafzimmerschrank befinden, sondern im Badezimmerglasschrank. Als Durchschnittsversicherungswert für diese gläsernen Hoffnungsspender wird in den neuen Versicherungspolicen ein Wert von 12500 Euros angenommen. Diese müssten deshalb entsprechend abgesichert sein, was eben die Bademöbelhersteller auf die oben genannten Standards umstellen ließ. Das Panzerglas wurde auch aus einem weiteren Grund mit eingeführt, komme es doch in den letzten Jahren vermehrt zu Glasschäden, was einer internen Untersuchung bei der Allianz zu Folge auf die hohe Zahl von unkontrollierten Wutausbrüchen von realitätsfremden Frauen zurückgeführt wurde. Aber nicht nur sündhaft teures Verschönerungsmaterial ist in diesen Schränkchen zu finden, wobei der Begriff Schränkchen mindestens schon seit der Jahrtausendwende nicht mehr zutreffend ist. Man muss heute klar und deutlich von Schränken sprechen. Allein ein Drittel der Fächer wird dort von Präzisionswerkzeugen gefüllt, die die Kosmetika auf dem Gesicht der die Hoffnung Suchende aufbringen. Dabei handelt es sich um die bei Männern unter dem Begriff Modellbau und Hobby bekannten Werkzeuge, wie Feile, Meißel, Pinzette, Spachtel oder Präzisionsmesser. Diese sind für Frauen von höchster Wichtigkeit, da nur sie die allmorgendliche Rettung in Gang bringen können. Was nützt dem Maurer das beste Material, wenn das Werkzeug zu wünschen übrig lässt. Dieses feminine Handwerk der frühen Morgenstunden hat sich in den vergangenen Jahrzenten zu einem bedeutenden Wirtschaftsfaktor in den westlichen Industrieländern entwickelt. Weltmarken wie Black & Dekker oder Bosch fahren deshalb seit Jahren mit ihrer Produktpalette zweigleisig. Unter

anderen Markennamen bieten sie bei Douglas, DM oder Müller eine breite Palette dieser Werkzeuge in deren Kosmetikabteilungen an. Erst kürzlich meldete der Pressesprecher des Branchenverbandes der deutschen Werkzeughersteller, dass der weibliche Kunde mittlerweile einen bedeutenden Umsatzfaktor darstelle. Zwar habe der Anteil noch nicht ganz das Niveau der ursprünglichen Werkzeuge erreicht, dies werde aber durch die sensationell hohe Marge im Kosmetikbereich mehr als kompensiert. Insidern zufolge würde eine Feile im Baumarkt nur ein Drittel dessen kosten, was für dasselbe Produkt, jetzt allerdings mit dem Namen Nailcurver, in der Kosmetikabteilung der weiblichen Wesen verlangt wird. Das Bemerkenswerte dabei sei, dass die Damenwelt dies nicht als Wucher, sondern zumeist noch als günstig einstuft. Psychologen der University of Columbia haben herausgefunden, dass Frauen ihren Körper als extrem hochwertiges Gut ansehen, welches es nur rechtfertige, auch mit hochpreisigen Produkten und Gerätschaften behandelt zu werden. Immer wieder würden die Konsumentinnen zwar von den Lebenspartnern darauf hingewiesen, dass es dasselbe auch viel günstiger im Baumarkt gäbe. Dies finde aber nach wie vor wenig Gehör. „Ihr Männer habt wirklich von Nichts eine Ahnung" ist eine, der noch freundlicheren Reaktionen darauf.
Zurück zu unserem Fallbeispiel: Wir befinden uns also vor dem Spiegel im Badezimmer und die hektische Arbeit am Kunstwesen Frau beginnt. Schicht für Schicht von Makeups wird aufgetragen. Lidschatten je nach Wetterlage abschattiert. Wimpern werden mit Präzisionswerkzeugen in Formen gebracht, die einen Feinwerkmechaniker auch nach zwanzig Berufsjahren noch zum Staunen bringen würden. Der Eyeliner, eine Art Wunderwaffe aus dem Hause Faber Castel, verspricht beste Präzisionsarbeit. Rouge, ein rötlich eingefärbter Puder aus dem Hause Dior, gibt als Schlussakt dieses

genau 30 Minuten dauernden Prozedere unserer Lady noch einen Hauch von Lebendigkeit. In der Zwischenzeit wurden natürlich noch nebenbei die Haare geföhnt, die Zähne geputzt und eine Tagesstrategie für die Frisur erdacht. Ein Blick durchs Fenster verheißt einen windigen, regnerischen Tag. Das heißt, der Schwerpunkt ist auf Stabilität zu legen. Die mittellangen Haare müssen Volumen bekommen, also mal kräftig Schaum reinmassiert. Dann mit Stufe Drei des Föhns kräftig nach oben gepowert, für den Termin um 11.30 noch eine strenge seitliche Locke eingebaut und jetzt eine halbe Dose Haarspray mit acht Stunden Extrahalt auch bei Windstärke 9 drauf genebelt. Oh mein Gott, hoffentlich war der FCKW frei, schießt es durch das weibliche Gehirn und nur ein rekordverdächtig schnelles Durchlesen der aufgedruckten Auflistung der Inhaltsstoffe bringt Entlastung für ein aufkommendes, weibliches Schuldgefühl. Die halbe Stunde ist vorbei und es kommt der alles entscheidende Blick in den Spiegel, der über die Psyche der nächsten 15 Stunden entscheidet. Daumen hoch oder nach unten. Geht er nach unten, kann der Ehepartner nur hoffen, dass er sich in der Zwischenzeit mit einem an der Haustür noch schnell nach hinten gerufenen „Schaaatz, ich bin sehr spät dran, tschüüsssssssssssssssss“ in Sicherheit gebracht hat. Ja, liebe Leser, so ein entschlossen schnelles Handeln hat so manchen Mann in den letzten Jahren das Leben gerettet.
Als kleine Erinnerung daran, wie ein echter Mann noch vor einigen Jahren dieses Szenario bewältigte, gebe ich ihnen eine kleine stichpunktartige Schilderung:
Mann reißt den Vorhang des Schlafzimmerfensters auf. „Was für ein Scheißwetter, meine Fresse!“ stapft ins Bad, hält den Kopf unter den Duschkopf, trocknet sich kurz ab, fährt sich mit beiden Händen durchs Haar, bürstet zehn Sekunden auf den Zähnen hin und her, schaut in den Spiegel und sagt: „1 A

der Junge hier im Spiegel!" Dauer dieser Prozedur drei Minuten und 20 Sekunden.
Unsere Dame des Hauses hat sich mittlerweile zurück ins Schlafzimmer begeben. Sie wollte es zwar vermeiden und hatte aus diesem Grunde wiederum den Lichtschalter nicht betätigt, aber der Tag war draußen schon angebrochen und helles Licht bricht sich auf den Spiegelflächen des Schlafzimmerschrankes. Sie zuckt zusammen, als sich ein Anflug von Orangenhaut auf den rückseitigen Rundungen zeigt. Sie hat unvorsichtigerweise das große Frotteehandtuch im Bad zurückgelassen. Sie ist nicht nur nackt, sondern sieht sich schonungslos enttarnt. Wäre eine Bruststraffung nicht an der Zeit? Auch ein Körperpeeling ist schon lange überfällig. Mein Gott, blaue Äderchen zeichnen sich eindeutig auf der Innenseite eines Oberschenkels ab. Die Badesaison muss heuer ersatzlos ausfallen. Sie ist erst 39 und genau genommen ein körperliches Wrack. Sie öffnet eine Schranktür und kramt ihre sieben Sommerbikinis hervor und stopft sie in Panik in eine Mülltüte. Ihrem Mann wird sie abends klar machen, dass Bikinis die Frau auf ein Sexsymbol degradieren und sie habe beschlossen, sich nur mehr Badeanzüge aus Fairtrade-Ländern zu kaufen. Dieser enge Bikini-Schnitt sei zudem ungesund und mehr sei außerdem besser als weniger. Punkt! Mensch, was zieh ich heute bloß an, ist unausweichlich der nächste Gedanke. Ziellos wird in hunderten von Kleidungsstücken herumgestochert. Nichts aber auch gar nichts ist zu finden, dass man halbwegs heute hätte tragen können. Unter Zeitdruck stehend (es ist eine weitere halbe Stunde vergangen) entscheidet sie sich notgedrungen für einen royalblauen halblangen Rock und ein weißes Oberteil aus Seide. Sie ist so froh, dass sie zumindest einen Rock gefunden hat, der ihre Besenreißer (was für ein schrecklicher Name) verdecken kann.

Ein ebenfalls blauer Blazer ist nicht gerade eine optimale Lösung, aber was hat sie sonst für eine Wahl?
Was werden die Kolleginnen denken, fragt sie sich zutiefst besorgt. Oh nein, dieser BH geht ja gar nicht, den sieht man ja komplett durch das Seiden-Oberteil. Runter damit. Ich hab es ja gewusst! Er hängt, er hängt richtig! Sofort sucht sie verschiedene Stifte und klemmt sie sich unter die Brüste. Das ist ja der Hammer, alle Stifte bleiben stecken, sogar dieser dicke Filzstift fällt nicht zu Boden. Jetzt will sie es aber wissen und holt sich einen von den richtig fetten Textmarkern. Endlich ein erfolgreiches Experiment. Scheppernd fällt dieser zu Boden. Das war knapp, aber sie wird nie mehr wieder einen BH ohne Bügel tragen. Sage und schreibe zwei Dutzend dieser den Frauenkörper so wohl formenden Produkte aus dem Hause Pallmer und Dior wandern sofort in die Mülltüte und leisten dort den Bikinis Gesellschaft. Bevor der Körper in die textile Verkleidung gesteckt wird erfolgt ein letzter fataler Blick auf das eigene Spiegelbild. Sie habe doch immer 58 Kilo gewogen, schwirrt ihr durch den Kopf.

58 kg und der ewige 18. Geburtstag

Unerfahrene männliche Leser müssen dazu wissen, dass der sogenannte 58-Kilo-Tag europaweit einmal pro Woche von allen Frauen gefeiert wird. Upps, jetzt habe ich mich falsch ausgedrückt! Bitte entschuldigen sie! Es muss „betrauert wird“ heißen. Dieser Tag ist bei fast allen Frauen gleichzusetzen mit deren 18. Geburtstag. Denn das war im Leben einer Frau der letzte Tag, an dem sie ihr Idealgewicht von 58 Kilo hatte. Den Rest des Lebens wird dann einmal pro Woche an diesen Tag erinnert. Vor allem den Lebenspartnern und besten Freundinnen wird häufig über diese Problematik geklagt.

Das Körpergewicht ist ein schönes Beispiel, dass Realität und Frau wenig miteinander gemein haben. Laut den Jahreszahlen der führenden Hersteller für Haushaltsgeräte werden pro Jahr deutlich mehr Waagen verkauft als Personen über 18 Jahren in der Bundesrepublik Deutschland leben. Wenn sich jeder Mann unter ihnen selbst fragt, wie oft er sich im Leben eine Waage zugelegt hat, wird er schnell auf die wahre Hauptkundenschicht dieser Produkte stoßen. In offiziellen Umfragen haben Frauen überhaupt keine Beziehung zu Waagen. Sehr oft hört man folgendes: Sie habe schon eine, aber die besitze sie schon seit vielen Jahren. Aber aktuell wisse sie gar nicht, wo die überhaupt rumsteht. Sie stelle sich sehr, sehr selten auf die Waage und an das letzte Mal könne sie sich schon gar nicht mehr erinnern.
Ha, ha, ha … Mega Brüller! Wollt ihr die blanke Wahrheit hören, Männer? Hier ist sie: 95 % aller Frauen haben ein Riesenproblem mit der Waage. Sie ist für sie der personifizierte Teufel. Laut Bundesverband der Hausgeräte-Hersteller kaufen Frauen 4,53 Waagen pro Jahr! Und dies liegt nicht daran, dass die Geräte von mieser Qualität oder gar unzuverlässig sind. Im Gegenteil, sie können in Millisekunden mit höchster Präzision das Körpergewicht auf drei Stellen hinter dem Komma berechnen. Aber alle diese Geräte haben einen riesigen Nachteil: Sie bilden zu 100 % die Realität ab und die heißt eben 70, 80 oder eben 100 kg. Dabei wäre es für die Hersteller ein Leichtes die Frauenkundschaft zufrieden zu stellen. Sie bräuchten nur eine kleine digitale Sperre einbauen, die ab 58 Kilo aufwärts immer nur 58 kg anzeigt und gleichzeitig eine für den Benutzer nicht erkennbare Nutzlast von 158 kg aufweist. Aber die Elektrogeräte-Branche hat hier auch in punkto möglicher Umsatzzuwächse dazu gelernt. Die einzelnen Hersteller haben sich zusammengetan und die technische Entwicklung dieser Geräte eingefroren. Man lässt

die Frauen die wahren Gewichtszahlen nach wie vor wissen, weil man sich bewusst ist, dass eben dieser Sachverhalt zu den aktuell hohen Stückzahlen an verkauften Waagen führt. Tendenz steigend! Man beschränkt sich allein auf neue Designs und vor allen auf neue Produktphilosophien, die den Frauen Jahr für Jahr neue Irreal-Welten ermöglichen. Da gibt es Ökowaagen, Fairtrade-Waagen, Waagen mit Tiermotiven (natürlich keine Elefanten und Nilpferde) und Waagen mit Solarbetrieb. 2016 waren Waagen, die Trittflächen aus Hand geknüpfter Mosaikteppichen aus Bangladesch aufwiesen, der absolute Verkaufsrenner. Diese wurden von Bosch in Zusammenarbeit mit C & A entwickelt, um Kinder mit Unterernährung in diesem armen asiatischen Land zu unterstützen. Von jeder verkauften Waage geht ein ganzer Euro in dieses Projekt als Spende. Diese Waagen gingen weg wie die warmen Semmeln. Toll sag ich nur! Am Rande sei erwähnt, dass diese Waagen mit einem UVP von 298,– Euro über den Ladentisch gingen! Aber egal. Der bedauernswerten dritten Welt war geholfen und für die Frauenwelt in Deutschland war das Gewichtsproblem für Stunden erträglicher. Die Konzerne freuten sich auch. Eine echte Win-Win-Situation! So erzeugen sich Frauen mit ihren Waagen Tag für Tag ihren individuellen Frust, der sich dann alle paar Monate entlädt und die Waage in einer Nacht und Nebel Aktion in den Müll wandert. Diese Entsorgung findet so geheim statt, dass nur die wenigsten Männer jemals herausgefunden haben, wie und wann sich die Angetraute aus dem Haus schleicht, um die alte Waage gegen eine Neue auszutauschen. Nur bei genauerem Hinsehen bemerken Männer, dass die Waage, die sich vermeintlich unbenutzt seit Jahren in der hintersten Ecke des Schuhschränkchens befindet, regelmäßig gegen eine neue ausgetauscht wurde. Wenn ein Mann doch einmal auf die unwahrscheinliche Idee kommt, sich doch einmal für sein

Gewicht zu interessieren, wird ihm nach langem hin und her doch tatsächlich eine gebraucht aussehende, von Staub und Fuseln übersäte Waage präsentiert, deren Batterien offensichtlich nicht mehr funktionieren. Welch großer organisatorischer Aufwand für eine Frau dahintersteckt, ihr Waagen-Geheimnis für sich behalten zu können, ist kaum einschätzbar.
Was eine Frau nicht wahrhaben will, nimmt sie einfach nicht wahr. So einfach ist das!

Folterzimmer-Abstellkammer

Das Schlafzimmer wird nun verlassen und die Abstellkammer, von vielen Frauen als Folterzimmer bezeichnet, wird mit gemischten Gefühlen betreten. Abstellkammern hatten in der Nachkriegszeit eher ein Schatten-Dasein geführt. Sie waren meist sehr klein, oft nur ein oder zwei Quadratmeter groß, fensterlos und nur von einer maximal 20-Watt-Glühbirne beleuchtet. Sie waren kein Ort des Aufenthalts, man mied sie geradezu und wenn man sie schon betreten musste, schob man etwas, das man loswerden wollte, schnell hinein. Man machte dort oft nicht einmal das Licht an, weil man gar nicht sehen wollte, was sich dort aufeinander türmte. Solange die Tür zuging, war alles gut. Im 21. Jahrhundert hat sich das Wesen der Abstellkammer grundlegend verändert. Das fängt schon bei der Grundfläche an. 10 bis 15 Quadratmeter sind bei Neubauwohnungen keine Seltenheit. Die Abstellkammer ist zu einer Erlebniswelt für die moderne Frau geworden. Stellte man früher in den Immobilien-Inseraten eine große Terrasse, die Süd-Lage oder eine Doppelgarage in den Vordergrund, so wird heute eine geräumige Abstellkammer mit Tageslicht als entscheidendes Kauf- oder Mietkriterium angesehen. Gerade in den Großstädten verzichten Frauen immer mehr auf Balkone oder hauseigene Stellplätze, wenn nur die Abstellkammer von ausreichender Größe ist. Warum empfinden nun die Frauen diese Räume heute als Folterkammern? Warum sind sie dennoch so scharf auf solch einen Raum? Sind diese eine neue Form masochistischer Tendenzen? Ich sage ganz klar ja. Abstellkammern wurden geschaffen, um Utensilien zu beherbergen, die nicht ständig gebraucht werden. Auch ästhetisch Unansehnliches soll hier vor den Augen von Gästen verborgen werden. Diese Funktionen sind heute nur mehr zum Teil oder sehr verfälscht vorhanden. Wurde dieser Raum früher noch von beiden Geschlechtern benutzt, ist er heute einzig und allein im Besitz von Frauen. Hier werden von ihnen Unmengen von Einkaufsgut abgestellt, darunter vor allem Schuhe. Schuhe kommen, wie wir alle wissen, immer nur paarweise vor, was Frauen ja besonders zu Gute kommt, denn somit verringert sich doch die Anzahl des Schuhwerks beträchtlich. Genau genommen um satte 50%! So gibt es praktisch keine Frau, die mehr als 99 Schuhe besitzt. Die Zahl 198, die ja mathematisch zutreffender wäre, wäre gegenüber dem Partner oder Freundinnen kaum zu rechtfertigen. So bleiben es immer maximal 99. Das ist so ähnlich wie die Konfektionsgröße 36 oder die oben genannten 58 kg. Es ist eine der fixen weiblichen Größen. Sie sind unabänderlich. Wenn man jetzt eine dieser modernen Abstellkammern betritt, können sich dem Betrachter verschiedene Szenarien auftun. Die wohl häufigste dabei dürfte nicht der Anblick der Schuhe, sondern der Blick auf jede Menge von Schachteln sein. Schuhe scheinen lichtscheu zu sein, denn nur wenige von ihnen erblicken tatsächlich Tageslicht. Ein Ausgang in die freie Natur scheint nur wenigen vergönnt zu sein.

Der Fairness halber müssen meine Betrachtungen genauer spezifiziert werden. Deshalb sei hier klargestellt, dass es sich hier ausschließlich um eine einzige Spezies, den Damenschuh handelt! Herrenschuhe teilen dieses Schicksal nicht. Diese werden tagtäglich genutzt. Solange, bis sie eben vom Fuß fallen. Was haben wir also bis dato gelernt? Erstens, der Damenschuh lebt in der Abstellkammer und zieht sich die meiste Zeit seines Lebens in seine Schuhschachtel zurück. Sein Leben ist nur von drei Standorten geprägt. Dem Schuhgeschäft, der Abstellkammer und der Mülltonne. In unserer Beispielsabstellkammer herrscht zumeist ein hohes Maß an Unordnung, obwohl eigentlich Ordnung durch die Stapelfähigkeit von Schuhschachteln durchaus gewährleistet wäre. Oft kommt es dabei auch zu bizarren, eher surrealen Gebilden, die wohl kaum architektonisch tragfähige Gebäude darstellen. Sie erinnern sich, dass unsere gestresste Dame auf ihrem morgendlichen Kreuzweg das Bad und das Schlafzimmer schon hinter sich gebracht hat und jetzt auch noch in der Abstellkammer unter unzähligen Paaren auswählen muss, welche Schuhe denn am heutigen Tage am besten zu der jeweiligen Oberbekleidung passen würden. Eine Prozedur, die sich jeden Morgen aufs Neue vollzieht und Frauen schier unvorstellbare Strapazen bereitet. Das größte Problem ist dabei nicht die vorhandene Vielfalt, sondern die aus der Sicht der Frauen sehr, sehr eingeschränkte Auswahl! Was habe man denn hier schon groß zu wählen. Gut, man hätte eigentlich 14 Paar Blaue, aber keine mit einigermaßen adäquaten kleinen Metallschnallen. Schnallen haben dummerweise nur einige von den roten Schuhen. Aber die zu einem Blauen Rock? Nein das geht wirklich nicht. Schwarze ohne Schnalle wären genug da, aber was nützt einem das. Und die Weißen mit den blauen Punkten, die wären schön. Oh Gott, hat da nicht Frau Meyerling am Telefon erwähnt, dass sie jetzt auch solche hat? Das hätte ihr gerade noch gefehlt. Mit denselben Schuhen wie die Meyerling rumzulaufen. Ich mach mich doch nicht zum Gespött der ganzen Firma. Ich glaube, ich nehm besser die schlichten schwarzen Stiefel! Hatte ich die nicht erst letzten Monat an? Braun ist ja in Paris total hipp, aber passt das zu blau. Mist! Ich hab einfach überhaupt nichts Vernünftiges an Schuhen!

So geht das mehr als 20 Minuten und als die Dame die ersten Schweißperlen durch ihr Makeup sickern sieht, setzt sie dem Ganzen ein abruptes Ende und nimmt das Paar Schuhe, das sie als aller erstes in Händen gehalten hat. Nun aber den Schlüssel geschnappt und raus aus der Tür.

Mein Mann hat wirklich überhaupt keine Ahnung, wie stressig mein Alltag ist! Na warte, im Büro heißt heute mein Zauberwort „Zalando" und da wird sich dein Paypal-Konto freuen, mein Schatz! Selber schuld, wenn du deine Allerliebste so kurz hältst!

Mein Nachmittag mit Claudia von Königsberg war mehr als amüsant und beim Abschied tauschten wir noch Telefonnummern aus. Sie wäre noch 14 Tage in Passau und es würde sich gewiss nochmal Zeit zu einem Treffen ergeben. Sie reichte mir verbindlich die Hand, nicht ohne mit einem vielsagenden Blick zu erwähnen, dass ihr unsere Unterhaltung sehr gefallen hatte. Mein Tag hatte einen deutlichen Aufwärtstrend bekommen.

ZOB – das Zentrum einer anderen Welt

Auf dem Wege nach unten beschloß ich, noch einen Spaziergang durch die Altstadt zu unternehmen. Ein bisschen Bewegung kann auch einem Müßiggänger nicht schaden. Und wer weiß, vielleicht würde sich eine weitere angenehme Begegnung ergeben. Claudia von Königsberg war vielleicht der Beginn einer Glückssträhne.

Hier in Passau gibt es seit einigen Jahren das Zentrum Neue Mitte. Ein komplett neues Geschäftsviertel wurde gebaut, dessen Zentrum die Piazetta bildet, ein quadratischer Platz, um den sich mehrere große Einzelgeschäfte, ein exzellenter Bücher-Pustet, die Stadtgalerie mit über 100 Läden und der neue Zentrale-Omnibus-Bahnhof ZOB angesiedelt haben.
Ohne Zweifel ist die Piazetta einer der zentralen Punkte hier in Passau. Jedes Mal, wenn ich mit dem Aufzug aus dem Cafe Diwan nach unten fahre, bin ich fasziniert von der wuseligen Welt, die sich mir Stockwerk für Stockwerk nähert. Wenn ich dann im Erdgeschoss auf die Straße trete, bieten sich mir hier auf dem gegenüber liegenden ZOB jede Menge von skurrilen Alltagssituationen. Menschen, die nicht so häufig auf der Sonnenseite des Lebens stehen, sind dort in der deutlichen Überzahl. Das liegt wohl erst mal an der Tatsache, dass sie sich kein Auto leisten können und gezwungen sind, Bus zu fahren. Aber es scheint auch andere Gründe zu geben, warum sich hier so viele Menschen aufhalten oder auch bewusst treffen. Hier spielt sich in jeder Hinsicht das menschliche Leben ab. Pure ausgelassene Freude wechselt sich hier mit ungezügeltem Zorn, Wut oder Verzweiflung ab. Nur ein Teil der Leute wartet tatsächlich auf einen Omnibus. Oft bleibt man auch auf den metallenen Wartebänken einfach nur sitzen und schaut dem geschäftigen Treiben zu. Obwohl es in Passau jede Menge von schönen Straßencafé gibt, sind die Wartebänke hier zumeist alle besetzt. Ein Grund mag sicher sein, dass sich viele der Menschen hier keinen Kaffeehausbesuch leisten können, aber es fällt auf, dass sich so mancher hier wohler fühlt als in einem feinen Cafe. Man bespricht die vermeintlich einfachen Dinge des Lebens, die sich für so viele tagtäglich als so schwierig gestalten. Zumeist geht es um Geld, die Gesundheit oder den Frust, weil man beides nicht hat. Zigaretten und Alkohol sind für viele ein ständiger Begleiter. Auch wenn diese

gerade nicht konsumiert werden, sind diese in den Gesichtern der Menschen deutlich sichtbar. Warum suchen sich Menschen, die bereits große Probleme haben, immer neue Probleme aus, die stark die Psyche und die Gesundheit beeinflussen. Ich habe in meinem ganzen Leben fast niemanden kennengelernt, der behauptete, dass ihm Zigaretten schmecken. Nahezu jeder möchte irgendwann damit aufhören. Sie seien teuer, machen am Morgen einen schlechten Geschmack im Mund und die Bude zuhause stinkt erbärmlich danach. Ja, es stimme schon, dass Rauchen Krebs verursacht und husten müsse man auch die ganze Zeit. Keiner streitet dies ab und jeder tut es trotzdem. Laufen hier lauter Menschen rum, die eigentlich nicht mehr lange leben wollen? Ich denke, dass Menschen, die sich irgendwann im Leben freiwillig oder unfreiwillig in eine bestimmte Schicht der Bevölkerung begeben haben, sich in einer finanziell, vermeintlich besseren Schicht nicht mehr wohlfühlen und sie auch deshalb die halbe Bier hinter der Tankstelle oder am Busbahnhof dem gepflegten Pils in einem Straßenbistro vorziehen. Es ist nicht nur eine Frage des Geldes. Wahrscheinlich habe ich hier für viele eine zu naive Sicht der Dinge, aber ich bin wirklich fest überzeugt davon.
Hier am Zentralen Omnibus Bahnhof spielen sich auch etliche Szenen ab, die zeigen, dass sich das Fraumännchen hier noch nicht so recht ausbreiten konnte. Einer der Gründe dafür ist wohl, dass Frauen hier deutlich eine traditionelle Sicht vom Zusammenwirken der beiden Geschlechter haben. „Ja, mein Mann, der raucht ganz schön viel und trinken tut er leider auch, aber in die Arbeit geht er jeden Tag, ganz egal wie er beieinander ist."
Solches oder Ähnliches habe ich hier schon oft gehört, wenn auch nahezu nie in hochdeutsch. „Raucha duat er wia a Schlot und saufa wia a Loch, aber fei is a wirkle ned" ist die hier

weitaus gebräuchliche niederbayerische Version des Dilemmas. „Meine Mann nix schlechte Mann, gehe viele Arbeit, immer aber viele, viele trinken Bier und rauchen ganze Schachteln Marlboro ganze Tag“ ist die Version der Passauer Bürgerin mit Migrationshintergrund. Interessanterweise scheinen viele Männer und Frauen auf dieser Basis eine einigermaßen zufriedene Ehe zu führen. Denn keine dieser Frauen redet davon, sie wolle sich von ihrem „Alten“ trennen oder ihn zum Teufel hauen. Natürlich gibt es am ZOB auch andere zwischenmenschliche Konflikte. So kann es an einem Nachmittag schon mal passieren, dass eine Frau Anfang zwanzig mit einer Handtasche auf einen im Rapper-Look gekleideten Baseball-Cap-Träger einprügelt und die verdammte Drecksau als Versager-Schlappschwanz bezeichnet, obwohl doch der Grund ihrer Aufregung zu sein scheint, dass er sie mit ihrer besten Freundin betrogen hat. Okay, man kann in der Aufregung nicht immer korrekte Wortwahl erwarten.

Mann und Frau können hier am ZOB noch eindeutig auseinander gehalten werden. Sowohl optisch, wie auch in ihrem Verhalten. Jutejacken oder indische Tücher aus dem Fairtrade-Handel sind hier unbekannt. Hochaufgeschlossene Mohair-Pullover ebenfalls. Männer sind hier noch klar als solche erkennbar. Dicke Muckis sind nicht nur vorhanden, sondern werden noch selbstbewusst zur Schau gestellt. Kleine dezente Tatoos sind nicht nur Tabu, sondern werden nur mit Hohn und Spott bedacht. Ist der Manneskörper nicht zumindest zur Hälfte mit blauer Tinte gespickt, wird der Mann als Weichei tituliert. So ist das Fraumännchen hier vollkommen fehl am Platz. Würde er sich aus seinem Understatement-Pulli im XXL Format herausschälen, würde hier nur ein blasser, untrainierter, im besten Falle hagerer Körper ohne jegliche Tintengemälde zum Vorschein kommen, den jede ZOB

Hardcore-Lady als Waschlappen abkanzeln würde. Keine irrige Meinung, denn ist nicht ein Waschlappen ein seelenloses Wesen, ohne eigene Meinung, das sich im nassen, labbrigen Zustand an den Körper von anderen anpasst und kurz, nachdem er wieder trocken ist, von dieser, sprich Frau, wie ein lästiges, kraftloses Wesen abfällt und keine Verwendung mehr findet. Damit habe ich jetzt auch eine einigermaßen passende Definition eines Schluffis (sie erinnern sich an meinen Ausflug in die KITA?) gefunden und das gerade hier an dem feindlichsten aller Orte, die ein Schluffi haben kann, dem Zentralen Bus Bahnhof. Die ZOB-typische Frau ist sich ihrer Weiblichkeit noch vollends bewusst. Sie betont ihre Figur, egal ob Kleidergröße 36 oder 52. Wie eine Schlangenhaut saugt sich so mancher Body an ihren XXL Körper. Ein großes Dekolletee ist meist ein untertriebener Ausdruck für pralle Üppigkeit mit 95 DD. Sie zeigt, was sie hat und drückt ihre Verbundenheit zum männlichen Partner gerne auch mit surrealen Traumwelten am Rücken aus, die dem Tatoo des Mannes in nichts nachstehen. Auch erotische Anspielungen fehlen auf ihrem Körper nicht. Rauchen ist für sie ein unabdingbares Muss. Ein markantes Zeichen dieser Ur-Frauen ist die Sprache. Sie ist klar und direkt ohne jegliche Umschweife. Geht etwas zu langsam oder kapiert das Umfeld zu wenig, wird sie oft derb. Manchmal sogar sehr derb. Die Palette der Begrifflichkeiten ist hierbei breit gefächert. Bajuwarische Schimpfwörter wechseln sich hier mit Szeneslang ab. Die moderne Frau hingegen verbirgt alles, was nach Weiblichkeit aussehen könnte. Eng anliegende Kleidung wird als prostituierend verpönt. Sie will nur als geistiges Wesen wahrgenommen werden, praktisch ohne Körper existierend. Haut zu zeigen gilt bei ihr als No-Go. Nackte, gebräunte Haut, sei es auch nur um den Hals herum oder an den Beinen, gelten ihr als Männer provozierend. Wörter wie Dekolletee oder Wonderbra wurden aus ihrem Vokabular gestrichen. Die Sprache ist höflich und akademisch. Sie wirkt ernst und problemfokussiert. Problemfokussiert ist dabei das genaue Gegenteil von problemorientiert. Die moderne Frau will gar keine Probleme lösen. Nein! Sie will Probleme schaffen. Sie sucht geradezu hartnäckig nach neuen bis dato unbekannten Problemen. Findet sie ein solches und hat es nicht die nötige Größe, wird es notfalls von einem Problemchen unter Verwendung von pseudowissenschaftlichem Vokabular zu einem ausgemachten Großproblem hochstilisiert. Sie wirkt unnahbar und gekünstelt. Männer, die sexuelles Interesse bekunden, werden als geile Perverse abgekanzelt, die sich nur das Geld für die Prostituierte sparen wollen. Das Neutrum steht ihr näher als das Feminine. Der Intellekt des Mannes wird aufgrund seiner permanenten Triebsteuerung in Frage gestellt. Er ist in ihren Augen zum geistlosen Proleten mutiert. Wo ist das Leben in diesen Frauen geblieben? Fühlen Sie sich wirklich wohl in ihrer selbst gewählten Rolle? Was hat ihnen am Frausein nicht mehr gefallen? Oder haben ihnen gar die Männer nicht mehr gefallen? Man kann hier am Zentralen Omnibus Bahnhof einiges gegen die tätowierten Basic-Frauen vorbringen, bestimmt aber kann man ihnen nicht absprechen, dass sie noch wirklich leben und sie die Männer noch als Männer sehen, die sie zwar oft nerven, aber ohne die sie nicht sein wollen.

Crosspoint Ludwigsplatz

Vom ZOB führte mich mein Weg hinunter auf den Ludwigsplatz und dort musste ich meist an der Ampelanlage warten, welche die Neue Mitte vom ursprünglichen Teil der Passauer Fußgängerzone trennt. In der vielleicht zwei Minuten dauernden Wartezeit, bis es wieder Grün wird, kann man hier so Einiges erleben. Um die Dramatik solcher Erlebnisse, die beim Flirt-Quickie beginnen und beim Überlebenstraining aufhören, besser einfangen zu können, wechsle ich nun in das erzählende Präsens: So ein zentraler Fußgängerübergang ist ein Musterbeispiel von zwischengeschlechtlicher Kommunikation und zeigt aber auch die Unterschiede zwischen Mann und Frau deutlich auf. Ich bleibe also schön brav stehen, weil die Ampel gerade auf rot geschaltet hat. Ich bin halt ein korrekter Mann alter Schule. Neben mir gibt ein grauhaariger Rentner mit sonnengebräunter Haut noch mal richtig Gas und sprintet an mir vorbei auf die andere Seite. Klar, der Mann hat nicht mehr viel Zeit im Leben und will nichts davon mit einer roten Ampel vergeuden. Was mich dabei wundert, dass 90% aller Deutschen wegen irgendwelcher körperlichen Leiden in Frührente gehen und dann aber an einer Ampel über die Straße sprinten, als wären sie erst Mitte zwanzig. Vermutlich ein Einzelfall! Rechts daneben bleibt ein Mann ebenfalls nicht stehen. Er ist noch ein Jüngling, trägt einen ISIS Bart und hat zwei Ohrstöpsel in den Ohren. Er sprintet nicht, er läuft nicht, er geht nicht einmal, nein, er schleppt sich förmlich über die Straße. Seine Turnschuhe scheinen sich nur um Mikro-Millimeter vom Fahrbahnbelag zu heben. Ich überlege und komme zu dem Schluss, dass er vielleicht einer der genannten Frührentner ist und sich nur durch einen ISIS Bart inklusive Discman getarnt hat, um sein wahres Alter zu verbergen. Auch die dröhnende Untergangsmusik, die aus seinen Ohrstöpseln entweicht, ist für mich ein weiterer Beweis dafür, dass es sich um einen perfekt getarnten Frührentner handelt. Erst als er nach einer Ewigkeit die andere Straßenseite erreicht und ihn dort eine gertenschlanke Jugendliche mit knallroten Haaren erfreut in eine Art Judo-Würgegriff nimmt, erscheint mir meine Frührentner-Theorie nicht mehr ganz

stimmig! Wie auch immer, die Freude der jungen Dame über die Ankunft des jungen Mannes auf ihrer eigenen Straßenseite scheint vor allem dadurch begründet, dass zwei Zentimeter hinter dessen Rücken ein weißer Porsche Cayenne eines ortsansässigen Mediziners vorbeirauscht und sich der Fahrer dieses zwei Tonnen SUVs vermutlich grün und blau ärgert, dass er den Jungterroristen nicht erwischt hat. Klar, dass sich der Mann im Nobelhobel aus Zuffenhausen grämt, denn er hatte vollkommen gesetzeskonform gehandelt und erst bei Grün das Gaspedal voll durchgetreten. Er war ein fairer Sportsmann! Er hätte den Stöpselträger auch bestimmt erwischt, aber die Tiptronic seines 500 PS Boliden war leider schon immer ein Schwachpunkt von Porsche. Auf jeden Fall würde ihm ein solches Versagen nicht noch einmal passieren. In Kürze werde er diese gegen ein normales Schaltgetriebe austauschen lassen. Seine Hände seien eben immer noch schneller als jede Technik. Er wusste, was er als Ur-Ur-Ur-Ur-Enkel seinem Vorfahren Wyatt Earp schuldig war. Der junge Typ hat von all dem nicht das Geringste mitbekommen. Mir gegenüber hat sich eine ganze Kolonne von Frauen unterschiedlichster Couleur eingefunden. Alle warten ehrfürchtig, wann sich das rote Männchen gegenüber in ein grünes verwandeln würde. Na ja, verständlich, denn an der Ampel ist noch alles in bester, geregelter Ordnung. Der erleuchtete Ordnungshüter ist immer noch klar ein Mann und als solcher gibt er eindeutige Ansagen und die heißen STOP oder GEHEN. Da wird nicht diskutiert und rumgeschwafelt. Er allein sagt, was gemacht werden muss!
Auch die moderne Frau scheint dies nicht in Frage zu stellen. Noch nicht vielleicht! Auf jeden Fall stehen sie alle da drüben, auf der anderen Seite, still. Ganz egal, ob mit Kinderwagen, einer Einkaufstüte in den Händen oder einem Zwergpinscher an der Leine. So muss es sein, schießt es mir durch den Kopf.

Obwohl? Was ist das, eine der Damen scheint zu zucken und macht Anstalten loszugehen, Reifen quietschen, ein Aufschrei geht durch die Reihen. Ein Anzugträger von Mitte dreißig reißt die suizidgefährdete Brillenträgerin zurück auf den Bürgersteig. Alle Augenpaare der Warte-Passanten schwenken nach links. Großäugiges Staunen wechselt sich mit blankem Entsetzen ab. Ein, zwei, drei Sekunden vergehen. Alle schütteln synchron den Kopf. Weiter zählt der Sekundenzeiger und alle schauen wieder auf das rote Männchen. Die Gefahr ist vorbei! Einer hat die Situation voll im Griff. Der Anzugträger hat nämlich schon eine Visitenkarte der Hamburg-Mannheimer in der Hand. Die gerettete junge Frau nimmt sie dankbar entgegen und versichert dem Herrn, sie werde gleich übermorgen zwecks einer Lebensversicherung bei ihm vorbeizuschauen. Der Versicherungsvertreter zeigt sich bescheiden und wünscht ihr einen wundervollen Tag. Sie solle zumindest bis übermorgen auf sich aufpassen.
Was für ein wahrer Mann! Entschlossen, reaktionsschnell, bescheiden, zupackend und vorausschauend. Die junge Dame ist begeistert und wirft einen verstohlenen Blick auf den Ringfinger des Herrn. Puuuh, auch noch unverheiratet! Sie wird sich morgen gleich zu Schick und Fein begeben und ein passendes Outfit für ihr Versicherungs-Rendezvous besorgen. Gerade dem Tode entronnen und jetzt fast schon vor dem Standesamt. Was hatte sie doch für ein Glück heute! Das rote Männchen springt eine Etage tiefer und wird grün. Marsch, Marsch heißt dies für die pedalen Befehlsempfänger.
Die drei Männer neben mir stehen schon seit fast einer Minute in einer Triple-Polposition und ihre Pulsfrequenz ist bei fast 200 angelangt, als das Männchen „Start frei“ gibt und sie die Kupplung an den Hüftgelenken schnalzen lassen und es mit quietschenden Gummisohlen in den Nikola-Highway geht. Sie alle sind sich sicher, dass der vor allem aus Frauen

bestehende Gegenverkehr auseinander stieben wird, wenn er die Entschlossenheit in ihren Augen sehen wird!
Tatüüüüü, Tataaaaaaa, Tatüüüüüüüü, Tataaaaaaaaa schrillt es um die Ecke von der Schanzlbrücke her. Die Rennchampions an der Ampel steigen in die Eisen, vollführen eine halsbrecherischen U-Turn auf einem Drittel der Fahrbahn und geben erneut Toppspeed, um die Fahrbahn für den Todesfahrer vom Malteser Hilfsdienst freizumachen, der in diesem Moment um die Ecke bricht. Die linken Räder des Mercedes 518 heben ab und im Inneren sieht man den Notarzt und einen Rettungssanitäter felsenfest in ihrem Behandlungsraum stehen, einer die Infusionsflasche, der andere einen blutverschmierten Verband in Händen. Beide natürlich vorschriftsmäßig einen Integralhelm tragend. Der Fahrer des Rettungswagens trägt keinen Helm, wie sonst könnte er den infernalen Lärm seines Höllenrittes genießen. Die Malteser hatten ihn vor 15 Jahren direkt aus dem Silberpfeil-Team von McLaren Mercedes herausgekauft. Er wird heute eine neue Bestzeit schaffen. Der Raid vom Grubweger Schwaiberger ins Klinikum ist schließlich seine Lieblingsstrecke. Seine Bestzeit steht bei 5.12,09, wohlgemerkt unfallfrei. Er ist froh, dass sich die Passauer Fußgänger auf ihn eingestellt haben. Zumindest alle Männer. Die Frauen sind ein ständiges Risiko. Gerade hier am Ludwigsplatz gefährden sie durch ihr ambivalentes und verträumtes Verhalten das Leben der Verletzten im Rettungswagen. Da, schon wieder! Zwei der Frauen rennen zurück, ein paar andere geben Speed nach vorwärts und suchen Zuflucht auf der anderen Straßenseite, aber was macht denn die da? Fatalerweise handelt es sich um die gerade vom Hamburg-Mannheimer-Mann Gerettete? Sie bleibt einfach stehen! Ist die verrückt? Er reißt das Steuer nach links, um nur Bruchteile darauf gegenzulenken. Der Windstoß des 5000 Kilo Stahlkastens wirbelt die Sekretärin zweimal um

die eigene Achse, aber die Fahrt von Passau PA-T 111 geht unbeirrt weiter. Mit gut 120 die Nikolastraße hinunter und mit Volldampf der Zielflagge am Klinikum entgegen. Bestzeit wird es leider heute keine mehr werden. Mist!
Der Versicherungsvertreter ist sofort zur Stelle, nimmt die junge Dame jetzt an der Hand und führt sie direkt in sein Büro. Er will jegliche Komplikation vor Abschluss der 200000 Euro Lebensversicherung ausschließen. Heute wird ein guter Tag werden, davon ist er nun fest überzeugt. In der Zwischenzeit steht die Ampel wieder auf rot und nur ein Teil der Passanten hat den Gang über die Straße geschafft. Eine Mutter mit ihren zwei Zöglingen und einem Foxterrier bricht das Unternehmen Stadtgaleriebesuch ab, will lieber auf dieser Seite der Straße bleiben und macht das den beiden KITA-Terroristen mit ein paar Kugeln Eis schmackhaft. Sie hängt an ihrem Leben, keine Frage! Die meisten aber gehen in Nullstellung und siehe da, der zweite Versuch über die Fußgängerampel klappt und alle schaffen es wohlbehalten auf die andere Seite.
Nicht wenige der Damen echauffieren sich über die kleine Schlampe, die es mit ihrem exaltierten Verhalten geschafft hat, sich den gut aussehenden Versicherungsvertreter zu schnappen. Ich schüttle nur den Kopf, aber schaffe es auch nach drüben.

Die andere Sicht der Dinge im Straßencafe

Es ist schon faszinierend, wieviele Menschen sich mitten am Nachmittag an einem Wochentag in der Fußgängerzone herumtreiben. Angeblich sind wir Deutschen das fleißigste Volk in Europa. Auf welchen Fleiß sich das allerdings bezieht,

ist mir noch nie so ganz klar geworden. Vielleicht ist es der Fleiß, sich möglichst oft und lange in der Innenstadt rumzutreiben. Wir hätten uns da wohl mediterran entwickelt! So hatte ich es vor kurzem von einer Nachbarin gehört. Wenn du dies in Deutschland noch in den 80er Jahren gemacht hättest, wäre allen sofort klar gewesen, dass du entweder stinkfaul oder stinkreich bist. Da sich Ersteres in der Öffentlichkeit sehr schlecht verkaufen lässt, haben sich wohl fast alle für die zweite Version entschieden, unabhängig davon, ob sie wirklich reich waren oder nicht. Also hier in der Ludwigs- und in der Theresienstraße gibt es Horden von Menschen, die bei Sonnenschein alle Straßencafe‘ oder öffentlichen Parkbänke bis auf den letzten Platz besetzt halten. Der Frauenanteil liegt hier bei ca. 70 %. Die Gesichter gebräunt, die Augen von modischen Sonnenbrillen verhüllt, blickt man verträumt in das Nichts. Spricht man eine Bekannte oder Freundin an, erntet man zuerst immer den gleichen Satz: „Ja, was machst denn Du da, jetzt hätte ich Dich beinahe nicht gesehen!“
Natürlich sieht hier jede Frau jede andere Frau und auch jeden anderen Mann. Hinter den dunklen Gläsern, die übrigens in den letzten Jahren größer und größer geworden sind, arbeiten Augenpaare, die wie Großrechner von IBM Millionen von Informationen scannen, speichern und auswerten. Diese menschlichen Lesegeräte nehmen Kleidungsstücke, Frisuren, Lippenstifttöne im Nano-Sekunden-Bereich in die eigene Datenbank auf. Kein Verlobungs- oder Ehering bleibt unerkannt. Nimmt der Augenscanner einen Tisch mit zwei Personen unterschiedlicher Geschlechter wahr, wird sofort mit dem internen Rechner abgeglichen, ob es sich um ein amtliches, sprich verheiratetes Paar oder um eine neue oder gar anrüchige Zusammenkunft handelt. Fällt der Ehe-Check negativ aus, wird versucht, über die Datenbank der

nebenan sitzenden Freundin genauere Infos über die unbekannte Person zu erlangen: „Hat die Resenberger einen Neuen? Ist die nicht mehr mit dem Immobilienmakler aus der Altstadt zusammen?“ Die Datenbank der Freundin ist offensichtlich auf einem neueren und besseren Stand! „Geh, dieser Neue ist doch schon der dritte Neue seit dem Immofritzen. Den da hat sie erst seit letztem Monat. Der macht auf Schönheitschirurg und hat ihr wahrscheinlich schon einen neuen Busen gebastelt!“

„Echt?“ ruft die Fragende aus, schaut extra nochmal ganz genau hin, speichert die neuen Daten sofort ab und antwortet: „Na ja, irgendwie verständlich, die Immobilienbranche ist auch immer schwieriger geworden und man muss sich auch weiterentwickeln! Die Resenberger war doch immer um die Brust herum auf Mönchengladbach und jetzt schiebt die fast die Zugspitze vor sich her!“ Irritiert stutzt der angefragte Gegenrechner kurz, denn die Begriffe „Mönchengladbach“ und „Zugspitze“ ergeben außerhalb der geographischen Begriffswelt keinen Sinn und er gibt somit die Rückmeldung: „Des versteh ich aber jetzt nicht!“ Antwort Erstrechner: „Vorher hat die praktisch null Holz vor der Hütten gehabt und jetzt muss man bei der fast einen Schritt vorher stehenbleiben, sonst klagt sie dich gleich wegen unsittlichen Betatschen an!“ „Ich finde, das schaut unnatürlich aus, na egal, kostet hat sie das wahrscheinlich eh nix!“

Männliche Besucher eines Straßen-Café haben eine gänzlich andere Vorgehensweise bei ihren Beobachtungen. Ihre Sonnenbrillen sind deutlich kleiner mit der Tendenz zu noch kleiner. Dies hat wenig damit zu tun, dass sie wie ein kleiner oder mittelgroßer Mafiosi wirken wollen, sondern damit, dass wahre Männer ihr Interesse klar fokussieren können und sich dies auch in der Wahl der Sonnenbrille manifestiert. Das männliche Gehirn arbeitet nicht wie ein Großrechner, sondern kommt mit einem recht kleinen Arbeitsspeicher und einer noch kleineren Festplatte aus. Pah, das hab ich doch schon immer gewusst, wird die moderne Frau nun hämisch aufschreien und den wahren Mann in die Ecke der Minderbemittelten stellen. Nun ja, da irren sie gewaltig, denn ein Mann ist ein Wunderwerk der Effizienz und der ökonomischen Vorgehensweise. Er vergeudet keinerlei Zeit mit nebensächlichen Randinformationen. Ihn interessiert das wer mit wem oder wie überhaupt nicht. Ob Schönheit-OP ja oder nein ist ihm vollkommen egal. Auch finanzielle Cross-Verbindungen spielen ebenfalls keine Rolle. Sein hochspezialisierter Computer erfasst in Hochgeschwindigkeit das Objekt der Begierde und scannt es mit einfachen Zahlenkombinationen. Wird die Zahlen-Kombination 90-60-90 ausgeworfen, ist das schon ein Sechser im Lotto! Wird die erste Zahl mit 100 ersetzt, kommt dies für den wahren Mann einem Superjackpot gleich. Dabei ist es vollkommen unwichtig, ob nach dieser Zahlenkombination von 100-60-90 noch die Begriffe „Blond oder Blondiert“ ausgeworfen werden. Ob blond, schwarzbraun oder Haselnuss ist dem wahren Mann vollkommen Wurst! Alles klar? Der wahre Mann weiß eben das Weibliche noch richtig zu schätzen. Er lässt sich nicht ablenken von den Millionen von nebensächlichen Zusatzinfos dieser Welt, nein, er stellt die Frau ganz klar in den Mittelpunkt seines Bestrebens. So sitzen Männer eben total relaxed hinter einem Cappuccino oder einem großen Braunen und verströmen nie auch nur ansatzweise Hektik. Sie müssen dann auch nicht minutenlang jede einzelne Info über vorbeigehende Personen diskutieren oder zerreden. Ihnen genügt eine minimale Drehung des Kopfes oder ein schwaches Hochziehen der Augenbraue, um dem Kameraden an der Tischseite zu zeigen, wo die Musik spielt. Die Drehung des Kopfes zeigt dabei die Richtung an, aus der unsere 90-60-90

Schöne kommt. Ein Runzeln der Stirn bewirkt, dass die Sonnenbrille nach unten rutscht und den Blick freigibt auf die ankommende Schöne. Dabei wird nichts, aber auch gar nichts gesprochen. Nur genossen, einfach nur genossen! In seltenen Fällen kommt es zuweilen zu einem „boa eh, nicht schlecht, sagt der Specht!“
Dies aber nur in wirklich sehr, sehr seltenen Fällen.
An den Frauentischen herrscht dagegen immer hektische Betriebsamkeit und viele verlassen nach einer Stunde das Straßencafe gestresster als nach einem morgendlichen KITA-Trip! Der Mann aber bleibt cool! Übrigens der Begriff „cool“ stammt nicht von John Wayne oder Henry Fonda kurz vor entscheidenden Revolverduellen, sondern ist erst in den 90er Jahren durch männliche Kaffeehausbesucher entstanden. Cool bedeutet nichts anderes als „ruhig einen Kaffee genießen und sich ohne Hektik an der Schönheit von Frauen zu erfreuen“. Leider sind nur mehr sehr wenige Männer so richtig cool.
Erst neulich saß ich vor dem CASIA und las ein bisschen Cicero, als sich ein geradezu erbärmliches Treiben vor meinen Augen abspielte. Eine kleine Gruppe von Touristen ließ sich an den Nachbartischen nieder. Den Stimmen nach handelte sich um einige Kreuzfahrerurlauber aus den neuen Bundesländern. Das Drama ging schon bei der Bestellung los. Die Freundlichkeit des Kellners des CASIA, eines quirliger Italieners mit niederbayrischem Akzent namens Giulio, wurde sogleich auf die Probe gestellt, denn die vier Männer aus der Gruppe fragten nach Produkten ohne Gluten, die es hier nun wirklich nicht gab. Einer der vier stocherte dann noch nach, ob es wenigstens Latte Macchiato mit Sojamilch gäbe. Rückmeldung negativ. Nachdem Giulio anschließend alle 14 Teesorten des CASIA aufgezählt hatte, entschlossen sich die Betbrüder, grünen Tee aus Ceylon zu bestellen, aber nur, wenn sie ein Bio-Zitronen-Stückchen dazu bekämen. Giulio

hatte jetzt schon dazugelernt und verkündete jetzt, sie hätten heute besonderes Glück, denn der Chef hätte heute Morgen eine Lieferung von ganz frischen Bio-Zitronen vom Gardasee bekommen, alle unter strengen Auflagen an den Südhängen des Gardasees angebaut. Wohlwollend nahm man dies zur Kenntnis. Während Giulio im CASIA verschwand, wurde von den neuen Gästen die Karte mit den Snacks rauf und runter diskutiert. Giulio brachte gewohnt gekonnt und südländisch beschwingt die Getränke und schon ging die eigenwillige Prozedur der restlichen Bestellung von vorne los. Es könne doch wohl nicht sein, dass in der Karte keinerlei vegane Speisen enthalten seien. Auch vermisse man dort die Angaben für Allergiker. Man sah es Giulio förmlich an, dass er jetzt gleich der erste sein würde, der allergisch auf die Speisenwahl reagieren würde. Es gäbe in Leipzig sogar Lokale, die schon seit einem Jahr Frutarier-Speisen anböten und dies in einer riesigen Vielfalt. Giulio nahm sich insgeheim vor, bei seinem nächsten Trip in die Küche dort nachzufragen, was ein Frutarier wohl sei, äußerte sich aber gegenüber den Ossis erstaunt über die kosmopolitische Küche in den neuen Bundesländern. Damit könne er leider nicht aufwarten, aber er könne den Herren mit leckeren Tramezzini dienen, die mit einem hervorragenden Pesto und Serrano-Schinken aus seiner Heimatstadt gefüllt seien. Auch dies half nichts und er musste den Weltmännern aus Sachsen auch noch die komplette Speisekarte herunter beten! So entschieden sich diese dann nach weiteren Minuten des Hin und Herr für zwei Natur-Croissants, wohlgemerkt nicht für jeden, wie Giulio dachte, sondern zwei für alle vier, was bedeutete, die Herren wünschten zwei weitere leere Dessertteller. Giulio nahm auch dies zur Kenntnis und versicherte den Herren, dass er den Küchenchef anweisen werde, keine Servietten zu verwenden, um den sorgsamen Umgang mit den Natur-Ressourcen hier in besonderem Maße zu gewährleisten. Bis zu diesem Moment könnte man meinen, es handelte sich hier nur um das gewohnte Bild enervierender Gäste, die auf der Ökologiewelle die Donau herunter geschwommen kamen. So gesehen würden sie in Kürze auch auf einem Kreuzfahrtschiff wieder weiter schwimmen. Leider war dem nicht so. Die drei dazu gehörigen Frauen hatten sich bis dato unauffällig verhalten, was sich allerdings änderte, als ihnen Giulio nach der Latte Macchiato (natürlich mit der imaginären Dinkelmilch, die sich diese ausbedungen hatten) jeweils ein Glas Prosecco serviert hatte. Kaum hatten diese einen überaus großen Schluck von diesem gekostet (genau genommen, war nach diesem Schlückchen fast nichts mehr vom Inhalt übrig), monierten diese bei ihren Männern (ich nehme jetzt mal diese unverdiente Bezeichnung, obwohl mir hier schon Zweifel kamen, ob das wirklich echte Männer sind), dass das Getränk eine Zumutung sei und sie so etwas nicht einmal zu DDR-Zeiten erlebt hätten. Sie seien vom Cafe Centrale in Bitterfeld ganz anderes gewohnt. Hier hoffte Giulio noch, die Herren hinter den halben Croissants könnten spätestens hier mäßigend eingreifen. Er sollte aber postwendend enttäuscht werden, denn die Burschen aus den neuen Bundesländern erwiesen sich als Softies ohnegleichen. Diese echauffierten sich ebenso vehement darüber, was ihren Frauen widerfahren sei: „Ja natürlich meine Liebste, du hast absolut recht“, „hoffentlich wird dir nicht schlecht“, „wie konnte denn sowas nur passieren“, „glaubst du, dass du die Kreuzfahrt wirst fortsetzen können“.

„Ober, Ober, Ober und noch einmal Ober“ schallte es durch die Theresienstraße. Giulio hatte schon die internen Ohrenschützer ausgefahren und stellte sich vollkommen überrascht vor die Gästetruppe. Sie würden den Chef sprechen wollen, der Prosecco sei vergiftet gewesen, das Gesundheitsamt müsse eingeschaltet werden und überhaupt gehe es auf Leben und Tod. Gleichmütig hörte sich Giulio dies an und antwortet: „Geht alles aufs Haus!“ Schlagartig ebbte der Schwall der Entrüstung auf die Nullebene ab und ohne ein weiteres Wort zu verlieren, verschwanden alle Touristen um die Ecke in die Ludwigstraße.

Was soll uns diese Geschichte nun sagen, ehrlich gesagt, ich weiß es auch nicht, aber heute ist Donnerstag und am Donnerstag habe ich zwischen 15.00 und 17.00 Uhr ein Tief und diese Zeilen sind nun mal in dieses Loch gefallen. Und was schon mal geschrieben ist, das streich ich auch nicht mehr raus!

So, jetzt schlägt es gerade fünf und es kann mit etwas anderem weitergehen.

Männerberufe

Der nächste Morgen gestaltete sich etwas schwierig, da ich erst erwachte, als mich das typische Geräusch eines Müllfahrzeuges beim Beladen weckte und mir Stück für Stück klar wurde, dass es sich nicht um einen Traum handelte, sondern es tatsächlich schon 11.00 Uhr war, denn dies war die Zeit, zu der die starken Männer von AWEG auftauchten und sich des häuslichen Abfalls bemächtigten. Müllmann ist immer noch ein typischer Männerberuf, habe ich doch mein ganzes Leben lang noch keine einzige Müllfrau erlebt (sogar das Rechtschreibprogramm zeigt bei diesem Begriff „Fehler“ an). Offensichtlich ist hier Kraft und Ausdauer gefragt, beides Eigenschaften, die sich auch die emanzipierte Frau aus dem Jahr 2016 nicht zutraut. Dabei hatte sich zumindest die äußere Erscheinung des Müllmannes besonders in den beiden Jahrzehnten eklatant verwandelt. Handelte es sich in meiner

Kindheit um, sagen wir es mal etwas vorsichtig, Männer mit einem etwas verbrauchten Aussehen, das vom übermäßigen Konsum von Bier und Zigaretten gezeichnet war, so stehen heute durchtrainierte sportliche Typen hinten auf der Müllrampe. Müllmann zu sein, war viele Jahre in der Hierarchie der Berufe, genauso wie Straßenkehrer, so ziemlich am Ende angesiedelt. Nur wenige wollten ihn ausüben und schlecht wurde er zudem bezahlt. Müll war eben Müll. Seit die Müllfahrer zu Beschäftigten der Entsorgungs- und Recycling-Industrie wurden, stieg aber deren Ansehen enorm. Es gibt sogar Müllmänner, die sich selbstständig machten und zu Millionären wurden. Warum ich diesen Umstand hier so explizit erwähne, liegt daran, dass er ein weiterer Beweis ist, wie sich wahre Männer mit rein männlichen Eigenschaften nach oben kämpfen und erfolgreich sind. Wir erinnern uns daran, dass die Quote der Frauen bei der Müllentsorgung praktisch bei 0 liegt.

Sind sich die modernen Frauen zu fein dazu? Haben sie keinen Kampfgeist oder nicht genügend Ausdauer? Sie reden von der totalen Emanzipation, klammern aber einen wesentlichen Bestandteil unseres Gesellschaftssystems, den Müll, komplett aus.

Der Mann soll aber alle Aufgaben der Frau übernehmen, sie selbst sucht sich aber die Rosinen raus. Sie vergattert den Mann zum Kochen, Abspülen, Kindererziehen und Staubsaugen. Er soll mit den Kleinen Schlittschuh fahren, Hausaufgaben kontrollieren und Blockflöte spielen. Sie aber wehrt sich vehement mitzuhelfen, den Müll zu entsorgen. Dieses Segment ist leider nicht das einzige, gegen das sich die moderne Frau sperrt.

Wo ist ihre Rolle in der Stahlverarbeitung oder im Bergbau? Würde sich der Mann nicht vor den Glutöfen im Pott oder Untertage abschuften und sich dabei oftmals seine Gesundheit ruinieren, könnte sich die feine Lady nicht in das schicke Golf-Cabriolet setzen oder am warmen Herd wärmen. Da wettern die modernen Frauen gegen die Atomenergie und haben nicht den geringsten Skrupel, unter dem Hochleistungsföhn ihres Friseurs abertausende von Kilowattstunden einmal pro Woche sinnlos zu verschwenden. Wer gibt denn in den Kernkraftwerken als Ingenieur oder Wartungsarbeiter sein Bestes? Es ist wiederum nahezu ausschließlich der Mann!

Ist ihnen schon aufgefallen, dass fast nur Männer in den Bundes- und Landtagen für die Frauenquote kämpfen, aber extrem selten die Frauen selbst? Sogar ihre eigene Emanzipation soll der Mann noch für sie vorantreiben. Ist das nicht infam? Solch eigennütziges Verhalten würde unter Männern nur als „Abseilen" bezeichnet. Die moderne Frau nennt dies aber „die Verwirklichung von lange negierten Rechten".

Pah, sag ich da! Jedes Kind lernt doch schon in jüngsten Jahren, dass Rechte auch jede Menge Pflichten nach sich ziehen. Waren etwa alle modernen Frauen des 21. Jahrhunderts nicht im Kindergarten? Sogar in den durchaus fragwürdigen KITAs von heute wird diese Grundregel den Kindern versucht beizubringen. Schaut das Ganze nicht aus, als würden die Frauen sich nicht emanzipieren, sondern nur eine Extrawurst haben wollen?

Wenn es nach den Stammleserinnen der Brigitte gehen würde, würde sogar das Wort Extrawurst als sexistisch verboten werden. Nein, nein liebe Damen! Das hat alles nichts mit Emanzipation zu tun. Das ist einfach nur ein weg von den Pflichten und ein hin zu jeder Menge von Rechten. So läuft der Hase eben nicht!

Apropos Hase! Vor einigen Jahren nannte jeder zweite Mann seine Herzensdame liebevoll Hase oder Maus. Auch das soll nach dem Willen von Über-Emanzen aus dem Vokabular verschwinden. Möchten sie als Frau wirklich ab sofort als Häsin oder Mäusin angesprochen werden? Das ist nicht nur absoluter Quatsch, sondern auch in höchstem Maß unästhetisch. Sie haben sicherlich bemerkt, dass ich in diesem Buch kein einziges Mal „Liebe Leserinnen und Leser" geschrieben habe, obwohl ich mir damit 25 % des inhaltlichen Textes gespart hätte und betriebswirtschaftlich gesehen mein Werk eine weitaus höhere Rendite abgeworfen hätte. Nein! Nie und nimmer würde ich so einen Unsinn mitmachen, gibt es für den wahren Mann weitaus bessere Ausdrucksformen, um weiblichen Wesen Respekt und Wertschätzung entgegenzubringen. Ein Strauß geschmackvoll arrangierter Blumen, ein Abendessen in romantischem Ambiente oder ein überraschender Kurztrip zu einem Abba-Musical nach Hamburg, das sind die wahren Bekundungen von Zuneigung und Anerkennung. Aber macht nur weiter so, holde moderne Damenwelt! All diese grandiosen männlichen Eigenschaften werden in wenigen Jahren in Mitteleuropa komplett verschwunden sein. Welcher Quotenmann an Herd und Putzkübel wird zu solchen Dingen noch fähig sein? Dieses Fraumännchen wird bald nicht mehr wissen, was einen Mann ausmacht, wie ein Mann denkt, wie er sich um die Frau sorgt, wie er sie umwirbt.

Das Gespräch zwischen den Geschlechtern wird sich nur mehr mit Kindeserziehung, Quote, Sojakeimen und Tofu-Gerichten beschäftigen. Sexualität wird nur mehr nach gesundheitlichen Aspekten einmal monatlich auf dem mit Jutematerial bezogenen Ehebett stattfinden. Und dies unter Berücksichtigung von Ying- und Yang-Aspekten.

Eines der größten Übel ist die Bedeutung, die der Anrede von Mann und Frau beigemessen wird. „Sehr geehrte Damen und Herren" am Anfang einer Rede muss einfach genügen. Alles andere ist vollkommen sinnloses Schleimen, sowohl für den Mann als auch für die Frau.

„Sehr geehrte Mitglieder des Taubervereins und sehr geehrte Mitgliederinnen des Tauberinnenvereins." So ein Mist! Demnächst wird dann auch noch ein weibliches Pendant für Verein erfunden.

Jahrtausende war die Anrede kein Problem. Im Gegenteil, so wunderschöne Anreden wie „Gnädige Frau, Frau Doktor oder Frau Ökonomierat" ließen die Frauen an den Erfolgen des Mannes zu 100 % teilhaben. Die Frauen mussten nicht ein sechsjähriges Studium mit aufwändiger Doktorarbeit hinter sich bringen und sie waren trotzdem eine anerkannte Frau Doktor. Gemeinsam mit ihrem Mann waren sie sich der Pflichten des Titels bewusst und lebten auch danach, hatten Vorbildfunktion in der Gesellschaft.

Besonders der Titel einer Frau Ökonomierat hatte auf dem Lande eine enorme Bedeutung und Strahlkraft. Jedem großen Gasthof, der zumeist auch noch sein eigenes Bier braute, stand kein normaler Wirt oder eine Wirtin voran, sondern der Herr und die Frau Ökonomierat. Sie hielten die Gemeinde an Leib und Seele zusammen. Ihr Wort hatte absolutes Gewicht. Kam es zu heftigen Wortgefechten oder gar zu einer ausgemachten Rauferei, genügte das donnernde „A Ruh is jetzt, auseinander sag I" der Frau Ökonomierat und schon wurden die Kampfhandlungen eingestellt. „Und jetzt gebts Euch die Hand und setzt euch wieder hin. Maria, Vroni, die nächste Runde geht aufs Haus." Das waren die Worte erstklassiger Diplomatie! Sie spielte eine größere Rolle als Polizei und Gerichtsbarkeit zusammen. Herr und Frau Ökonomierat waren ohne Emanzipationsgehabe ein Paar von hohem Ansehen und beide waren glücklich dabei.

Die Kesselschlacht von Engertsham

Und was haben wir heute für Zustände? Wenn vor einer Disco ein betrunkener 18-jähriger Spargel-Tarzan zum Türsteher sagt, er lasse sich von einem Holztürbewacher mit Migrationshintergrund überhaupt nichts sagen, wird daraus eine Titelstory in allen Gazetten der Republik. So geschehen vor kurzem bei uns ihn Niederbayern: Der Türsteher, der zwar eine Urgroßmutter in Kasachstan hat, aber außer Bayrisch keinerlei Fremdsprachen spricht, machte dann auf beleidigt und wischte dem Burschen Eine. Der fiel unglücklich auf einen rumänischen Studenten, der bei seiner bulgarischen Studienkollegin wohnte und diese zum Dank ausführen wollte. Dieser ist zwar unverletzt, aber seine Balkanfreundin witterte eine fremdenfeindliche Attacke und stach dem Landjunker mit dem Finger ins rechte Auge, damit der rechtradikale Faschist sein verdientes Fett wegbekommt. Das sahen natürlich seine fünf Kameraden von der Jungfeuerwehr aus Fürstenzell, die umgehend in ganzer Formation anrückten. Der Türsteher wusste sich trotz seiner 2,04 und 129 kg nicht mehr zu helfen und rief die Polizei. Damit nahm die Angelegenheit einen nicht ganz vorhersehbaren Verlauf, denn in der Notrufzentrale ging diese als Massenrauferei in der Disco Babaloo ein. Der diensthabende Hauptwachtmeister hatte keinerlei Lust auf Schlägern im Dienst und rief sofort nach einem ganzen Zug der Bereitschaftspolizei, hatte er doch im wöchentlichen Polizeibulletin des Innenministers gelesen, der bayrische Beamte müsse mehr Präsenz vor Ort zeigen. 60 Minuten später tummelten sich also neben johlenden Discogästen und einer Hundertschaft von grünen Männern auch noch ein halbes Dutzend Kamerateams verschiedener lokaler und überregionaler Sender, die froh waren, dass sich in der Gegend endlich wieder was rührte, was medial vermarkt-

bar war. Kurz bevor dann die ersten Antifa-Aktivisten zu einer Gegen-Demonstration aufmarschierten, hatte sich auch die Reporterin von n-tv vor dem Discoeingang postiert und sendete live vom Krisenherd Babaloo in Engertsham. Amadagash Imeradou, die attraktive dunkelhaarige Moderatorin des Nachrichtensenders, hatte gerade noch Zeit, sich die Haare zu richten, als schon der Anfangstrailer mit Musik aus Armageddon, die Sondersendung „Gewaltausbruch gegen Migranten in niederbayrischer Diskothek“ einleitete:
„Guten Morgen, liebe Zuschauer! Aus aktuellem Anlass haben wir unser Frühprogramm mit den Berichten aus der Hongkong-Börse unterbrochen und wollen sie live von den ungeheuerlichen Vorkommnissen in Engertsham in Bayern informieren. Nach ersten Informationen unserer Korrespondentin aus Passau kam es in Engertsham, Landkreis Passau in den frühen Morgenstunden zu einem Großeinsatz der Polizei. Ein Diskothekenbesitzer hatte gegen 3.00 Uhr die Polizei per Notruf um Hilfe gebeten, da sich auf dem Platz vor der Disco eine, wie er es bezeichnete, Massenschlägerei zwischen Angehörigen verschiedener Nationalitäten entwickelt hatte. Daraufhin wurden verschiedene Hundertschaften der Bereitschaftspolizei in Niederbayern alarmiert. Als die ersten Einheiten in Engertsham eintrafen, sollen diese apokalyptische Szenen vorgefunden haben. Zu den aktuellen Ereignissen schalten wir jetzt live nach Engertsham zu unserer Reporterin Kathleen Mooshammer: „Kathleen können Sie mich hören?“ Krächzzz …, verwackeltes Bild erscheint. „Ja, Amadagash, ich höre Sie. Ich stehe hier direkt neben dem Eingang der Disco Babaloo in Engertsham. Engertsham liegt in Niederbayern ca. 15 km südwestlich von Passau. Um ca. 3.00 Uhr morgens hat sich hier am Parkplatz eine Schlägerei entwickelt, die wohl einen fremdenfeindlichen Hintergrund hat. Diese muss sich dann Augenzeugenberichten zufolge innerhalb weniger

Minuten zu einer wahren „Battle of Honor“ entwickelt haben. Eine große Gruppe der Feuerwehr aus Fürstenzell, die in der Disco den 18. Geburtstag eines Jungfeuerwehrmannes gefeiert hatte, muss dabei geschlossen gegen eine Migranten-Studentenverbindung der Universität Passau vorgegangen sein. Man spricht davon, dass Männer und auch Frauen aus nahezu jedem Balkanland in die Massenschlägerei verwickelt sind. Der Discobesitzer spricht von über 300 Beteiligten, die Polizei wollte nur 200 bestätigen. Aber wir sind ja mittlerweile gewohnt, dass die Behörden die Zahlen herunterspielen. Die örtlichen Ordnungskräfte mussten schnell erkennen, dass sie der Sache nicht gewachsen seien und forderten mehrere Hundertschaften der Bereitschaftspolizei an. Diese haben dann die verschiedenen Gruppen in ein benachbartes Buchenwäldchen zurückgedrängt und dort eingekesselt … roarummmmmmm, rooarrum ...“ „Kathleen, Kathleen hören Sie mich noch, Kathleen hören sich mich! Ich höre gerade aus der Regie, dass die Leitung nach Engertsham unterbrochen ist. Mir machen deshalb im Studio weiter. Ich darf an dieser Stelle Herrn Prof. Dr. Alfons Pflanzinger vom Institut für Emigrationsbedingte Gewaltprävention an der Fachhochschule Deggendorf begrüßen. Herr Professor, Sie beschäftigen sich seit Jahren mit Gewaltausbrüchen, die sich aufgrund von Migrationsproblematiken bilden. Mit welcher Art von Gewalt haben wir es hier nach Ihrer Einschätzung zu tun?“ „Was mir bis dato bekannt ist, wollte ein hiesiger Bursche aus einer Nachbargemeinde von Engertsham die Anweisungen eines migrierten Türstehers nicht akzeptieren. Daraus hat sich bei dem Diskotheken-Mitarbeiter mit arabischen Wurzeln, hier wäre durchaus eine Verbindung zu den ISIS Kämpfern oder verschiedenen Al Kaida Gruppierungen denkbar, Einiges an im Unterbewusstsein vorhandenen Aggressionspotenzial freigesetzt und sich in einem Faustschlag gegen den Jugendlichen manifestiert. Dieser muss vermutlich mit einer so enormen Brutalität ausgeführt worden sein, dass sich verschiedene konservative Kräfte, die sich im Diskothekenpublikum befanden, veranlasst sahen, dem Feuerwehrmann im Kampf gegen die sich aufbauende islamische Front beizustehen. Eine Augenzeugin hatte berichtet, dass offenbar einige Muslime, die sich augenscheinlich aus den Balkanländern Rumänien, Bulgarien und Moldawien illegal in Niederbayern aufhalten, sofort die einheimischen Helfer bedrängt hatten." „Herr Professor, Sie gehen also von einer bewusst provozierten Attacke islamischer Fundamentalisten aus?" „Man muss natürlich vorsichtig sein mit einer solchen Vermutung, aber ich denke, da sind einige sogenannte ‚Schläfer' der Überwachung des BND entgangen." „Herr Professor Pflanzinger, glauben Sie, dass es sich um die Tat einer isolierten Gruppe handelt?" „Nein keinesfalls, es gab in den letzten Monaten in den Kreisen Passau, Deggendorf und Pfarrkirchen eine Reihe von Diskothekenraufereien, die diesem Umfeld zuzuordnen sind. Immer wieder waren Mitglieder der örtlichen Feuerwehren Ziel dieser Anschläge" „Aber Herr Professor, könnte dies nicht auch damit zusammen hängen, dass in ländlichen Regionen … Ah, Entschuldigung, Herr Professor, die Regie teilt mir gerade mit, die Leitung nach Engertsham steht wieder. Vor Ort unsere Reporterin Kathleen Mooshammer. Kathleen, ich höre, es gibt Neues aus Katastrophengebiet in Niederbayern? „Ja, Amagadash, das stimmt. Seit einigen Minuten kreisen hier mehrere Hubschrauber der Polizei und des Bundesgrenzschutzes über dem Buchenwäldchen, in dem die gegnerischen Parteien eingekesselt wurden. Auch einige Wasserwerfer der Polizei befinden sich zudem in Bereitschaft im hinteren Teil des Diskotheken-Parkplatzes. Ein Polizeisprecher teilte mir mit, dass aufgrund der angespannten Lage der Parkplatz der

Diskothek, auf dem sich mehrere hundert Pkws befinden, geräumt werden soll, um ein besseres Sichtfeld auf das Wäldchen zu haben. Dies gestalte sich aber außerordentlich schwierig, denn dort befänden sich auch einige Fahrzeuge mit rumänischen, bosnischen und montenegrinischen Kennzeichen und es sei zu vermuten, dass sich hier Sprengfallen befänden, die beim Abschleppen in die Luft gehen könnten. Die Halterabfrage eines Fahrzeugs aus Bosnien hätte ergeben, dass es sich bei dem Halter um einen serbisch stämmigen Bosnier handelt, der sich erst vor kurzem bei einem Freitagsgebet in der Passauer Moschee Muhammed Abadoudou sehr kritisch über die bayrische Feuerwehr geäußert hat." „Entschuldigen Sie Kathleen, hier eine Frage an unseren Studioexperten, Professor Alfons Pflanzinger von der FH Deggendorf, der sich seit Jahren mit dem Problem von migrationsbedingter Gewalt beschäftigt: Herr Pflanzinger, kann es sein, dass Behörden oder Institutionen, wie die Feuerwehren, ein ausgemachtes Ziel der Terroristen sind, um den freiheitlichen Staat explizit zu treffen und zu schwächen?" „Es ist natürlich kein Zufall, dass man sich z.B. die Feuerwehr aussucht, um die ideologische Zielsetzung, nämlich die Errichtung eines islamischen Gottesstaates, in die Tat um zu setzen. Dass man dabei zuerst die Jungfeuerwehrmänner, die nur mit wenig Erfahrung im Kampf gegen extremistische Freischärler aufwarten, aussucht, zeigt das infame Vorgehen dieser als Discobesucher getarnten Gotteskrieger!" „Ja, Kathleen Sie wollten fortfahren?" „Ich muss leider hier kurz abbrechen, denn die Polizei hat uns gerade mitgeteilt, dass sich alle Reporterteams bis hinter den angrenzenden Biobauernhof zurückziehen müssen, um schweren Verbänden die Zufahrt zum Diskoparkplatz zu ermöglichen...wir melden uns in Kürze wieder ... Herr Professor Pflanzinger, sie haben sich jahrelang mit der Mentalität des Niederbayers, vor allem in seiner Aggression gegen Menschen mit Migrationshintergrund, befasst. Haben wir es hier mit einer Art Radikalisierung der Feuerwehrleute zu tun? Sind die Vorfälle in Engertsham nur ein weiterer schrecklicher Gipfel dieser Radikalisierung?“ „Nun, ich denke, dass gerade bei den Landfeuerwehren, um eine solche handelt es sich bei der Feuerwehr Fürstenzell, eine derartige Tendenz ganz klar auszumachen ist. Der Anteil von Asiaten, Schwarzafrikanern und Menschen aus den Maghreb ist bei den Feuerwehren in Niederbayern extrem niedrig und damit weit unter dem Prozentanteil wie z.B. in China Town im östlichen Berlin oder Harlem City in Frankfurter Südstadt. Auch gibt es gerade in Niederbayern seit jeher rassistische Begriffe, die sich tief im Bewusstsein der Bevölkerung eingegraben haben. Beispiele sind: „Du werst a so a Nega sa!“ oder „Wennst weida so vui Reis und Kerndl frisst, krieagst no Schlitzaugn“. „Herr Professor Pflanzinger, wenn ich diese Sätze richtig verstanden habe, sind dies ungeheuerliche Aussagen, gerade wenn diese auch noch in der Öffentlichkeit oder bei Vereinen ausgesprochen werden.“ „Ja, gerade ersteres Beispiel zeigt, dass Jahrzehnte nach Martin Luther King hier in Niederbayern noch nicht angekommen zu sein scheint, dass es sich um Schwarze oder Menschen mit negroider Hautfarbe handelt und eben nicht um Neger! Das zweite von mir nicht zufällig ausgewählte Beispiel ist nicht nur eine kleine saloppe Verbalattacke gegen Fremde, sondern eine nicht zu überbietende Geschmacklosigkeit gegenüber einem Viertel der Menschheit. Man degradiert hier nicht nur die Essgewohnheiten riesiger Bevölkerungsteile in Asien, sondern spannt hier auch noch den Bogen zu den vielen, vielen Veganern in Europa, die sich dadurch zusätzlich herabgewürdigt fühlen müssen.“

„Meine Damen und Herren, mein Name ist Amadagash Imeradou und wir haben aus gegebenen Anlass unser

Programm geändert und senden live aus dem Notstandsgebiet bei Engertsham im Landkreis Passau, bei dem Hunderte von Polizeikräften im Einsatz sind, um die dort eskalierende Gewalt in den Griff zu bekommen. Hier im Studio zu Gast ist Herr Professsor Dr. Alfons Pflanzinger, unser Experte für niederbayrische Gewaltprävention von der Fachhochschule in Deggendorf. Im Hintergrund sehen sie live Bilder aus Engertsham. Vor Ort ist unsere Kollegin Kathleen Mooshammer, zu der wir nun direkt schalten. Kathleen hören Sie mich?" „Ja, ich höre Sie Amadagash! Die Ereignisse hier in Engertsham überschlagen sich geradezu. Vor einigen Minuten trafen hier eine Kompanie von Panzergrenadieren aus Regen und ein Zug des Panzerbataillons aus Freyung ein. Der Pressesprecher der Polizei, Eduard Singvogel, teilte uns mit, dass die Einsatzleitung Verstärkung bei der Bundeswehr in Regen und Freyung angefordert habe, da man mit den drei Hundertschaften der Bereitschaftspolizei nicht mehr in der Lage sei, das riesige Waldgebiet, in dem die marodierenden Kontrahenten eingekreist wurden, so abzuriegeln, um ein Ausbrechen oder Durchsickern nach draußen zu verhindern. Die beiden Bundeswehreinheiten seien mit modernsten Schützenpanzern vom Typ Marder II und der neuesten Version des Kampfpanzers Leopard, dem Leopard 2A7, ausgerüstet. Beide Panzertypen seien mit hochempfindlichen Nachtsichtgerätgeräten und Wärmebildkameras ausgerüstet. Wir sprachen vor wenigen Minuten am Telefon mit dem Befehlshaber vor Ort, Oberstleutnant Stichelkamp von den Panzergrenadieren aus Regen, einem erfahrenen Afghanistanveteranen. Das Gespräch wollen wir nun kurz einspielen:
„Herr Oberstleutnant, Sie wurden von den Behörden und der Polizei um Hilfe gerufen, um die Situation hier im Babaloo-Wald zu entschärfen?" „Ja, Frau Imeraquatsch, das stimmt, der bayrische Innenminister hat um ein schnelles Eingreifen

hier in Engertsham angesucht und nun sind wir hier." „Imeradou, Herr Oberstleutnant, Amagadash Imeradou! Stimmt es, das ihre Panzergrenadierkompanie deshalb ausgewählt wurde, weil sie auf etliche Kampferfahrung in Afghanistan und dem Kosovo zurückgreifen kann?" „Richtig, Frau Imeraquatsch, meine Männer und ich sind erst vor vier Wochen aus Kabul zurückgekehrt, wo wir eine schnelle Eingreiftruppe mit den US Navy SEALS und den Green Berets des US Army Corps gebildet haben. Wir waren dort neun Monate im harten Einsatz."

„Herr Oberstleutnant, wir bitten Sie um eine schonungslose Einschätzung der Lage. Handelt es sich hier um rücksichtlose Frontkämpfer, eventuell gar Selbstmordtäter, die sich hier in den Wäldern befinden und fürchten Sie ein Ausweiten der schweren Kämpfe auf den Rest Niederbayerns?" „Ehrlich gesagt: Die Lage ist sehr ernst, gerade weil es sich hier wohl um fanatisierte Niederbayern handelt, die ein organisiertes Vorgehen, aufgrund ihres Feuerwehr-Backgrounds gewohnt sind. Ein weiterer Risikofaktor sind die gegnerischen Verbände, die wohl zum Großteil vom Balkan stammen. Unsere Erfahrungen vom Einsatz im Kosovo vor einigen Jahren zeigen, dass sich Gruppierungen, die gerade noch als verfeindet galten, innerhalb kürzester Zeit zusammenschließen, um punktuell ihre Ziele durchzusetzen. Das heißt für uns vor Ort, dass wir uns darauf vorbereiten müssen, dass sich beide Gruppen in den Wäldern solidarisiert haben könnten. Da ich nun seit fast acht Jahren im Bayrischen Wald Kommandeur bin, ist mir zudem bekannt, welch harter, zäher Kämpfer der Niederbayer ist. Es ist leider davon auszugehen, dass in der Diskothek Babaloo große Mengen der lokalen Drogen ‚Bärwurz' und ‚Goasmaß' konsumiert wurden, und damit von einem erhöhten Maß an Kampfbereitschaft und Fanatismus auszugehen ist." „Danke, Herr Oberstleutnant, für diese ehrliche Einschätzung der Lage und damit vorerst zurück ins n-tv-Studio zu Amagadash Imeradou und unserem Studioexperten Prof. Dr. Pflanzinger."

„Herr Professor, wie wird Ihrer Einschätzung nach die weitere Vorgehensweise der Ordnungskräfte und der Bundeswehr sein?" „Nun, man wird versuchen, mit den Feuerwehrleuten aus Fürstenzell und deren Kontrahenten in Verhandlungen zu treten. Dabei kommt es natürlich darauf an, auszuloten, ob diese mittlerweile gemeinsame Interessen verfolgen oder sich im Wald noch gegenseitig bekriegen. Wir wissen hier auch nicht, welche Seite hier mittlerweile die Oberhand gewonnen hat?" „Einen Moment bitte, Herr Professor, ich höre gerade über Headset von unserer Reporterin Kathleen Moshammer, dass vor wenigen Minuten gerade zwei Tornados der Bundesluftwaffe über das Babaloo-Wäldchen geflogen sind, um Aufnahmen mit ihren Wärmebildkameras zu machen. Die beiden Piloten hätten gemeldet, es habe den Anschein, dass es innerhalb des Waldes keinerlei Kampfhandlungen mehr gäbe." „Das bestätigt meine vorige Hypothese, dass es zwischen den Balkan-Terroristen und den niederbayrischen Feuerwehrmännern aufgrund ähnlicher Grundmentalitäten zu pragmatischen Solidarisierungen gekommen ist."

„Ich höre, in Engertsham gibt es weitere neue Erkenntnisse. Ja, Kathleen, Sie haben neue Informationen?"„Amagadash, ja die habe ich. Die Auswertungen der Wärmebildkameras der Tornados haben ein vollkommen neues Bild der Lage ergeben. Sie würden eine ganze Reihe von Lagerfeuern zeigen, an denen die Kontrahenten sitzen und gestikulieren. Man dachte bei der Einsatzleitung zuerst, dass es sich um eine Art Waffenstillstandsverhandlung zwischen den einzelnen Parteien handele, aber als man dann noch einen dritten Tornado im Tiefflug über das Wäldchen geschickt hatte, um diese Annahme zu verifizieren, konnte man bei extremer Vergrößerung der Bilder feststellen, dass das vermeintliche Gestikulieren ein gegenseitiges Zuprosten war und alle Duellanten eine Flasche Bier in Händen hielten. Dies würde sich auch mit meinen eigenen Beobachtungen decken, denn unser Team hört schon seit einiger Zeit undefinierbare Gesänge, die eindeutig aus dem Wäldchen kommen. Einen Moment, Amagadash. So, mein Kollege Robert Pfeifdrauf kommt gerade zurück. Offenbar mit einer wichtigen Info. Robert hast Du? … alles klar! Entschuldigung ... Robert hatte ein Richtmikrofon aufgebaut und in Richtung der Kampfzone installiert und er konnte nun eindeutig eine Passage aus einem bayrischen Trink- und Stimmungslied verifizieren. Der Text lautete, ich versuche zu zitieren, da es sich um offensichtlich extrem bayrischen Dialekt handelt: „Zipfe eine, Zipfe aussi, aba heit geht's guad." Huch, das war ganz schön schwierig. Dieser Refrain wird wohl immer wieder unterbrochen durch Gesänge in verschiedenen offensichtlich slawischen Sprachen. Die Kameraaufnahmen zeigen eine Frau mittleren Alters, die als eine Art Taktgeberin oder Antreiberin fungiert. Wir versuchen derzeit herauszufinden, wer die offensichtlich neu ernannte Anführerin der Eingekesselten ist. Ein ziemlich genaues Foto dieser Person konnte ebenfalls vom Tornado an die Einsatzzentrale übermittelt werden. Es läuft gerade durch den Polizeicomputer. Man versucht auch zu eruieren, wie die offensichtlich großen Mengen Alkohol unbemerkt zu den Kämpfern in den Kessel gelangen konnten. Vorerst gebe ich aber zurück ins Studio."

„Meine Damen und Herren, mein Name ist Amagadash Imeradou und wir sind live dabei im Kampfgebiet im Südosten Bayerns. In Kürze meldet sich unsere Kriegsberichterstatterin Kathleen Mooshammer wieder direkt von der Höhe 111 bei Engertsham im Landkreis Passau. Wir haben Ihnen hier im Studio eine Karte des Gebietes im Südwesten von Passau eingeblendet, in dem die Hauptkampflinie zwischen den gegnerischen Parteien eingezeichnet ist. Hier im Studio ist mittlerweile auch Brigadegeneral August Heftig, unser Experte für Militärstrategie und Militärlogistik. General Heftig ist Krisenmanager im Wehrbereich 9 und gleichzeitig Dozent an der Bundeswehrhochschule in Neubiberg. An seiner Seite bereits seit den frühen Morgenstunden Prof. Alfons Pflanzinger von der FH Deggendorf, ein profunder Kenner ostbayrischer Kampftechniken. Herr General, es scheint hier so, dass sich hier in Engertsham ursprünglich verfeindete Kampfverbände verbrüdert hätten, um eine gemeinsame Front gegen die Verteidiger unserer Rechtsstaatlichkeit zu bilden?"

„Ja, Frau Immernochda, tatsächlich haben wir es mit einem Feind zu tun, der sich in bedrängter Situation solidarisiert und weiter radikalisiert. Sie sehen hier auf dieser Karte die Diskothek Babaloo am Rande des Ortes Engertsham. Östlich der ausgedehnten Parkplätze mit einigen hundert Fahrzeugen, die seit kurzem von schwerem Radplaniergerät des Pionierlehrbataillons 220 geräumt werden, um unseren Leopard 2 aus Freyung ein besseres Schussfeld zu ermöglichen. Dies sind die roten Kreise hier auf der Karte. Anschließend sehen Sie hier grün umrandet das ausgedehnte Waldstück, das sich sehr unübersichtlich zwischen den Höhen 406 und 407, hier auf der Karte die schwarzen Kreuze, ausdehnt. Wie uns die AWACS Maschine der NATO aus Geilenkirchen, die unsere Tornados nun auch unterstützt, mitteilte, befindet sich das Gros der Kämpfer in einer Talsenke zwischen diesen beiden Höhen. Man wird jetzt sicherlich versuchen, ein Ausbrechen der gegnerischen Verbände zu verhindern. Aufgrund der vermuteten Kampfkraft des Gegners und des hohen Ausbildungsstandes bei den bayrischen Feuerwehren rechnen wir mit schweren Kämpfen vor allem um Höhe 406." „Amagadash

Imeradou, Herr General, Amagadash Imeradou! Wie auch immer, Herr Professor Pflanzinger, sie hatten ja schon auf das oft fanatische Vorgehen niederbayrischer Männer hingewiesen. Es zeichnet sich immer mehr ab, dass durch den bis dato noch ungeklärten Zufluss von enthemmenden Drogen die Rücksichtslosigkeit der Kämpfer weiter angestachelt wurde. Es sollen angeblich die gefürchteten Produkte von Penninger aus Jahrdorf und sogar das berüchtigte Langbräu Helle aus Freyung eingesetzt worden sein. „Ja, Frau Imeraquatsch, dies muss ich leider bestätigen. Gerade der Penninger Bärwurz lässt den Niederbayern zu einer Kampfmaschine mutieren, der auch mit modernster Militärtechnik nur schwer bei zukommen ist. Auch verfügt er dann über jede Art von Finesse der psychologischen Kampfführung, wie zum Beispiel Gesänge, die durch ihre Lautstärke und die Komplexität der Klangfolge auch den erfahrenen Afghanistan-Veteranen schwer zusetzen können. Man kann dies mit einer Art Tieffrequenz Lallen vergleichen, dass aber im 130 Dezibel Bereich abläuft."
„Hallo Amagadash, hier ist Kathleen. Es scheint sich hier etwas zu tun …" „Okay Kathleen, schnell live zu Ihnen nach Engertsham." „Hier spielen sich vor unseren Augen unbeschreibliche Szenen ab. In einem dicken Pulk strömen uns hier mehrere hundert junger Leute aus dem Babaloo-Wäldchen entgegen. Die Jungs und Mädels haben sich fast alle im Arm und singen lauthals Lieder in offensichtlich verschiedensten Sprachen. Viele von ihnen wirken abgekämpft und verschwitzt. Ein Großteil, darunter viele Frauen, schwenken Bierflaschen mit der Aufschrift „Langs Helle" durch die Luft. Waffen sind keine zu erkennen, scheinbar wurden diese im Wald gelassen. Keinerlei Aggression ist erkennbar. Junge Feuerwehrleute, es sind hier einige blaue Uniformen der Feuerwehr Fürstenzell zu erkennen, besteigen

die Marder und Leopard der Bundeswehr und rufen, Moment, ich versuche genau zu zitieren: „Magst a Halbe du Nega, soist ned leb wia a Körndlfresser und sollst a koana Schlizaugn kriagn! Stimmt das so? Ja, es stimmt, Robert nickt mir zu." Puh, mit diesem überraschenden und beeindruckenden Bildern zurück in das Studio zu meiner Kollegin Amagadash Imeradou."

„Liebe Zuschauer, was für ergreifende Bilder aus dem schönen Engertsham in Niederbayern, einem idyllischen Örtchen in der Nähe der Drei-Flüsse-Stadt Passau. Jetzt heißt es erst einmal durchatmen für uns alle und ich danke ganz herzlich unseren Experten hier im Studio für ihre kompetenten Ausführungen und Einschätzungen und gebe jetzt erst mal ab zur Werbung! Noch ein kurzer Hinweis in eigener Sache. Heute um 16.00 Uhr gibt es eine Sondersendung über ‚Die Schlacht von Engertsham'. Daran anschließend diskutieren wir im Live-Studio in einer großen Runde mit weitere Experten und versorgen Sie mit weiteren interessanten Hintergrundinformationen. Schalten Sie also wieder ein, Ihre Amagadash Imeradou, hier auf n-tv!"

Die wahre Geschichte über Engertsham

Jetzt ist es aber notwendig, nach diesem doch ziemlich abrupten Ende dieses Live-Thrillers ein paar aufklärende Worte meinerseits hinzuzufügen, auch wenn ich kein anerkannter internationaler Experte mit Doktortitel bin. Also, die Geschichte im Babaloo Wäldchen lief aus der Sicht der Fürstenzeller Feuerwehrmänner ein bisschen anders ab. Am Anfang fanden sie die Keilerei mit den paar Rumänen und Bulgaren noch ziemlich lustig und sahen das Ganze zudem eher sportlich. Sie mussten auch anerkennen, dass die Gruppe von bosnischen Studentinnen sich zu ihrer aller Erstaunen im Rahmen der Rauferei mehr als wacker hielten. Wenn auch die angewandten Techniken, wie an den Haaren ziehen, mit den langen Fingernägeln kratzen und so mancher Schlag ins Glockengeläut nicht ganz dem Fairplay entsprachen. Aber was soll es, sie waren nun mal keine Männer und sich der Regeln nicht ganz bewusst. Als dann aber die ganze Bullerei mit den Wasserwerfern usw. eintraf, zog man es doch vor, besser in den angrenzenden Wald zu verschwinden, wo man ja exzellente Ortskenntnisse besaß. Zum eigenen Erstaunen liefen ihnen alle Balkanstudenten samt Anhang hinterher. Im Wald fühlten sie sich aber trotzdem sicher, merkten aber schnell, dass ihnen dort jeder Fluchtweg abgeschnitten war. Als dann allerdings die Kampfpanzer und die Kampfflugzeuge der Bundeswehr auftauchten, bekamen sie alle mächtig Schiss. Es ist halt nicht so einfach, wenn man sich erst stundenlang besäuft, anschließend heftig rumschlägert und dann auch noch einen vernünftigen Gedanken fassen soll. Auf jeden Fall waren sie heilfroh, als der Krinninger Wasti, das ist einer ihrer Truppführer von der Fürstenzeller Feuerwehr, mit dem Handy endlich seine Mama erreicht hatte. Die hat natürlich sofort gecheckt, was Sache ist und eine Rettungsaktion gestartet, wollte sie doch wirklich nicht ihre Söhne, Neffen und Kundschaften auf dem Felde der Ehre geopfert sehen. Auf jeden Fall hatte sie folgende Idee: An das Babaloo angrenzend stand ihre eigene Traditionswirtschaft, das Gasthaus Zum großen Ochsen. Sie als gestandene Wirtin alter Schule hatte schon so manche Rauferei wieder zum Stillstand gebracht. Sie wusste insbesonders, dass vom alten Kellergewölbe des Gasthofes, das schon seit dem 16.Jahrhundert bestand und seit langer Zeit als Bierlager diente, ein Tunnel hinüber in den damaligen Thurn & Taxis Wald führte, wo sich die Engertshamer hinflüchteten, wenn entweder die Truppen

Napoleons oder andere marodierende Soldaten, die sich auf dem Durchmarsch von einem Krieg zum anderen befanden, heimsuchten. Sie organisierte also schnell einige Helfer und versorgte die Eingeschlossenen mit 50 Trägern Langbräu-Hell und einigen Kisten Penninger Bärwurz. Zum einen, um deren Kraft in der Belagerung zu stärken, zum anderen, weil sie wusste, dass erneuter Alkoholgenuss die Verbrüderungsbereitschaft der gegnerischen Gruppen erhöhen würde. Als das dauernde Ex und Hopp des Bärwurz zu gemeinsamen Gesängen mit den Leuten vom Balkan führte, rief die Krinninger Wirtin, die von fast allen Gästen Frau Ökonomierat genannt wurde, zu einer Polonaise auf, die hinüber in den Gasthof zu einem gemeinsamen Weißwurstessen führen sollte. Und so kam es, dass fast 300 Discobesucher durch die Reihen von Polizei und Militär wankten und diese von ihrer guten Laune so überrascht waren, dass sie diese ungehindert in den großen Saal des Großen Ochsen einrücken ließen, wo die Frau Ökonomierat schon ihre Bedienungen aufmarschieren hatte lassen, die reichlich Weißwürste, Brezen und einen süßen Senf den erschöpften Veteranen kredenzten. Was wieder mal zeigt, dass eine Frau vom guten alten Schlag mit ein bisschen Menschenkenntnis und Herz die Welt wieder in die richtigen Angeln heben kann.
Ganz im Gegensatz zu Amagadash Imeradou, der schwarzgefärbten taffen Quotenfrau mit Kultimulti-Studium, die schon mit 25 Jahren zwölf Auslandspraktika in aller Welt hinter sich gebracht hat und als das Gesicht eines hippen Nachrichtensenders von Weltformat gilt.

Die Mechthild Weisser Medien Gruppe

Im letzten Jahrhundert war das Verhältnis von Mann und Frau von gegenseitigem Respekt geprägt. Jeder versuchte seine Fähigkeiten einzubringen und freute sich, wenn der andere Erfolg hatte oder Schönes schuf. Der Mann ging gerne zur Arbeit, wenn er sah, dass seine Frau aus dem verdienten Geld ein angenehmes Ambiente schuf. Das fing bei geschmackvollen Vorhängen an und hörte bei einem reizvollen BH auf. Die Frau gefiel sich in der Rolle der Kreativen und war dankbar für die Komplimente des Mannes. Dabei war es nicht wichtig, die Wertschätzung mit großen Geschenken auszudrücken. Worte wie „ich bin sehr froh, dass ich dich habe" oder „ich hätte auch ein Mistviech erwischen können" sind Beispiele einer tiefen Wertschätzung für die Frau. Ein wesentlicher Bestandteil der guten Aura zwischen Mann und Frau bildete dabei das tägliche gemeinsame Essen. Es gab nicht wenige Männer, die sich schon am Morgen, als sie aus dem Haus gingen, darauf freuten, wenn am Abend eine leckere Rindsroulade auf sie wartete. Der nach dem Krieg geprägte Satz „Liebe geht durch den Magen" war fast 50 Jahre von höchster Bedeutung für das Zusammenleben von Mann und Frau. Was aber seit der Jahrtausendwende damit geschehen ist, spottet jeder Beschreibung. „Liebe geht durch den Magen" wurde zu einem der am meisten angefeindeten Sätze der Republik. Keine Talkrunde, keine Frauenmagazin-Ausgabe oder Radiosendung ging vorüber, in der sich nicht eine selbsternannte Frauenrechtlerin befleißigt sah, diesen Satz als rotes Tuch für jede halbwegs intelligente Frau hoch zu stilisieren. Emanzen-Amazonen, wie Mechthild Weisser, haben sich zu einflussreichen Verlegerinnen gemausert, die keine Chance ungenützt lassen, um sich bei Jauch, Maischberger oder Anne Will durch ihre Tiraden gegen den

Mann die Auflagen ihrer mittlerweile mehr als 20 monatlichen Publikationen in die Höhe zu treiben. Dazu gehören nicht nur Blätter wie „Ich bin eine Frau“ oder „Hör auf dein Karma“, sondern auch Magazine, die der Mann in keinster Weise im Verlag von Mechthild Weisser vermuten würde. So wurde letztes Jahr das US-Car Magazin „Chrom und Power“ und das Tuning Fachmagazin „Flachlegen leichtgemacht“ von der Verlagsgruppe Kohle und Scheffel, deren alleinige Eigentümerin Mechthild Weisser ist, übernommen. Dabei wurden die kompletten Redaktionen postwendend ausgetauscht. Sie bestehen nun zu 100 % aus Frauen. Um dies zu verschleiern wurden im Impressum alle Vornamen der Redakteure nur mehr abgekürzt. Auch die Titel der Blätter wurden ohne groß darauf hinzuweisen ein wenig, aber dennoch signifikant, verändert. So wurde „Chrom und Power“, in „Chrom und Frauenpower“ umbenannt. Auch das auflagenstarke „Flachlegen leicht gemacht“ wurde zu „Tieferlegen ökologisch plus“ umdeklariert. Nachdem Mechthild Weisser alle lang gedienten Redakteure rausgeschmissen hatte, installierte sie ausschließlich nibelungentreue Kampfgenossinnen und legt keinerlei Wert auf eine ausgewogene Beschäftigungsquote zwischen Mann und Frau. Rubriken wie die äußerst beliebte „I wash your car!“, in der jeden Monat eine wundervoll feminine Autoliebhaberin in bezauberndem Sommeroutfit ihre Tipps zur Pflege eines Traumautos kundtat, wurden in eine Serie umfunktioniert, in der eine Frau Prof. Dr. Winter ihre wissenschaftlichen Ratschläge zur umweltverträglichen Pflege moderner E-Cars unter der 30-PS-Grenze gibt. Dies wohlgemerkt in einer bis oben hin zugeknöpften Strickjacke, die jeglichen Zusammenhang mit weiblichen Formen vermissen lässt!
Seit die Kohle und Scheffel Gruppe übernahm, wurde auch der Begriff Power vollkommen neu definiert. Begann richtige

Power bei einem wahren Männermagazin erst jenseits der 300 PS, wird Power in der Mechthild Weisser Ära mit dem Begriff gleichgesetzt, der auf den Steckdosen internationaler Elektrohersteller steht. Power kommt für die Redakteurinnen dieser Magazine nur mehr von Frauen oder eben aus der Steckdose, um Hochgeschwindigkeits-Schnecken auf bemitleidenswerte 45 km/h zu beschleunigen. Es wird ihnen hier sicher klar, dass diese Art moderner Frauen auf geradezu infame Art und Weise versucht, den Mann in seinen ureigensten Bereichen auszuhöhlen und umzuerziehen. Der heutige Mann kann sich nicht mehr darauf verlassen in Männermagazinen auch Männerfreuden zu finden. Gerade hier lauert seit Mechthild Weisser und Konsorten die wahre Gefahr. Hier agiert der Feind im Untergrund und ist für das männliche Frühwarnsystem nicht mehr erkennbar.

Die drei Säulen männlicher Bedürfnisse

Nun aber zurück zu „Liebe geht durch den Magen". Sie merken schon, dass mir dieser epochale Satz besonders am Herzen liegt. Ein wahrer, echter Mann ist ohne jeden Zweifel von den Koch- und Backkünsten seiner Mutter tief geprägt. All die Leckereien, die ein zukünftiger Generaldirektor in der mütterlichen Küche konsumierte, sind geradezu richtungsweisend für seine Karriere. Hier bekommt er die Sicherheit für das Gut und Schlecht. An der heimischen Backröhre erfährt er, wie ein exzellentes Produkt geschaffen wird. Wurde dies dann auch noch von der Mama liebe- und fantasievoll auf einem kunstvollen Rosenthal-Teller angerichtet, war dies schon ein halbes Semester Warenpräsentationlehre gratis und das bereits im Kindergartenalter. Gutes, geschmackvolles Essen stärkt den Mann in jeder Hinsicht. Es gibt ihm physische Kraft, um den Arbeitsalltag zu bewältigen. Es stärkt die sexuelle Potenz und damit die Überlebensfähigkeit einer Art im Allgemeinen. Sie ist aber auch die Basis einer erfüllten Partnerschaft. Jede Frau sehnt sich nach einem starken Mann, aber der modernen Frau muss klar sein, Kraft muss geschaffen und auch erhalten werden. Da ist es vollkommen kontraproduktiv, wenn eine moderne Frau mit so Sprüchen aufläuft, ob er denn ein Hausmütterchen wolle und eine, die nur hinter dem Herd stehe. Wie laufen diese Nachwuchs-Feministinnen denn da hinter der Realität her. Ja natürlich will er das auch! Dies und noch viel mehr will er von einer Frau. Männer wollen immer nur das Eine, tönt es ständig aus den Posaunen der Emanzen-Chöre. Falsch, falsch, falsch sag ich da.

Die Säulen der männlichen Bedürfnisse sind auf weit vielfältigeren Komponenten aufgebaut. Es sind nämlich insgesamt drei! Dabei herrscht vollkommene Gleichberechtigung unter diesem Trio.

Nummer 1 war und bleibt das gute Essen, es ist einfach die Basis für alles weitere Handeln. Essen ist hier natürlich im erweiterten Sinne als Essen und Trinken zu sehen. Beides rundet das leibliche Wohlbefinden ab. Hat eine Frau gegen ein Gutes Glas Wein mit ihrem Manne etwas einzuwenden?

Die Nummer 2 ist ganz klar ein erfülltes Sexualleben. Stellen sie sich vor der Mann wäre nicht mehr an der Frauenwelt interessiert? Abgesehen davon, dass wir spätestens in 65 Jahren ausgestorben wären, was hätte dies für eine katastrophale Auswirkung auf jeglichen Lebensspaß. Niemand würde sich mehr nach einer Frau umdrehen, geschweige denn auf die Idee kommen, mit ihr eine Partnerschaft zu gründen. Wahre Frauen genießen den Sex und die Begierde, die ihnen ein Mann entgegenbringt.

Da bleibt also noch die Nummer 3 und die wird wohl niemand in Deutschland, vor allem nach den Sommern 2006 und 2014, anzweifeln. Es ist ganz klar König Fußball. Ohne ihn fällt der Mann in ein tiefes seelisches Loch. Er ist für ihn immer wieder Ansporn, seinen täglichen Aufgaben nachzugehen. Er bietet ihm Gesprächsstoff und Emotion pur. Ein führender Psychologie-Professor der Universität in Erlangen brachte es kürzlich auf den Punkt. Männer, die jenseits des 21. Lebensjahres keinerlei Affinität in Richtung Fußball zeigen, zeigen im Durchschnitt eine 89 % höhere Wahrscheinlichkeit, dass sie ab dem 30. Lebensjahr als verhaltensauffällig und als sozial schwer integrierbar gelten. Dies gelte sowohl für den Arbeitsplatz als auch im privaten Umfeld. Für mich ist diese wissenschaftliche Erkenntnis alles andere als eine Überraschung.

Dr. Norbert Ammerreiher: Eine Sonderform des Fraumännchens

Es gibt natürlich auch Sonderformen des Fraumännchens. Eine Art Konterkarikierung des modernen Mannes. So hat sich bei uns vor einigen Jahren hier in Passau der Globuli-Nobby als Arzt niedergelassen. Eigentlich heißt er Dr. med. Norbert Ammerreiher. Ein besonders raffiniertes Bürschchen, das als eine Art eigennütziger Doppelagent unterwegs ist. Wie aus dem Nichts tauchte der Nobby in der Doktoren-Welt auf und innerhalb kürzester Zeit war er das Gesprächsthema in der Passauer Frauenwelt. Gut 1,85 groß, breite Schultern, markantes Gesicht. Dies vermengt mit einem Doktortitel, ist schon ein ziemliches Pfund bei den Damen. Gut, er war verheiratet, aber die Frau nicht präsent, wohl auch etwas sonderlich, zumindest hatte sich das Gerücht darüber sehr schnell entwickelt. Was aber jede Frau sofort wusste: Sechs Kinder hatte der Mann! Was für ein Prachtbulle in der sonst so schwach besetzten Liga von gut verdienenden Medizin-Akademikern. Er eröffnete also bei uns eine Praxis, aber nicht irgendeine, sondern eine homöopathische. Ein richtiger Dr.med. und zudem noch einer, der auf die Kräfte der Natur setzt. Praktisch ein Engel für alle städtischen Frauen zwischen 21 und 45. Schon in der zweiten Woche nach der Eröffnung gab es nur mehr vereinzelte Termine, die noch frei waren. Öko-Tanten und vor allem Bio-Muttis strömten in die barocken Praxisräume dieses Halbgottes. Gerade die jungen Mütter fühlten sich geradezu magisch angezogen vom Ammerreiher Nobby. Schon beim Aufstehen wurde der Familiennachwuchs gefragt, ob er nicht doch ein klitzekleines Schnüpfelchen hätte oder ob sich der Hals nicht ein ganz, ganz wenig rau anfühle. Verneinte dies der Sohnemann oder die Tochter, lockte man sie mit den wunderschönen Spielzeugen und den kleinen Geschenken, die der liebe Onkel Doktor für sie bereithalte. Wie sie ja wissen, ist die Toleranz für die Naturheiler bei den Damen weitaus größer ausgeprägt als bei der Männerwelt! Echte Männer haben klare Vorstellungen von diesem Humbug, dem Schmarrn und der Geldschneiderei dieser selbsternannten Heiler. Zudem musste doch die Behandlung bei Homöopathen aus eigenen Mittel beglichen werden. Nix Krankenkasse und so. Alles Privat eben. Und die so richtig private Behandlung war das, was den Damen hier so in Passau vorschwebte. So wurden Unmengen von Büchern aus der hiesigen Europabücherei angeschleppt, um Gründe für den Herrn des Hauses zu finden, warum gerade die gemeinsamen Kinder unbedingt zum Herrn Doktor Ammerreiher gehen müssten und nicht zu einem normalen Mediziner. So mancher Tintenstrahldrucker lief an Vormittagen heiß, um kompetente Meinungen von irgendwelchen berühmten Zeitgenossen auszudrucken, die das World Wide Web irgendwie hergab. Nützte dies alles nichts beim geizigen Ehemann, kam immer folgender Killer-Satz: „Ist Dir die Gesundheit Deines Kindes überhaupt gar nichts wert?“ Oft wurde dieser Satz im Ehebett angewendet, als damit kurz vor dem Höhenpunkt abrupt mit einer allgemeinen Gesundheitsdiskussion begonnen wurde. Auf jeden Fall brachte es fast jede zukünftige Nobby-Jüngerin fertig, den Partner umzustimmen und stiefelte kurz darauf, der Begriff stiefelte ist hierbei tatsächlich „mit hohen Stiefeln“ gleichzusetzen, in die Praxis des feinen Herrn Doktors. Den Termin hatte man im tiefen eigenen Selbstvertrauen, man werde den Alten zu Hause schon hinbiegen, bereits vier Wochen vorher ausgemacht. Und dann ging es rein in die Gemächer vom Ammerreiher:

Termin 10.00 Uhr: Eine freundliche, naturbelassene Schöne mit klar erkennbarer Affinität zu Kindern, lässt Mutter und Kind in geschreinerten Sesseln aus Hölzern des bayrischen Wald Platz nehmen. Fairtrade-Holzspielzeuge ohne jeglichen Fernostanteil festigen die Meinung unserer modernen Mutter, dass sie hier bestens aufgehoben sei. Ein Kribbeln im Bauch macht sich breit. Man ertappt sich bei der Erinnerung, dass man beim ersten Date mit dem Jugendfreund genauso nervös gewesen sei. In Holz gerahmte Urkunden zeigen den Ausbildungsgrad des Wunderheilers mit Zertifikaten in Englisch, Spanisch und vier weiteren Sprachen, die unsere Jungmutter nicht identifizieren kann. Was für ein Mann! Auf die Frage des Kleinen, ob das denn weh tue beim Onkel Doktor, spürt sie einen leichten Stich in ihrem Herzen. Nein, nein, auf keinen Fall antwortet sie hektisch, spürt sie doch die Angst in sich aufsteigen, der kleine Mann könnte es sich noch anders überlegen und vor dem Eingang zum heiligen Gral noch umkehren. Ein kurzer Blick in den Spiegel des Besucherzimmers, um sich ein letztes Ok zu geben. Sie hat sich wahrlich in Schale geworfen. Teuerstes Leinen umhüllt ihre

Hüften, ein enger Pullover aus heimischer Schafswolle eines exquisiten Ökolabels schmiegt sich an ihre Schultern. Nur bei der Wahl des BH setzte sie auf konservative Werte, war doch kein Naturprodukt zu finden, der ihr C-Cup in die richtige Form gebracht hätte. Würde sie sich auch frei machen müssen? Dr. Ammerreiher soll doch ein Verfechter der ganzheitlichen Medizin sein. Huuuuh, ist sie vielleicht aufgeregt.
„Ich grüße Sie und Dich Jasper, mein Name ist Norbert Ammerreiher!"
Es ist, als hätte Gottvater persönlich gesprochen! Was für eine warme, tiefe Stimme. Was für eine Aura! Wie von einem unsichtbaren Band gezogen folgt die neue Jüngerin ihrem Meister zum Besprechungsstuhl in der Mitte des Raumes. Klein Jasper hingegen ist wenig beeindruckt vom Globuli Nobby. Er ist weitaus mehr an der Holzeisenbahn in der Spielecke interessiert. Unsere junge Mutter nimmt auf ihrem reserviertem Thron Platz. (Eigentlich ist es so eine Art moderner Schaukelstuhl, wie es hippe Psychologen jetzt gerne haben). Nichts, aber auch gar nichts lässt sie hier an eine kühle, sterile Atmosphäre einer Arztpraxis denken. Geschmackvolle, wenn auch etwas spartanisch wirkende Holzmöbel, ein handgeknüpfter, riesiger Teppich bildet das Zentrum des Raumes. Sie ist sich sicher, dass sich Doktor Ammerreiher, den sie schon jetzt in ihrer Fantasie bewundernd als mein Nobby abgespeichert hatte, bei einer seiner ausgedehnten Studienreisen im Orient und Fernost persönlich davon überzeugt hatte, dass sich keine einzige Kinderhand an der Herstellung dieses Teppichs beteiligt hatte. Er würde es entrüstet abgelehnt haben, nur einen entwürdigend niedrigen Preis zu zahlen und hätte gewiss von sich aus mindestens das Doppelte gezahlt. Gleichzeitig hätte er den Teppichfabrikanten verpflichtet, die Arbeitsbedingungen zu verbessern, um den armen Arbeitern vor Ort ein menschenwürdiges Leben zu

ermöglichen. Ja, genauso hätte sich ihr Nobby verhalten! Sie ist keineswegs irritiert, dass nicht ein einziges der sonst üblichen Utensilien einer Arztpraxis zu sehen ist. Nobby Ammerreiher ist hier omnipräsent. Mit seiner inneren Kraft füllt er den Raum. Er lässt ihr Zeit, lehnt sich zurück und scheint die Aussicht auf die barocken Bauten der Passauer Altstadt zu genießen, die der Blick aus den Fenstern der Praxis ermöglicht. So schweigen sie eine Weile und sie hört nur aus weiter Ferne das klackernde Geräusch einer Holzeisenbahn, die auf dem Grätenparkett ihre Runden dreht. Kreise, das waren die geometrischen Gebilde, an die sie jetzt denkt. Wie ein Trabant in seinem Orbit umkreisen ihre Gedanken die zukünftige innige Beziehung zum Arzt ihres Kindes. Dabei ist es nicht allein die Fleischeslust, die sie treibt (obwohl, wenn sie ehrlich wäre, war das kein unerheblicher Faktor), nein, es ist etwas metaphysisches, das sich zwischen dem Meister (gemeint ist der Nobby) und ihr ausbreitet. Nachdem eine Viertelstunde der Andacht vergangen ist, wendet sich Dr. Ammerreiher ihr zu und sagt: „Ihr Sohn hat eine leichte Halsentzündung, aber das kriegen wir auf natürliche Weise in den Griff."
Unglaublich, phänomenal, großartig, was für ein Medicus. Ihr Sohn spielt nach wie vor in der Ecke „Jaspar und Jim Knopf" aber der Meister konnte, ohne ihm nahe zu kommen, eine glasklare Diagnose treffen. Wie schonend die Behandlung für ihr Kind doch ist. Und sie hatte das entscheidende Wort der Diagnose genau gehört. Er hatte „wir" gesagt. Sie und er würden die Sache auf natürlichem Wege in den Griff bekommen.
„Ich werde Ihnen ein genau abgestimmtes Globuli mitgeben und die Entzündung wird binnen Wochenfrist abgeklungen sein." Jetzt erst bemerkt sie, dass Dr. Ammerreiher einen

Apple-Designer-Laptop vor sich hat und dort einige Daten des Sohnes aufnimmt.
„So, jetzt haben wir das richtige Globuli austariert. Sie geben Jasper bitte je zwei Globuli morgens, mittags und abends“. Er geht zu einer in der Wand versteckten Tür, öffnet die geheimnisvolle Wunderkiste seines Berufsstandes. Dort befinden sich unzählige Holzabteilungen, in denen sich kleine Glasfläschchen befinden. Er lässt seine feingliedrigen, aber doch kraftvoll wirkenden Hände über die grünen Gläser streichen, bis sie an der richtigen Stelle angekommen sind und füllt drei Dutzend der heilbringenden weißen Kügelchen in ein bereit stehendes braunes Fläschchen, auf das er mit schwungvoller Schrift den Namen ihres Jasper schreibt. Der Globuli-Meister dreht sich um und spricht sie nun direkt an: „Sie sind oft sehr nervös und angespannt. Sie glauben, manchmal gehe alles über ihre Kräfte?“ Sie zuckt zusammen. Woher weiß er das, er hat sie in keinster Weise untersucht oder befragt und dennoch ist sie ein offenes Buch für ihn. Er scheint Röntgenaugen zu besitzen. In diesem Moment ist sie unendlich froh, dass sie am Morgen den roten Spitzen-BH mit der unterstützenden Halbschale und den verspielt wirkenden Two-Strip Tanga im selben Ton zu Jaspers Arzttermin gewählt hat. Einer, der zu Verbergendes verbirgt, aber die Hoffnung auf offen zu Legendes stärkt. Er hat gewiss sofort erkannt, dass sie eine Frau seines Niveaus ist. Er lässt sich nichts anmerken, aber sie ist sich sicher, dass die Ergebnisse seines Röntgenblickes auch bei einem Mann von solch großer Zurückhaltung und Selbstdisziplin ein nicht zu übersehendes Zeichen von Erregung zurücklassen. Ein zufriedenes Lächeln macht sich in ihrem Inneren breit. „Ja das stimmt, da haben Sie vollkommen recht“, ist ihre Antwort. Nobby Ammerreiher schwebt zurück zu seinem Laptop, fragt auch sie nach einigen Daten und sucht aus dem Holzschränkchen je zwei mal sechs weitere

Globuli heraus, verstaut diese ebenfalls in ein Fläschchen und schreibt „für Nathalie“ darauf. Nicht etwa Frau Panda, sondern nur Natalie. Heute und hier passt einfach alles. Dr. Ammerreiher holt sie auf der anderen Seite des Tisches ab und führte sie zu ihrem Jasper. Dort gibt er dem Kleinen einen großen, dicken Buntstift, den das Logo „wir schützen die Amazonas Wälder“ ziert. Der kleine Schriftzug made in China bleibt unentdeckt. Auf dem Weg zurück ins Vorzimmer erwähnt der große Meister beiläufig, dass die wirkliche Gesundheit nur durch eine innige langjährige Beziehung zwischen Arzt und Patienten entsteht. O ja, wie genau sie dies wusste! Sie beschloss spontan, auf dem nach Hause Weg bei Pallmers vorbeizuschauen und sich mit einem weiteren Set aus der Serie „Breathless-Erotics“ einzudecken, diesmal aber in einem tiefen Schwarz, statt dem heutigen Rot. Ein neuer Termin in wenigen Tagen war ja schon vereinbart! So zogen der kleine Jasper nach einer entspannten Spielstunde, bei der Mami mal nicht genervt hatte, und eine glückselige Akademiker-Gattin in spe von dannen und strebten gemeinsam der Pallmers Filiale in der Ludwigstraße entgegen.

Am darauf folgenden Samstag lag ein Brief der Praxis Dr. Ammerreiher im Briefkasten. Die junge Mutter konnte es kaum erwarten, das Kuvert zu öffnen, musste aber fast zwei Stunden damit warten, bis sich ihr Noch-Ehemann Gottfried in die Sky-Bar in der Innstadt verdrückte, wo er jeden Samstag mit seinen Proletenkumpanen Bundesliga-Fußball schaute. In Kürze würde dies ein Ende haben und sie würde sich in den Armen des großen Meisters Nobby auf interessanten Vernissagen tummeln und nicht mehr das ewige Gequatsche von Gottfried über dieses dumme Spiel mit 44 Männerbeinen ertragen müssen. Frau Dr. Nathalie Ammerreiher, das klang doch einfach phänomenal! Um kurz nach drei hatte das

Leiden ein Ende und Gottfried hatte sich endlich aus dem Haus verabschiedet. Sie suchte schnell nach einer Jim Knopf DVD, schob diese hurtig in den Schlitz des Players, versorgte Jasper mit einer Tüte Allnatura Apfelchips aus dem Bioladen und platzierte ihn mit einem dicken Kissen versehen vor dem Fernseher. Nichts, aber auch gar nichts, sollte ihr dazwischen kommen, wenn sie den ersten Brief des geliebten Freiers um ihre Gunst in Händen hielt und öffnen durfte. Er würde bestimmt in einem sehr gewandten Stil schreiben, der von seinen mannigfaltigen Erfahrungen in Kunst und Kultur zeugen würde. Ganz anders als das Geschreibsel von Gottfried, wenn er ihr wieder einmal schmackhaft machen wollte, dass es wieder einmal an der Zeit sei, in die Kiste zu springen. Sie setzte sich aufs Bett, schob sich ein Kissen hinter den Rücken und begann mit ihrem Lieblingsbrieföffner Stück für Stück den Brief des Geliebten aufzuritzen. Ein äußerst geschmackvolles Briefpapier erschien, aber leichte Irritationen machten sich breit, als sie sah, dass das Schreiben mit einer PC-Schrift gefertigt war und nicht mit der erhofften Handschrift des Dr. Ammerreiher.
Was sie dann erblickte, lies ihr allerdings den Atem stocken. In großen fetten Lettern prangte dort das Wort: Rechnung. Nichts von einer Liebeserklärung, nur mehr Zahlen, Zahlen und noch mehr Zahlen. Ihr schwanden die Sinne, die Kreise tauchten wieder auf, aber diesmal nicht als die Bahnen eines Kometen, sondern als die Linien eines Strudels, der sie in den Abgrund zog. Sie musste sich zusammenreißen, um einigermaßen den Text des Schreibens erfassen zu können. Hier stand: „Liebe Frau Panda, mit großer Freude durfte ich Sie vor kurzem in meinen Praxisräumen zusammen mit ihrem Sohn Jasper begrüßen.
Für die von mir erbrachten Leistungen erlaube ich mir folgendes zu berechnen:

1) Empfang des Kindes/pädagogische Betreuung mit Naturholzspielwaren 28,50 €
2) Gemeinsames Meditieren mit der Mutter 76,50 €
3) Untersuchung Kind mit Diagnose 40,70 €
4) Untersuchung/Psychotherapeutische Beratung Mutter mit Diagnose 117,30 €
5) Austarieren der Globuli-Präparate nach Methode Prof. Ezechiel von Dougekamp 100,70 €
6) Globuli-Präparate Kind 30,60 €
7) Globuli-Präparate Mutter 41,20 €
8) Diverse Materialien (Pauschale) 9,40 €
Zusammen: 452,– €.

Wenn auch Sie mein Projekt „Regenwald Amazonas“ unterstützen wollen, würde ich mich sehr über eine Aufrundung des Betrages freuen. Ich bitte Sie, den Betrag netto ohne Abzüge binnen der nächsten Tage auf eines meiner Konten zu überweisen. Ich weiß Ihr Vertrauen zu schätzen und bin auch in Zukunft gerne zu Diensten.
„Diese verdammte Drecksau, dieser Hurensohn … (den wieteren genaueren Wortlaut unserer feinfühligen Mutter darf ich hier aus jugendschutzrechtlichen Gründen nicht aufführen), der verlangt Preise wie ein Callboy und das auch noch ohne jeglichen Sex. Sie schrie, sie schlug um sich, kreischte, musste aber dann doch diesen Ausbruch der Emotionen abrupt beenden, da Jasper rief, die DVD sei zu Ende und er müsse auf den Topf.
Als das Geschäftliche mit Jasper erledigt war, waren auch der Zorn und die Enttäuschung etwas verflogen. An deren Stelle trat nun allerdings ein gewaltiges Maß an Angst, ihr Gottfried könnte irgendetwas von ihrer 452,– Euro Eskapade erfahren. Wenn er diese Abbuchung auf dem Konto sehen würde, gäbe

es mächtig, mächtig Ärger. Was war sie doch für eine dumme Kuh, auf so einen Blender hereinzufallen. Wenn einer schon Ammerreiher hieße, wäre doch schon klar, dass dies kein Mann von Weltklasse sein konnte. Das war doch nur so ein Bayerwald-Quacksalber, der in Passau einen auf Nobelarzt macht. Die arme Frau an seiner Seite. Erst macht er ihr sechs Kinder, lässt sie dann mit denen allein zu Hause sitzen und treibt sich mit irgendwelchen Flittchen auf Pseudo-Intellektuellen Partys herum. Ach was, wahrscheinlich geht er regelmäßig zu den Thainutten in der Haitzinger Straße. Den würde sie nicht mal mit zwei Fingern anfassen. Pfui Teufel! Da war ihr Gottfried von einem ganz anderen Kaliber. Auf den konnte sie sich verlassen! Der machte brav seine Arbeit und wenn nicht gerade Fußball war, war er auch noch ein passabler Liebhaber. Genau! Liebhaber, das war das Stichwort! Sie hatte doch noch den neuen Two-String-Tanga in schwarz von Pallmers. Denn würde sie heute Abend mal mit Körper füllen und ein kleiner Striptease aus diesen feinen Teilen heraus würde Gottfried sicher versöhnlicher stimmen und nachdem er ja nur immer auf die Zahlen der Sollbuchungen auf den Bankauszügen achtete und ihn gar nicht interessierte, für was die eigentlich waren, wird er sicherlich Verständnis für die beiden Pallmers Sets haben, die ihm ja auch viel Freude bei seiner heißen Angetrauten machen würden. Ach Gott, sie war so froh, dass sie eine so glückliche, erfüllte Beziehung mit ihrem Mann führte!

Jetzt könnte man meinen, dass dem Nobby auf diese Art und Weise ganz schnell die Kundinnen ausgehen würden, aber da irrt man gewaltig, denn erstens gab es ziemlich viele Frauen zwischen 25 und 45 in Passau und Umgebung und zweitens waren die Finanzen von vielen nicht so reglementiert oder besser gesagt kontrolliert. So wunderten sich zwar viele Ehemänner über die Höhe der abgebuchten Rechnungen, aber

ignorierten dies einfach. Schließlich kostete Gutes von Gucci oder Cartier auch etwas. Viele Frauen sahen die Erstbehandlungen auch als Auftakt zu einer erotischen Reise mit dem Globuli-Nobby. Zumindest in ihrer eigenen Fantasie. Ein guter Psychologe ist schließlich auch nicht billig und wenn der Herr Doktor schon nicht gleich willig war, so war er immerhin ein sehr guter Zuhörer. Auf jeden Fall dauerte es nicht lange, bis der Nobby nicht mehr mit dem Fahrrad in die Praxis fuhr, sondern sich einen von den sündteuren neuen 7er BMWs mit den zwei Elektromotoren anschaffte. Er war eben durch und durch ein Umweltfreund. Das war er seiner freigebigen Kundschaft schon schuldig. Ihr Geld war exzellent angelegt in jedes einzelne PS seines 480 PS Boliden. Heute sieht man den Nobby nur mehr selten in seiner Praxis, er lebt seit gut einem Jahr in einer Finca auf Mallorca und in seiner Praxis sind mittlerweile vier junge Nachwuchs-Doktoren angestellt, die auf den Veröffentlichungen in der Gala oder der Bunten eher wie eine geklonte Boygroup aussehen als wie ein Team von Ärzten mit Schwerpunkt Naturheilverfahren. Dr. Ammerreiher ist mittlerweile auch Privat-Dozent an der Universität Palma de Mallorca und an der Universität von Marbella in Andalusien. Seine Exfrau und die sechs Kinder bleiben in den Gazetten dabei nahezu unerwähnt. An seiner Seite sieht man in letzter Zeit häufig das französische Model Ekaterine Chopouvet. Die Gala wollte erst vor kurzem in Erfahrung gebracht haben, dass
Prof. Uni. Doz. Dr. Dr. h. c. Nobert Ammerreiher eine Villa für seine Ekaterine in einer Nobelgegend nordöstlich von Palma gekauft habe und dies als kleines Verlobungsgeschenk für die heißblütige Französin gedacht sei. Diese feurige Liaison tut allerdings den florierenden Geschäften in Passau keinen Abbruch, eher im Gegenteil, pilgern doch seit einiger Zeit nicht nur die Reichen und Schönen aus München, sondern

auch die komplette Haute Voulez aus Spanien und Südfrankreich mit ihren Privatjets in das niederbayrische Passau. Erst vor zwei Monaten wurde im Eiltempo mit dem Ausbau des nahegelegenen Sportflughafens Vilshofen an der Donau begonnen, da das um sage und schreibe 2800 % gestiegene Flugaufkommen mit der einen Start- und Landebahn dort nicht mehr bewältigt werden konnte. Zudem wurde gleichzeitig die ursprüngliche Landebahn auf 3000 Meter verlängert, damit auch zweistrahlige Business Jets dort landen können. Der Passauer OB und der Landrat verwiesen schon bei Baubeginn der zweiten Startbahn auf die enorme Bedeutung, die die Heilklinik (es wurde dabei der Begriff Praxis endgültig und ersatzlos gestrichen) Dr. Ammerreiher für die wirtschaftliche und touristische Expansion des Raums Passau habe. Man sei stolz auf diesen Sohn der Stadt. Jetzt stellt sich die Frage, ob der Nobby eigentlich auch nur irgendetwas selber dafür kann, für den Hype um seine Person.
Ist er ein ganz durchtriebener Geselle oder ist er einfach nur von den anderen zu dem gemacht worden? Hat ihn das Ganze überrollt oder hat er dies einfach nur mitgenommen? Oder ist er doch ein knallhart kalkulierender Businessman, der die Dinge von Anfang haargenau geplant hat?

Wie die Evolution aus einem Fraumännchen einen Hardliner machte

Ich habe da so meine eigene Theorie. Der Nobby stammt ja aus einem Bauernhof und hatte sieben Geschwister. Das ist ja an sich schon etwas ungewöhnlich für einen Mann Jahrgang 1966, aber was seine Vita einzigartig macht, ist, er hatte keinen einzigen Bruder, sondern nur sieben Schwestern und leider war er nicht das kleine Nest-Häkchen, das von seinen sieben Schwestern verhätschelt und umsorgt wurde, nein, er war der Älteste im Bunde. Ein großer Bruder, der in der Pflicht stand, sich um alle Mädels kümmern zu müssen und für den es selbstverständlich sein musste, auf alles zu Gunsten der Anderen zu verzichten und auf jede Befindlichkeit der jüngeren Damen Rücksicht zu nehmen. So war es kein Wunder, dass der Nobby von Jugend an enormen Ehrgeiz entwickelte und versuchte, die Schule möglichst schnell und gut hinter sich zu bringen. Sein Ziel hieß schon in der 5.Klasse: Studium, Studium, Studium! Der Grund war denkbar einfach, bedeutete dies doch den Auszug von zu Hause und damit wegkommen von der Unterdrückung durch das Weibsvolk. Frauen oder damals besser gesagt Mädchen waren für ihn nicht Genuss, sondern nur Leiden, Leiden und nochmals Leiden. Seinen Schulkameraden vom Untergriesbacher Gymnasium (sollte es einer von ihnen nicht wissen, Untergriesbach war damals das einzige Dorf Deutschlands, das ein eigenes Gymnasium besaß und das mit 2327 Einwohnern, davon eigentümlicher Weise 1609 weiblichen Geschlechts)war der Norbert Ammerreiher von Anfang an suspekt, da er sich ausschließlich für die Schule zu interessieren schien. Fußball, badengehen oder Cowboy und Indianer spielen fand immer ohne ihn statt. Wenn einer mal bei seinen Eltern nachfragte, warum denn der Nobby so komisch sei, sagte man immer, das sei wegen seiner vielen Schwestern. Natürlich hat keiner verstanden, was denn damit wohl gemeint wäre. Jahre später wurde vielen das allerdings sehr klar. So hatte der Norbert praktisch keine Freunde und die anderen Jungs nannten ihn nur mehr Turbo-Nobby, erstens, weil er alles in der Schule nur im Schnelldurchgang erledigte und zweitens, weil Ende der siebziger Jahre die Bayrischen Motorenwerke kräftig Werbung für ihre ersten M3 und M5 machten, die mit Turboaggregaten ausgestattet waren und damals auf den Bergstrecken der Waidler einsam ihre Runden zogen. So war es kein Wunder, dass der Norbert sein Abitur mit 1,2 machte und gleich einen Studienplatz für Medizin an der Uni in München bekam. Die Überreichung des Abiturzeugnisses und Bestätigung seines Studienplatzes waren für Nobbys weiteres Leben von geradezu epochaler Bedeutung. Von nun an nur mehr Freiheit und Alles mitnehmen was geht. Er hatte auch noch etwas Glück und bekam ein kleines Stipendium und musste auch keine Angst haben, dass die Eltern eventuell auf die Idee kämen, er müsste aufgrund seiner Schwestern auch noch aufs Studieren verzichten, was aber eh eher unwahrscheinlich war, denn die Mädels vom Ammerreiherhof waren eher einfach, um nicht zu sagen sehr, sehr einfach. Aber die Schwestern gingen weg wie die warmen Semmeln, wenn es darum ging, einen wohlhabenden Mann zu finden. Der Grund war offensichtlich, alle waren blond, hatten den bewundernden Blick für den Mann drauf und waren überglücklich, dass sie alle mit 18 Jahren Kleidergröße 38/40 und nicht 36 oder weniger hatten, was bei den Herren der Schöpfung für große Freude sorgte. Kurz gesagt, sie waren alle so richtig scharfe Hasen. Diese Erkenntnis, dass Frauen mit sehr wenig intellektuellem Grundpotenzial locker und lässig auch ein wohlhabendes Leben führen können, sollte er später noch auf andere Art und Weise zu nutzen lernen. Die Bundeswehr blieb ihm erspart, da er als vollkommen untauglich ausgemustert wurde. War ja auch kein Wunder bei über 19 Jahren sportlicher Abstinenz. Man muss hier erwähnen, dass der Turbo-Nobby im Laufe der Jahre auch in Hochgeschwindigkeit zugenommen hatte, so dass er beim Kollegstufenfestival am Faschingsdienstag den ersten Titel seines Lebens für sich gewinnen konnte. Er wurde zum „Big Bam Dickmann" der Niederbayrischen Gymnasien gekürt, denn keiner hatte nur annähernd die Chance, seinen 138 kg Lebendgewicht Vergleichbares entgegen zu setzen. So konnte er nach dem Abwiegen sage und schreibe 6504 Mohrenköpfe von Dickmann für sein Untergriesbacher Gymnasium mit nach Hause nehmen. Ich kann mich noch gut an das Bild auf der Titelseite der Passauer Neuen Presse erinnern, die den Ammerreiher Nobby mit der Überschrift „Untergriesbacher Gymnasium wird zum Schwergewicht der niederbayrischen Lehranstalten" zeigte. So blieb dem Nobby also das Militär erspart und er konnte seine Turbokarriere übergangslos fortsetzen. Später sollte sich dies auch bei seinen Kundinnen, die außer aus Bio- und Ökofrauen zumeist auch noch aus Pazifistinnen bestanden, als sehr einträglich erweisen. Es passte perfekt in deren Bild vom großen Meister-Guru, dass sich dieser auch noch als Kriegsdienstverweigerer outete. Das er aber nur einen kompletten 6er bei der Musterung bekam, blieb natürlich in den Gazetten immer unerwähnt. So ging es also ab in die Landeshauptstadt und der Norbert stürzte sich ins Studentenleben. Dabei lag die Betonung allerdings von Anfang an auf Leben. Er hatte ja viel nachzuholen. Fairerweise muss man aber sagen, dass er das Studium durchaus ernst nahm. Nur eben der Turbo wurde zu einem Dieselmotor. Er studierte bei Tag und lebte in der Nacht und dies führte auf Dauer zu einer Ausweitung der Studienzeit von 12 auf 16

Semester. Er war halt gründlich. So nach zwei, drei Semestern merkte er aber, dass er zwar ständig auf Festen und Partys war und dort auch jede Menge Studentinnen aufkreuzten, sich aber diese überhaupt nicht für ihn interessierten. Na ja nicht alle, aber die Allgaier Theresia aus Balderschwang und ihre Freundin, die Silvia von Hohenthal, waren nicht wirklich ernsthafte Bewerberinnen um den Titel „Most sexiest woman of Munich Universities“. Beide waren zwar alles andere als blöd, aber mit der Theres zusammen konnte er auf keinen Fall mit der Eisenbahn reisen, denn dann stieße ein Zugabteil der deutschen Bundesbahn an seine Grenzen und die Silvia war leider ein Musterbeispiel Habsburger Inzucht-Schönheit. Der Adelstitel linderte die Sache zwar ein wenig, aber halt nur ein wenig. Auf jeden Fall die wahren heißen Bräute fuhren halt gar nicht auf ihn ab. Zudem war er auf dunkelhaarig vorprogrammiert. Zu tief saß der Stachel des Leidens, den er durch seine komplett blonde Schwesternschar erlitten hatte. Sein Coming out hatte er während einer durchzechten Nacht in einer Schwabinger Bierboazn, als er der ebenfalls total besoffenen Susi von der Dentisten-Fakultät, in der Zuversicht, dass die vielen Weizen diese dann vielleicht doch willig gemacht hätten, ins Ohr flüsterte, er würde es ihr heut noch besorgen. Diese drehte sich allerdings nur im Zeitenlupentempo um und sagte:
„Na Du ned, Du bist ma zu fett, da geh i liaba allein ins Bett.“
So ließ sie den Norbert mit sich und seiner Lust allein zurück. Der Nobert besann sich am nächsten Nachmittag (die dazwischen liegenden Stunden hatte er auf einer Parkbank in liegender Stellung verbracht und seinen Fetzen Rausch ausgeschlafen) seines alten Ehrgeizes vom Gymnasium und beschloss radikal abzunehmen. So verlegte er sich in den nächsten sechs Monaten einzig allein aufs Saufen und stellte die parallele Schnitzeleinnahme komplett ein. An dieser Stelle

muss ich mich jetzt korrigieren, denn „Saufen“ ist hier wirklich der falsche Begriff, denn er trank nur mehr. Aber eben trinken in extremen Mengen. Und das zum Zwecke der Reduzierung des Körpergewichts. So ließ er eine Maß nach der anderen in sich reinlaufen, egal, ob diese aus pürierten Äpfeln, Birnen oder Karotten bestand. Auf jeden Fall wurde der Nobby so durchgespült, dass genau 174 Tage später auf seiner Digitalwaage von Stiebel Eltron nicht mehr 149,2, sondern nur mehr 79,9 Kilo standen. Er hatte sich praktisch selber neu geboren. Er selbst war anfangs gar nicht so glücklich über diesen Umstand, musste er doch einen ganz schönen Batzen Geld bei K+L Ruppert ausgeben, damit er wieder Kleider tragen konnte, die nicht wie wettergebleichte Zirkuszelte aussahen. Als er dann zum ersten Mal wieder auf eine Party ging (er war aus Frust von dem Susi-Erlebnis seitdem kein einziges Mal mehr um die Häuser gezogen) war dieses Manko jedoch innerhalb von zwei Stunden verflogen. Warum? Ganz einfach, denn schon um 24.00 Uhr saß der Nobby glückselig in einer ruhigen Ecke der Bar und erholte sich von den ungekannten Strapazen der letzten zwei Stunden. Los ging es schon an der Abendkasse, als die Lohberger Sissy wissen wollte, was denn da unter seinem Röckchen baumle und sie ihm die Zahl 23.00 auf den Unterarm schrieb, damit er sich merken konnte, wann sie an der Kasse von einer Kommilitonin abgelöst würde und zu seiner Verfügung stünde. Als er dann seit langem wieder mal ein Weißbier bestellen wollte, griff ihm die Bedienung, eine angehende Zahnärztin, auf den Hintern, stellte ihm auch noch einen Schnaps dazu und sagte viel versprechend: „Passt schon!“ Dann machte er den Fehler, dass er sich mit einem Studienfreund, einem Augsburger, auf den die Mädels immer scharf waren, vor den Eingängen der Damentoilette platzierte. Er hatte kaum zwei Sätze mit dem „Schwabenreißer“

gewechselt, als ihn ein schwarzhaariger Superfeger, der sich als „Elvira Mistress of the Night“ verkleidet hatte, an seiner Krawatte packte und ihn in eine der Boxen des Damen-WC zerrte und die Tür hinter sich abschloss. Als er dann acht Minuten später die Augen wieder öffnete und sich ein hochtemperierter Frauenkörper von dem Seinigen löste, traute er seinen Sehorganen nicht mehr. Das Wesen, das sich da gerade das schwarze Paillettenkleid wieder nach unten schob, war die Susi! Sie kritzelte ihm noch ihre Telefonnummer auf den linken Oberschenkel und hauchte ihm zum Abschied ein „damit Du mich nicht vergisst“ ins Ohr. Als der Nobby an diesem Abend noch zweimal von anderen Schönheiten aufs Damenklo geschleift wurde, war er nicht nur gewaltig erschöpft, sondern sein Leben hatte eine entscheidende Richtungsänderung erlebt. Ihm war klar geworden, dass er nun offensichtlich alle männlichen Ingredienzien in sich vereinte, um mit den Weibern so richtig Kohle zu machen. Er schaltete also nochmals in den Turbogang und ein paar Jahre später hatte er sein Studium mit summa cum laude abgeschlossen. Dann ging es ab zu ausgedehnten Auslandsreisen, vor allem in Richtung Osten. Bei diesen Auslandsaufenthalten hatte er seine Frau kennengelernt, einen eher blassen irisch wirkenden Typ, welchem er alle zwei Jahre Nachwuchs zeugte. Sie war zwar nicht besonders schön, aber sehr verlässlich, vor allem als Verwalterin des heimischen Anwesens, hatte der Nobby sich doch auch schon ein Häuschen auf den Höhen des Bayerwaldes gegönnt. Seine Gattin war zwar schon etwas enttäuscht, dass sie als Doktorfrau immer zuhause allein mit den Kindern sein musste, während der Göttergatte in der Welt herumreiste, aber immer wenn sie Freiheitsgedanken hegte, machte ihr der schöne Norbert in einer schwachen Stunde wieder ein Kind. Schließlich sah sie doch ein, dass eine prall gefüllte Haushaltskasse auch einen erotischen Faktor hatte. So war sie von nun an zufrieden mit ihrem Aufgabengebiet und lies den Nobby in Frieden mit ihrer Nörgelei. Jetzt erkannte der Herr Ammerreiher wieder einmal seine große Chance und verlegte die Praxis in die schöne Barockstadt Passau. Dort hatte er jetzt alles, was er sich nur wünschen konnte. Die Frau war zu Hause beschäftigt mit dem Erziehen des Ammerreiher Nachwuchses, die Kinder bekamen ihre Wünsche immer frei Haus geliefert und er hatte jede Menge reicher Frauen an der Hand, die seinen Stundenlohn in geradezu astronomische Höhen steigen ließen. Optional konnte er, wenn er wollte, den knackigen unter ihnen noch einen Liebesdienst drauflegen, ohne Berechnung natürlich. Der Nobby hatte doch einen Berufsethos. Manchmal ging das sogar soweit, dass die Frauen von gestressten Vorstandsvorsitzenden dem Dr. Ammerreiher sogar empfahlen, das doppelte für seine Dienste zu verlangen, denn ihr Gatte werde immer stutzig bei Ausgaben, die nicht so richtig teuer waren. Er könnte es sich ja schließlich leisten. Als sich dieses vorgeschlagene System als praktikabel erwies, wandte das der Nobby bei allen Patientinnen an und wies seine Vorzimmerdamen an, nur mehr Taschenrechner mit eingebauten Faktor Zwei zu benutzen. Das Geschäft boomte und der Nobby ging dazu über, überhaupt keine Männer mehr zu behandeln. Nicht nur, weil die bei weitem nicht so freigebig waren, sondern es einfach schöner war Frauen anzuschauen, die alles nur Erdenkliche unternahmen, um jung und attraktiv auszusehen. Er war aber auch schlau genug, bei jeder nur möglichen Gelegenheit in der Öffentlichkeit zu betonen, wie sehr ihm am Herzen lag, dass seine neue Heilklinik auf dem Mariahilfberg auch den Kindern offenstehe. Er habe nicht zufällig den Berg Mariens ausgewählt, war doch diese stets der Inbegriff der Helferin für die schutzlosen und kranken kleinen Wesen. Das ließ

natürlich die Herzen aller Redakteurinnen der europäischen Boulevardpresse schmelzen. Die ständigen Gschpusis des Dr. Ammerreiher mit Silikonschönheiten aus allen Erdteilen nahm man dagegen nicht so wichtig. Prof. Dr. Ammerreiher war ein echter Wohltäter mit Herz für Kinder.
So denke ich dann doch, dass der Nobert Ammerreiher alles geplant und mit Absicht gemacht hat, wenn ihn auch die modernen Frauen dieser Welt ständig angestoßen haben, so zu werden, wie er jetzt ist. Ein stinkreicher Typ, den die Weiber für einen Gott halten, einen Gott, der das Geld und die Leiber liebt. Ja eigentlich ist der Nobby die Reinkarnation des Chefs aus der antiken Götterwelt. So bleibt eigentlich nur respektvoll zu sagen:
„A Hund is a scho der Ammerreiher Nobby!"

Genug ist nie genug - das Motto der modernen Frau

Wenden wir uns aber einer anderen Problematik der modernen Frau zu. Sie heißt:
„Ich will einen noch einen besseren Mann."
In meiner Jugend- und Studienzeit war die Partnerwahl verhältnismäßig einfach strukturiert. Der junge Mann schaute sich in der Klasse, am Baggersee und in der Disco um, welche einem gefiel und glich dies mit den eigenen Möglichkeiten ab. Ergab dies einigermaßen Übereinstimmung, versuchte man sein Glück bei einem Mädel, nicht aber ohne vorher abzuchecken, ob diese auch wirklich keinen Haberer hatte. Hatte man dann ein Burgfräulein für sich begeistert, lag einer schönen gemeinsamen Zeit nichts mehr im Wege. Für die Frauen der Siebziger und Achtziger Jahre war es ganz normal, dass der Mann sich für Fußball interessierte und nicht

ansatzweise auf die Idee kam, Kinder zu erziehen. Der Begriff Hausmann war zwar schon vereinzelt gehört worden, aber brachte dieselbe Skepsis zu Tage, wie Alien, Warmduscher oder Zivildienstleistender. Klar hatte jeder brave Junker von der Mama gelernt, den Mülleimer zur Tonne zu tragen und auszuleeren, aber beim sonntäglichen Tischdecken für den Rinderschmorbraten hörten dann auch schon die Hausmann-Hilfsdienste auf. Dafür gab es aber für die Mädels einiges was ihnen die Männer zu bieten hatten. Durchtrainierte Körper und Lebensfreude. Discofox und Wiener Walzer rechts herum. Als dann 1977 John Travolta in „Saturday Night Feaver“ auch noch den Verrenkungstänzen zur Soulmusic von Donna Summer zum Durchbruch verhalf, waren die jungen Frauen gar nicht mehr zu bändigen, bei ihrer Affinität zu männlichen Tänzern. Es gab damals wirklich niemanden, der sich nicht mit dem Travolta Johnny messen wollte. Mein Gott, was waren das für feine Zeiten! Wer es schaffte, mit einer Braut den ganzen Abend durchzutanzen, hatte beste Chancen, sie in seinem Golf I mit schwarzen Racing-Streifen nach Hause chauffieren zu dürfen. Auch die Problematik von eventuell vorhandenen konservativen Eltern konnte vor allem in den Sommermonaten durch ein lauschiges Parkplätzchen am Baggerweiher ausgeglichen werden. Die Interessen von Mann und Frau ergänzten sich prächtig!
Heute läuft das Kennenlernen um einiges anders ab. Hat die junge Frau mit knapp 18 Jahren das G8 des Gymnasiums absolviert, geht es umgehend zum Bachelor-Studium in eine hippe Studienstadt z.B. nach Passau. Dort wird in den ersten vier Semestern erst mal kräftig das Leben einer echten „Bitch“ zelebriert, um dann das letzte Studienjahr einen auf Karriere zu machen. Hat man anschließend 65 erfolglose Bewerbungen als intellektueller Shootingstar hinter sich und dümpelt man dann in einer 10 Stunden Teilzeitstelle als Uni-Assistentin die

nächsten zwei Jahre dahin, so ist man bratfertig, um sich auf einem Retro-Besäufnis einen der Ex-Kommilitonen zu schnappen, erinnert diesen an die eigene Vergangenheit als „Super-Bitch“ und nimmt in der nächsten Liebesnacht direkt die Abzweigung in das Jungmutter-Dasein. Wie es dann anschließend weitergeht, haben wir in einem der vorderen Kapitel ja ausführlich kennengelernt. Haben sie bemerkt, was im Vergleich zum früheren Kennenlernen so komplett anders ist? Ganz einfach, der Mann spielt dabei nahezu keine Rolle mehr. Er ist lediglich Statist und wird in sein neues Leben als Knecht förmlich geschubst. Er ist gewählt worden und hatte selbst keine Wahl.

Der Männer-Raid in den Bayerwald oder The last chance for men!

Aber lassen wir an dieser Stelle auch ein wenig Hoffnung für den heutigen Mann zu. Es gibt eine einzige gute Nachricht am Ende meines Exkurses zum Niedergang des echten Mannes. Vor einigen Wochen machte sich eine Expedition auf den Weg, um auf den Höhen der Bayerwald-Giganten Rachel und Lusen nach einem Phänomen zu suchen, dessen Existenz seit mehreren Jahren die Männer Ostbayerns zu wildesten Spekulationen verleitete und der Männerwelt in ganz Deutschland und den angrenzenden EU-Staaten neue Hoffnung gibt. Verschiedene Humanwissenschaftler der Universität Passau haben mit großzügiger Unterstützung der Männermagazine Playboy und Penthouse eine Gruppe von wagemutigen Spezialisten zusammengestellt, die in den unzugänglichen Waldschluchten des Bayerwaldes nach einem Wesen suchen sollen, das seit einigen Jahren in Deutschland als ausgestorben gilt. Unter dem Projektnamen „Frauenengel“

brachte man weltbekannte Ursprungsmänner zusammen, die sich selbstlos in den Dienst dieser Aktion stellten. Filmgrößen wie Robert de Niro und George Clooney, aber auch Unternehmer-Star Richard Branson von Virgin Atlantic oder Didi Matteschitz von Red Bull ließen es sich nicht nehmen, persönlich an der Expedition teilzunehmen. Auch Altstars wie Alain Delon und Jean Paul Belmondo bereiteten sich monatelang mit Personal Trainern vor, um die nötige Fitness für den Raid durch die Wälder zu erlangen. Höchster Beistand kam schließlich auch von der großen Ikone des „wahren Weibes“ Sophia Loren, die als Schirmherrin für die weltweit einzigartige Aktion tätig wurde. Tausende waren gekommen als die wunderbare Loren persönlich das Startband des Wagentrecks, der an der Passauer Donaulände Aufstellung genommen hatte, zu durchtrennen. Anmutig schritt sie die Reihen der Wagemutigen entlang und wünschte jedem Einzelnen viel Glück. Ein Kuss auf die Wangen der „last real men“ gab Kraft für die anstehenden Aufgaben. Echte Männer, die meisten davon zwischen 45 und 90, waren aus ganz Europa angereist und säumten das Donauufer, um ihre Helden zu verabschieden. Der Bayrische Ministerpräsident Horst Seehofer und der Passauer OB Jürgen Dupper betonten in ihren Reden die enorme Bedeutung der Expedition für das Weiterbestehen des echten Mannes. Die beiden Politiker, die seit Jahren aktive Mitglieder des Verbandes zur Erhaltung der männlichen Kultur, kurz VEMÄK sind, waren sichtlich gerührt, Seite an Seite mit den prominenten Unterstützerinnen der VEMÄK an der Startrampe auf dem Passauer Rathausplatz zu stehen. Prachtfrauen wie Gina Lollobrigida, Claudia Cardinale und Ornella Muti waren verzückt vom Wagemut der Männer im Konvoi der Wagen vor sich. Catherine Deneuve und Senta Berger unterhielten sich angeregt mit den Journalisten aus aller Welt. Für sie sei es selbstverständlich hierher nach Passau zu kommen. Männer seien immer ein fester Bestandteil ihres Lebens gewesen und so sei es ganz normal, hier zu stehen und Seite an Seite mit den letzten wahren Männern unserer Zeit für eine Sache zu kämpfen, die sich dem Untergang der Jahrtausende bestehenden Mann-Frau Kultur entgegenstemmt. Auch Barbara Schöneberger, eine der letzten echten Frauen jüngeren Datums (sie ist jetzt gerade mal 42 geworden), konnte die ca. 1500 Teilnehmerinnen einer Gegendemonstration nicht verstehen, die sich mit Trillerpfeifen und aggressiven Sprechchören lautstark Gehör verschaffen wollten. Sie selbst, so Frau Schöneberger, genieße es zeitlebens von Männern verwöhnt und umgarnt zu werden. Sie empfinde es geradezu als widernatürlich, wenn sich ein Mann um das Waschen von Gardinen kümmern müsse. Sie wolle keine Waschlappen, sondern Männer mit Kraft, Ziel und Ausdauer, die Frauen fordern, aber sie auch als emotionale, erotische Wesen wahrnehmen. Die Deneuve zeigte sich beindruckt vom Passauer Oberbürgermeister, der mit seinen 1,95 m und 130 kg, ein, wie sie es ausdrückte „imposantes Beispiel teutonischer Manneskraft darstelle". Sie selbst habe es immer sehr genossen, mit deutschen und insbesondere bayrischen Kollegen vor der Kamera zu stehen. Die Cardinale und die US-Amerikanerin Raquel Welch bedauerten es sehr, dass ihre frühere Kollegin Brigitte Bardot nicht auch hier in Passau ist. Gerade sie hätte sehr viele Jahre von der Großzügigkeit wahrer Männer profitiert. Dem von ihnen sehr geschätzten, aber leider verstorbene Gunter Sachs hätte ihr Kommen sicherlich ein freudiges Lächeln auf die Lippen gezaubert. Raquel Welch, in den siebziger Jahren die Ikone für das Ur-Weib, unter anderem als Hauptdarstellerin des Urzeit Kinohits „Und dann kam die Frau", sah die Tatsache, dass die Gegendemonstrantinnen klar in der Minderheit waren, als klares Zeichen dafür,

dass es noch nicht zu spät sei, das Verhältnis von Mann und Frau wieder ins rechte Lot zu rücken. In dem Moment aber, als Sophia Loren zusammen mit OB Jürgen Dupper auf das Startpodium trat, um den Startschuss für den „Frauenengel-Treck" zu geben, drohte die Situation kurzzeitig zu eskalieren, weil militante und sehr aggressiv vorgehende Anti-Mann Aktivistinnen aus dem vorgegebenen Weg der Demonstration ausbrachen und die Politiker und Hollywood-Schönen mit faulen Eiern bewarfen. Diese Wurfaktion war geradezu absurd, da sich die vornehmlich in Jutesäcke gekleideten Aufrührerinnen damit ein klägliches Selbstbildnis der Unglaubwürdigkeit gaben. Sie, die behaupteten, nur hoch qualitative Eier aus zertifizierten Biobetrieben zu besitzen, warfen nun mit stinkenden, abgelaufenen Eiern aus Großmastbetrieben, was klar und eindeutig an den 10er Plastikverpackungen der Wurfgeschosse erkennbar war. Der Passauer Polizeidirektor Alois Graubichl ließ sofort berittene Polizei vorrücken, um die Querulantinnen abzudrängen und die Verpackungen als Beweismittel sicherzustellen. Eine absolute Notwendigkeit für den 58 jährigen Graubichl, selbst seit Jahren ein stilles, aber überzeugtes Mitglied der VEMÄK!
„Wir wollen nicht länger Sexualobjekt sein" und „Mein Mann braucht keinen Pimmel" waren noch die harmloseren Texte auf den selbstgebastelten Transparenten von „Woman to the front" einer besonders militanten Gruppierung von Sozialpädagoginnen und Grundschullehrerinnen in Teilzeit. „Woman to the front" versucht schon seit Jahren durch gezielte Lobbyarbeit in den Grundschulen des Freistaates gegen das Selbstbewusstsein des nachwachsenden Rohstoffes Mann zu agitieren. Walldorf- und Montessori-Schulen wurden dabei von den Verfassungsschützern als Keimzelle der Subversion ausgemacht. Allein die ehemalige Bayrische Justizministerin Beate Merk verhinderte, dass gegen diese

Vereinigung bis dato noch nicht von Seiten der Exekutive vorgegangen worden ist. Klar, sie ist eine Frau und steht seit langem dem rechten Flügel der berüchtigten MFO (Anmerkung des Autors: Moderne Frauen Organisation) nah. Die gefährliche Stimmung puschte sich immer mehr hoch, da sich die zumeist englisch sprechenden Stars von ihren Hostessen übersetzen ließen, was diese Öko-Amazonen zu verkünden hätten. Klar auch, dass sich der sonst so hofierte Sexiest Men Alive George Clooney wenig amused zeigte und er sich seiner Dienstzeit bei den US Marines erinnerte. Auch der gut 80-jährige Belmondo ließ sich nicht lumpen und sicherte dem Veranstalter spontan zu, seine Erfahrungen bei der Fremdenlegion mit einzubringen, um diese Feministen-Truppe in die Schranken zu weisen. Immer lauter, mittlerweile durch Megaphone unterstützt, schrien die MFO Anhängerinnen: „Wir sind der Mann, wir sind der Mann!" um dann anschließend aus ihren Jutelaibchen riesige Scheren hervorzuholen. Mit dem wohl im Vorfeld schon vereinbarten Codewort „Sichelschnitt" versuchten sie sich auf die Teilnehmer von Projekt „Frauenengel" zu stürzen. Dabei riefen sie fanatisch: „Schere raus und weg damit!" Gott sei Dank war die Polizei gut vorbereitet. Im Nachhinein wurde auch bekannt, dass die Frau des Polizeidirektors ihrem Mann im Vorfeld einen Tipp gegeben hatte, was der militante Flügel von MFO vorhatte. Auf jeden Fall gab Graubichl den Befehl Wasser marsch und die Löschzüge aller Feuerwehren des Landkreises Passau gaben Rohr frei und fegten die wild gewordenen Scherenfrauen auf die Hängebrücke zurück und ließen keine von ihnen mehr durch, um ihr grausames Vorhaben zu vollenden. Das war auch für die MFO Aktivisten gut, denn der frühere bayrische Ministerpräsident Mundl Stoiber war gerade dabei, eine Ehrenkompanie der Berchtesgadener Gebirgsschützen, die ihn zu diesem Event nach Passau begleitet hatte, den

Feuerbefehl Richtung Scherenfrauen zu geben. Auch seine Ehefrau Muschi hatte sich als Verfechterin des klassischen Frauentums mit einem Karabiner der Gebirgsschützen bewaffnet, um in vordersten Front ihrem Edmund beizustehen. So konnte diese Krisensituation gerade noch gemeistert werden. OB Dupper und Sophia Loren konnten nun endlich zur Startglocke greifen. Mit ihrem wundervollen neapolitanischen Akzent sprach die Loren den Satz: „Gentlemen, please start your engines!" und lies damit auf der Gottfried Schaeffer Promenade den Geist von Le Mans aufleben. Hier muss man vielleicht kurz einfügen, dass zwar an der Wagenkolonne unserer Expedition Tausende von Pferdestärken beteiligt waren, diese aber nicht von Kaltblütern aus dem Tiroler Bergdorf Hafling, sondern von Vollblütern aus allen automobilen Hochburgen stammten. Mit Gefährten bis zu 1000 PS fand man hier die Creme der Creme der europäischen Automobil- und Lkw-Industrie, die alle ihre Chance nutzten, um bei diesem Akt der puren Männlichkeit all ihre besondere Leistungsfähigkeit zu zeigen. So saß Prof. Dr. Rudi Schweizer, der Projektführer, an der Seite von Alain Delon in dem neuen Zetros 6 x 6 Dreiachser mit dem neuen 24-Gang-Schaltgetriebe von der ZF in Passau. Direkt dahinter kutschierte Rally-Weltmeister Walter Röhrl mit seinem Beifahrer George Clooney einen neuartigen Traktor mit zwei Hi Technology 400-PS-Motoren, die das Fahrzeug auch in schwierigstem Gelände sowohl vorwärts als auch rückwärts im selben Tempo fahren ließen. In der hinteren Fahrgastzelle hatten es sich Fußball-Kaiser Franz Beckenbauer und Weltmeister-Kollege Günter Netzer gemütlich gemacht. Diese beiden Heroen des klassischen Mannseins wollten unbedingt an diesem denkwürdigen Ereignis teilhaben. Beide winkten in die begeisterte Menge und dem Kaiser rutschte ein „ja ist denn heute schon Weihnachten" heraus, dies, obwohl das Christen-Highlight noch Monate entfernt lag! Alles, was Männern wirklich Spaß macht, war hier anzutreffen. Paris-Dakar taugliche Trucks, gigantische Trecker, Zugmaschinen von Titan, Off Roader mit Seilwinden, die sogar ganze Eisenbahnzüge ziehen konnten und Prototypen von Ferrari, Maserati und Bugatti. Natürlich mit mindestens 600 PS und Allrad-Antrieb. Highlight war der neue Aston Martin V12 Zagato, der extra von der italienischen Designschmiede für das „Frauenengel"-Projekt gestylt wurde. Unter dem frenetischen Jubel der Zuschauermassen setzte sich der Treck nun in Gang, um in den Weiten des Bayrischen Waldes eines der letzten Geheimnisse der Neuzeit zu erforschen. Live-Sondersendungen in ARD und ZDF und nahezu allen Nachrichtensendern europaweit berichteten vom Start des „Frauenengel".

Prof. Dr. Schweizers hoffnungsvolle Rede zur Zukunft von Mann und Frau

Am Vorabend hatte Prof. Dr. Schweizer in einer Eurovisionssendung zusammen mit einigen anderen maßgeblichen Förderern des Unternehmens die einzelnen Ziele des Projekts vorgestellt. Dabei gab er genaue Einblicke in eine Welt, die den Fraumännchen bis dato vollkommen verborgen geblieben waren.

Prof. Schweizer führte aus: „In den letzten Jahrzehnten wurde die Gattung Mann nach Jahrtausenden des geschätzten Daseins vehement an den Rand der Gesellschaft gedrängt. Der wahre, ursprüngliche Mann wurde von einer Bewegung von Hardcore-Feministinnen immer mehr in seinem Bestand bedroht. Von langer Hand vorbereitet hat die Führungsschicht dieser Gruppierung, der heute mehrere Millionen

Frauen angehören, jungen erwachsenen Männern eine vollkommen neue Form des Mannseins eingetrichtert. Der heute 20-bis 40-Jährige glaubt seine Bestimmung in Tätigkeiten zu finden, die seit Menschen Gedenken der Frau vorbehalten waren. Diese war aber keineswegs im Zuge der Evolution entstanden, sondern wurde vor allem durch gezielte Propaganda der Männergegnerin Mechthild Weisser und ihrer mittlerweile riesigen Medienholding propagiert. Frau Weisser lies keine Gelegenheit aus, Frauen klar zu machen, dass der Mann nichts aber auch gar nichts könne, was die Frau nicht mindestens genauso gut kann. Sie ging sogar so weit zu sagen, der Mann sei lediglich ein lästiges Anhängsel, das sich erst einmal seine Bedeutung erkämpfen müsse. Sie wiegelte die Frauenwelt auf, sich ihren Männern zu verweigern, wenn diese sich nicht zusätzlich zu deren beruflicher Arbeit auch noch der Kindeserziehung und dem Haushalt widmen würden. Innerhalb weniger Jahre entstand somit eine neue männliche Schicht, die große Probleme hat, überhaupt noch irgendeine männliche Eigenschaft entwickeln zu können. Eine der schwerwiegenden Folgen für die gesamte Volkswirtschaft war, dass der Mann immer weniger in der Lage war, seine Dynamik als Führungskraft miteinzubringen. Immer mehr Betriebe wurden mehr und mehr verquotet. Aus der männlichen Führungsspitze mit Erfolgsgarantie wurde eine sich ständig bekriegende Troika von Vorstandsfrauen, die sich zu Diskussionsrunden auf höchster Ebene entwickelten. Diese brauchten dann Monate lang, um auch nur kleinste Veränderungen in ihren Betrieben in Gang zu setzten. Dabei spielten äußerst selten betriebswirtschaftliche Faktoren eine Rolle. Vielmehr kam es zu enormen Termin-Problemen, weil zwei der Vorstandsdamen in Teilzeit arbeiteten und die Dritte gerade eine flexible Sabbatical-Zeit in Anspruch nahm. Erschwert wurde so manche Entscheidungsfindung auch, weil die eine Frau Vorstand eine 3/8 Stelle und die zweite eine 6/7 Stelle innehat. Im dreiwöchigen Rhythmus war zudem zu berücksichtigen, dass ein Jivamukti-Yogakurs auf den Malediven von Vorstandschefin Nr.2 den Terminspielraum weiter einengte. Aber auch unterhalb der Führungsriegen wird das Leben des wahren Mannes immer schwerer. Das fängt z.B. bei den mittlerweile sehr selten ausgeschriebenen Stellen von Chefsekretären an. Was heute in diesem Berufsbild von Männern verlangt wird, ist schon gesundheitspolitisch nicht mehr vertretbar. Gewerkschaftsvertreter sprechen von geradezu unmenschlichen Arbeitsbedingungen. Das Aufgabengebiet umfasst 300 % mehr, als die Chefsekretärin alten Schlages zu bewältigen hatte. Konnte eine junge Dame mit Schönheit, engem Kostüm und viel Verständnis für die Probleme ihres Chefs aufwarten, war dies schon der halbe Weg zu einer Toppkraft. Wenn Sie dann auch noch im rechten Moment mit einem Lächeln die Lieblingsschokolade ihres Chefs auf den Schreibtisch zauberte, stand einer Jahrzehnte langen Anstellung mit jährlicher Gehaltserhöhung nichts mehr im Wege. Insbesondere dann, wenn sie gerade einen Anruf der ewig nörgelnden Gattin mit einer glänzenden Begründung abgewimmelt hatte. Heute hingegen schuftet der Chefsekretär bis zur Erschöpfung und hat nicht mal eine Minute mehr Zeit, um seine eigene Optik aufrechtzuerhalten. Er hat praktisch zu seinen Bürotätigkeiten auch noch die Aufgaben eines Haushandwerkers und des Psychologen übernommen. Dies, ohne auch nur einen Euro mehr zu bekommen oder auch nur ein einzelnes anerkennendes Wort zu erhaschen. Da die meisten Chefinnen heute auch noch in Teilzeit arbeiten, muss er diese auch ständig auf Terminen vertreten. Alles zu einem Gehalt, das nicht mal einem Zehntel dessen der Chefin entspricht. Selten schafft es ein Chefsekretär länger als fünf Jahre in seinem Job, bevor er mit dem Notarzt

in die Klinik gebracht wird oder gleich eine Frühverrentung erfolgen muss. Eine weiteres Beispiel dafür, welch zusätzlicher Kostenfaktor hier auf die Volkswirtschaft zukommt. Die Einführung dieser absurden Quoten hat in keinster Weise zu einer Gleichberechtigung der Geschlechter geführt. Im Gegenteil, von wenigen Ausnahmen abgesehen, führte diese zu einer massiven Verschlechterung der Arbeitsbedingungen und der Arbeitszeit. Ein Vertreter von Verdi sprach jüngst mit Recht von einer „Versklavung des Mannes". Eine Formulierung, die nicht wenige Männer noch für untertrieben halten. Konnte sich der Sklave im 19. Jahrhundert in vielen Fällen noch selbst frei kaufen und hatte damit wenigsten Hoffnung auf eine Besserung seiner Situation, versucht die moderne Frau alles, dass der Mann keinerlei Chancen hat, aus seiner vorgefertigten Fahrrinne zu entkommen. Analog zum Lebensmotto der 60er Jahr könnten die Teufelslettern von heute heißen: „No sex, no drugs, no rock and roll." Jeder Lebensgenuss des ursprünglichen Mannes wurde dem modernen Mann aberkannt und auf nimmer Wiedersehen verwehrt!
Nun, wie konnte es zu dieser verheerenden Veränderung in unserer Gesellschaft kommen? Der Grund war einzig und allein die Bewunderung und der Respekt des ursprünglichen Mannes gegenüber der Frau. Der Mann zeigte in vergangenen Jahrhunderten immer mehr und mehr Toleranz und Einfühlsamkeit. Eine Frau auf Händen zu tragen, eine Fähigkeit, die fast jeder Mann in der Lage war auszuüben, wurde von einer Gruppe von feministischen Fanatikerinnen schamlos ausgenützt. Sie suchte sich dazu einen Ort, an dem der ursprüngliche Mann besonders verletzlich war: Das eheliche Bett!
Systematisch schraubte die Frau die statistischen Werte für den so wichtigen Sex zurück. Man berief sich dabei auf nicht näher benannte Studien in den USA und Kanada, die in den

Weisser Magazinen „Gitte Woman“ und „Frau Direkt“ monatlich veröffentlicht wurden. War es in den achtziger und neunziger Jahren noch vollkommen normal, mindestens jeden zweiten Tag Sex miteinander zu haben, versuchten diese Magazine den Damen glaubhaft zu machen, dass einmal im Monat immer noch genug sei. Dies versuchte vor allem die „Gitte Woman“ auf infame Weise. Man interviewte hier jeden Monat irgendwelche Promifrauen, zumeist mehrfach geschiedene Yoga-Anhängerinnen. Sie wiegelten die Frauenwelt gegen die Männer auf mit Sätzen wie: „Wollen Sie ein Leben lang ein Heimchen am Herd sein?“ oder „Frauen sind im Beruf zweimal so gut, wie jeder Mann.“ Gleichberechtigung wurde zum Oneway-Ticket erklärt. Die moderne Frau hätte ein Recht auf nahezu alles. Pflichten wurden als Unterdrückung durch den Mann gegeißelt. Warum überhaupt sei Kindeserziehung Frauensache? Der Mann hätte ja seinen Spaß gehabt, jetzt müsse er ran mit der Bespielung der Kinder. Warum solle sie noch kochen, schließlich hätte der Mann genügend Möglichkeiten, sich selbst seine Pausenbrote auf veganer Basis zu streichen.
Liebe Anhänger des Projekts „Frauenengel“, aus all diesen geschilderten Gründen bin ich überglücklich, Sie so zahlreich hier in Passau willkommen zu heißen. Morgen wird ein denkwürdiger Tag sein, der hoffentlich einen Wendepunkt in den Beziehungen von Frau zu Mann bringen wird. Lassen Sie uns zurückkehren zu einer Zeit, in der Männer stark und männlich und Frauen schwach und weiblich sein durften. Liebe Damen, bleiben Sie wieder erwartungsvoll stehen und lassen Sie sich von einem höflichen Herrn die Tür öffnen. Freuen Sie sich wieder darauf, dass ein muskelbepackter Jüngling in engem Bodyshirt die schweren Tragetaschen in den vierten Stock trägt. Freuen Sie sich, wenn ihr Mann den 2000 qm Rasen wieder alleine mäht und das Gras auch noch

selbst wegräumt. Es kommen wieder die Tage, an denen ein großer Strauß roter Rosen Ihres geliebten Mannes auf dem Frühstückstisch steht, in dem eine Einladungskarte für ein Musical in Wien (natürlich zu zweit) versteckt ist. Der Mann wird wieder Reifen wechseln und zum Tanken fahren. Er wird den Zinssatz bei den Bankkrediten drücken, die Handwerker wieder gefügig machen und dafür sorgen, dass sich die eigene Mutter nicht zu lange breit macht, wenn es wieder einmal heißt: „Weihnachten ist ein Fest der Liebe und Familie." Männer werden wieder gerne in die Arbeit gehen. Sie werden Männer wieder strahlen sehen, wenn diese in Ihre Küche treten und sie werden zu schwärmen beginnen über den Duft köstlicher Rohrnudeln mit leckerem Pflaumeninhalt. Sie werden wieder spüren, dass es einen direkten Zusammenhang gibt zwischen erotischer Anziehungskraft und einer mit Liebe gemachten Mehlspeise.
An Sonntagen werden Sie wieder entspannt einer Ente beim Brutzeln im Rohr zuschauen und dabei spannende Sendungen auf Bayern 2 hören können. Samstage werden für Sie wieder zu Einkaufs-Eldorados, weil Ihr Mann schon seit 12.00 mit den Kindern auf dem Weg in die Allianz Arena unterwegs ist und sie alle zusammen erst um sieben Uhr abends mit der Euphorie eines 4:0 Sieges zurückkehren werden. Es wird wieder zu goldenen Zeiten für beide Geschlechter kommen, in denen endlich wieder jeder das macht, was er besonders gut kann und auch besonders gerne macht. Vorbei wird die Zeit sein, in der sich Frauen in unbequeme Leinenoveralls oder kratzige Naturwoll-Pullis zwängen müssen. Weg mit dem Kurzhaarschnitt, der an einen Gefängnisaufenthalt in Guantanamo erinnert. Jetzt geht es mindestens einmal im Monat wieder zum Coiffeur Ihrer Wahl. Nicht mehr dieses Zack-Zack mit der Haarscheer-Maschine. Nein, es gibt für Sie endlich wieder drei Stunden an Wohlfühl-Zeit, mit einer

frischen Tasse Kaffee, einem kleinen Prosecco und vielen bunten Magazinen mit so richtig viel Klatsch. Sie werden sich wieder schick machen und Ihre Reize in Szene setzen und das Schönste dabei wird sein, dass Ihnen der Gatte keinerlei Vorhaltungen machen wird ob der nicht unerheblichen Ausgaben, denn er wird glücklich sein, wieder eine sexy Biene vor sich zu haben, nach der sich auch viele andere Männer umdrehen. Sie werden wieder eine richtige Frau und er wird wieder ein echter, wahrer Mann sein!
In diesem Sinne lassen Sie uns die Gläser erheben und sprechen wir einen Toast aus auf ein erfolgreiches Gelingen unseres Projektes! „Frauenengel – lebe hoch, hoch, hoch!“

Der gelbe Engel

Der Start des Wagentrecks glückte einwandfrei, wenn es auch bis zur Stadtgrenze in Hacklberg nur schleppend voran ging, da immer wieder MFO Aktivistinnen versuchten, sich auf die Fahrbahn zu legen oder sich an den großen Kuhfänger-Stoßstangen der Cross-Fahrzeuge anzuketten. Aber man sah hier schon, dass sich hier wahre Männer im Treck zusammengefunden hatten, die ihre ureigensten Fähigkeiten mehr und mehr zum Einsatz brachten. So hatte Dr. Dipl. Ing. Böblinger von der Fa. Stihl die besten und innovativsten Produkte seines Hauses dabei und machte diesem Treiben in Windeseile den Garaus. Auch der Feuerwehrspezialist Metz war mit einer Spezialisten-Truppe der Berufsfeuerwehr Ludwigsburg dabei und schoss sich praktisch den Weg frei mit der neuen 10 bar Löschspritze PZW1000. Bereits beim Einbiegen Richtung Bayerwald war der Respekt der renitenten Frauen vor den Kapazitäten der Männer spürbar und man zog sich vorsichtshalber zurück. Grund war auch, dass der Luftraum über

Passau zu 100 % im Besitz der „Frauenengel“-Leute war. Der ADAC hatte in einer konzertierten Aktion mit dem Österreichischen ÖAMTC ein Dutzend Helikopter zur Verfügung gestellt, um den Teilnehmern zu einem erfolgreichen Gelingen zu verhelfen. Besonders erfreut war man, dass Magnum-Star Tom Selleck und sein Serienpilot höchstpersönlich am Steuerknüppel von ADAC H333 saßen und mit ihrer enormen Erfahrung aus Hawaii sehr nützlich waren. Glücklicherweise waren bei den letzten Verhandlungen der Vorstandsposten von ADAC und ÖAMTC die Bestrebungen der Frauenlobby noch einmal abgewehrt worden und es wurden die Verträge der bestehenden männlichen Vorstände verlängert, die dann sofort begeistert der Universität Passau ihre Unterstützung zusagten.
Da fällt mir gerade ein, dass es beim ADAC geradezu herausragende Beispiele für die Bedeutung des Mannes gibt. Dort gibt es nämlich die „Gelben Engel“. Die immer hilfsbereiten Pannenhelfer, über die besonders alle Frauen so froh sind, wenn sie mal am Straßenrand stehen und nicht im Geringsten wissen, wie es weitergehen soll. Das Auto mag mal wieder nicht weiterfahren. Für fast alle Frauen am Steuer ein vollkommen unverständlicher Vorgang! Man habe doch erst vor gut drei Wochen für 15,– Euro getankt und beim letzten Kundendienst vor drei Jahren wurde doch das Öl auch nachgefüllt. Sicher kamen aus dem Motorraum seit ca. einem halben Jahr andere Geräusche als sonst, aber ein Auto ist ja bestimmt nicht immer gleich drauf. Klar, draußen steht der kleine, rote Vierrädrige schon über Nacht den ganzen Winter lang, aber einem Kasten aus Blech sollte doch ein Monat bei –20 Grad doch wirklich nichts ausmachen. Außerdem hätte ihr beim Kauf niemand gesagt, dass es eine Bremsflüssigkeit gibt, die alle zwei Jahre auch mal ausgetauscht werden müsste. Sie war sich sicher, sie hätte Scheibenbremsen und keine

Flüssigbremsen. Zum Waschen und Reinigen hätte sie nun wirklich keine Zeit, sie habe eh schon so viele Termine. Und die Lichter vorne und hinten gehen auch nicht mehr so richtig und das könne nun wirklich nicht allein an der Staubschicht liegen. Also, länger als zwei Jahre sei der letzte Waschstraßenbesuch nun auch nicht her!
So oder ähnlich gestalten sich die alltäglichen Geschichten, die der Retter vor Ort von der Damenwelt zu hören bekommt. Aber jetzt ist ja der Gelbe Engel da und alles wird sich zum Guten wenden. Ja, sie haben richtig gelesen, ich habe „der" Gelbe Engel gesagt. Der gelbe Engel ist männlich und das durch und durch. Oder haben Sie vielleicht schon mal einen weiblichen gelben Engel gesehen. Doch, Entschuldigung, da hätte ich doch glatt einen weiblichen Engel unterschlagen. Das ist nämlich die eine kurzhaarige Blondine, die immer in der Weihnachtsausgabe der ADAC-Zeitschrift zum Fest den Quotenengel gibt. Frauen und Autos, das sind einfach zwei Welten, die eigentlich nicht auf einen Globus passen. Aber haben wollen die Damen dann doch ein Eigenes. Klein muss es sein, praktisch und vor allem rot. Alle anderen Farben sind für Frauen immer nur Notlösungen. Und sparsam soll es sein, am besten elektrisch, wegen der Ökobilanz. Und nicht viel kosten darf es. Und vor allem schnuckelig! Iiiiiigitt, was sind das denn für Kriterien, um zu einem der wichtigsten Dinge des Lebens zu kommen. Kein Wunder, dass da keinerlei inniges Verhältnis zwischen Frau und Auto aufkommen kann. Aber wenn das knallgelbe Rettungsfahrzeug mit dem gelben Blinklicht auf dem Dach in der Ferne auftaucht, ist die Frau dann wieder durch und durch ein weibliches Wesen. Wie Dornröschen im verwunschenen Schloss wartet es mit geschlossenen Augen auf ihren Retter. Wenn sich dann die Türen des VW Sharan vom ADAC öffnen, tritt in ihren Augen der strahlende Prinz in seiner gelben Uniform auf sie zu und

sie kann ihrer Erleichterung endlich freien Lauf lassen. Dabei ist für sie unerheblich, ob Prinz Engel 1,65 m groß mit Kugelbauch oder 195 und spindeldürr ist. Die Hakennase oder Segelfliegerohren spielen für sie nicht die geringste Rolle. Auch sein akademischer Grad oder seine Gehaltsabrechnung sind sowas von unwichtig. Ihre Augen kleben förmlich an seinen Händen, wenn diese kraftvoll die Motorhaube öffnen und wie von Zauberhand arretieren. Nur für Sekunden wird sie nervös, als sich die Stirn des gelben Aristokraten in Falten legt. Aber nach wenigen Momenten öffnet sich ihr Herz vollkommen, als er klar und siegessicher sagt: „Kein Problem, gnädige Frau, das haben wir gleich!" Unglaublich, welche Stärke, welche Strahlkraft, welche Kompetenz. In diesen Momenten könnte auch die moderne Öko-Frau diesem Helden nicht einen einzigen Wunsch verwehren und sich vollends dem selbst geschaffenen Fraumännchen abschwören. Unser Servicemann ist eben ein Mann alter Schule par excellence. Er ist ein Retter, macht nicht viel Aufheben um seine Taten, genießt im Stillen die Anerkennung durch die Frau. Warum, frage ich mich hier, kann es so nicht auch abseits der Pannenhilfe zugehen. Warum macht dieses Beispiel nicht wieder Schule auch bei der jüngeren Generation. Vielleicht ist vielen jungen Frauen und Müttern diese wunderbare Retro-Alternative überhaupt nicht mehr bekannt. Sind sie total eingelullt von der ständigen Propaganda der Weisser Holding und sehen sie das Schöne in Form des wahren Mannes nicht mehr? Ich weiß es einfach nicht!

Was ist das Frauengel-Projekt?

Während der Konvoi sich in die unbekannten Weiten des Bayerwaldes entfernte, moderierte Anouschka Horn von Bayern 3, die schon den ganzen Tag durch die Livesendung aus Passau führte, eine Dokumentation an, die den Zuschauern das Projekt „Frauenengel“ näher erläutern sollte:

„Seit ca. einem Jahr war immer wieder von Förstern, Waldarbeitern oder Wanderern berichtet worden, dass sich eine Gruppe von engelhaften Wesen in den Waldgebieten zwischen Grafenau, Haidmühle und der tschechischen Grenze aufhalten solle. Wenn man aber versucht hatte, mit diesen Schönheiten Kontakt aufzunehmen, waren sie plötzlich wie vom Erdboden verschluckt. Einige Förster hatten versucht, Fotos zu schießen, aber obwohl sie sich sicher waren die Phänomene exakt im Fokus zu haben, waren anschließend die Speicherchips der Kameras nur mit weißem leerem Hintergrund belegt. Eine Gruppe der Naturfreunde Tittling hatte sich Wochenende für Wochenende in extra gebauten Unterständen auf die Lauer gelegt, um ein Foto dieser weiblichen Engel zu erhaschen. Bis heute ohne jeden Erfolg, obwohl man immer wieder Blickkontakt zu ihnen hatte. Auch die Behörden auf der anderen Seite der Landesgrenze, im tschechischen Sumava, dem Böhmerwald, bestätigten ähnliche Vorkommnisse. Offensichtlich handelte es sich um eine fünf- oder sechsköpfige Frauengruppe, die sich im Stile der Flowerpower-Frauen der siebziger Jahre kleidete. Alle schienen nicht älter als 20 Jahre. Sie hatten keinerlei Schuhwerk und liefen barfuß durch die Wälder. Obwohl sie weder aggressiv noch feindlich wirkten, wollten sie offensichtlich den Kontakt zu anderen meiden. Sie schienen verschreckt und hatten ganz offensichtlich Angst vor etwas. Erstaunlich war auch, dass sie keineswegs verwahrlost oder ungepflegt wirkten.

Im Gegenteil, sie waren geschmackvoll geschminkt, braun gebrannt und auch der Lippenstift war ihnen kein unbekanntes Hilfsmittel. Da sie auch mehrmals am Nordufer des Drei-Burgen-Sees in knalligen Dreiecksbikinis angetroffen wurden, konnte man auch ziemlich sicher sein, dass sie über Ganzkörperbräune verfügten, ähnlich den früher so häufigen Anhängerinnen der Freikörperkultur. Dies war einer der Gründe zu vermuten, die Gruppe könnte aus Ostdeutschland eingewandert sein. Eine weitere Spur führte zudem ins Erzgebirge. Weil man bei den diversen Nachforschungen nicht so richtig weiterkam, richtete man ein Koordinationszentrum an der Uni Passau ein, in der Prof. Dr. Schweizer alle Daten zusammenführen ließ. Nach monatelangen Auswertungen kam man zu dem Schluss, dass es sich um eine Gruppe äußerst attraktiver, junger Frauen handelte, die nicht länger in der heutigen Mainstream-Gesellschaft der genormten Öko-Intellektos leben wollten und die Flucht in die Wälder als einzigen Ausweg sahen. Da sie aber nach wie vor ihre weiblichen Reize pflegten und sogar betonten(einige Wanderer, die Sichtkontakt zu der Gruppe hatten, meinten sogar, sie fühlten sich an die Bardot und Bo Derek erinnert), gehen die Wissenschaftler davon aus, die jungen Frauen hätten die Hoffnung nicht aufgegeben, in den Wälder auf ihre natürlichen Pendants, die wahren, echten Männern zu treffen. Es sei zudem nicht ganz unwahrscheinlich, meinte Prof. Dr. Dr. Instinktler, dass solche Männergruppen auch durch den Bayrischen oder dem Böhmerwald streiften. Dazu passende Kontakte hatte es wohl schon gegeben, als ein Polizist in der Nähe von Haidmühle und ein Paketzusteller im nur wenige Kilometer entfernten Neureichenau unabhängig voneinander mehrere langhaarige, muskelbepackte Männer gesehen haben wollen, die etwas desorientiert in Mischwaldarealen nahe eines alten Salzhändler Pfades unterwegs waren. Beide Male verschwanden die Gruppen wie die Wiesel in den Wäldern, kurz nachdem Sie bemerkt wurden. Mit dieser großangelegten Expedition versuche man nun den wissenschaftlichen Beweis über deren Existenz zu führen und vielleicht sogar ein Zusammenführen der verschieden geschlechtlichen Gruppen zu ermöglichen. Sollte sich dies alles bewahrheiten, habe man die Schaffung eines neuen Naturschutzgebietes bereits ins Auge gefasst.“ Soweit zum Hintergrund-Bericht im BR mit Anouschka Horn.

Der Karriereweg zum Fraumännchen

Zum Schluss noch einige grundsätzliche Betrachtungen zum sogenannten modernen Mann. Wer ist er eigentlich, der moderne Mann? Woher kommt er? Was will er? Was macht ihn aus? Fangen wir mal mit der Frage an, aus welchen gesellschaftlichen Schichten der moderne Mann mehrheitlich kommt. Ganz klar aus der Mitte der Gesellschaft, aus dem sogenannten Establishment, ist hier die Antwort. Einer Schicht, in der es den Menschen wirtschaftlich und sozial gut geht. Es scheint eines der immer wiederkehrenden Beispiele in der Geschichte der Menschheit zu sein. Geht es dem Menschen zu gut, sorgt er dafür, dass es ihm wieder schlecht geht. Tragischerweise hat sich hier einzig und allein der Mann einen derartigen Weg gesucht und die Frau hingegen einen Evolutionsvorteil genutzt, um dem Mann bei seiner Selbstzerstörung auch noch behilflich zu sein. Die meisten dieser Kamikaze-Männer haben einen akademischen Bildungsgrad. Sie kommen aus eher bürgerlichen Familien und versuchen, sich den medial verbreiteten Anforderungen anzupassen. Sie sind meist harmoniebedürftig und lassen sich gerne vom Weibsvolk manipulieren. Sie sehnen sich zumeist nach einer gebildeten Partnerin und glauben, dass sich dieser Anspruch nicht mit etwaigen Hausfrauenpflichten vereinbaren lässt. Am Anfang ihres Hochschulstudiums träumen sie von einer sexy Kommilitonin, die später Literaturprofessorin werden wird und sie dann gemeinsam durch die Welt reisen werden, um ein Leben voller Sex und Intellektualität zu führen! Nach dem Studium haben vor allem die weniger gut aussehenden Jungmänner ihre Bedürfnisse auf ein bisschen Sex und ein wenig Intellektualität zurückgeschraubt. Wenn Sie dann von den tatkräftigen Akademikerinnen geangelt werden, ködern sie diese zuerst mit geradezu ausufernder Sexualität, was auch nicht so schwierig ist nach den Jahren körperlicher Magerstufe. Im Überschwang der Emotionen lässt sich dieser Typus Mann dann von der Bedeutung der Familiengründung überzeugen. Kaum hat sich dann allerdings Nachwuchs Nr. 1 eingestellt, ändert sich die Lage grundlegend. Spätestens sechs Wochen nach dem eigentlich freudigen Ereignis der Geburt wird dem Mann ein 24-seitiges Lastenheft auf den Tisch gelegt, das sein Leben um 180 % drehen wird. Die junge Mutter nutzt es schamlos aus, dass der pflichtbewusste junge Vater nur zu schnell Verständnis zeigt, dass die Geburt schwer war und die Erschöpfung der Frau mindestens sechs Monate anhalten wird.

Er steht des Nächtens auf und schaukelt das schreiende Baby wieder in den Schlaf, obwohl er in den Anfangsjahren seiner noch jungen Berufskarriere viele Überstunden machen muss und auch das Wochenende mit nach Hause genommener Arbeit vollkommen ausgefüllt ist. Kein Vergleich jedoch zu seiner Herzensdame, die sich ja 24 Stunden am Tag um das kleine Wesen kümmern muss. Dass der Nachwuchs davon 20 Stunden schläft bleibt unerwähnt. Nach drei Monaten stillt die Mutter ab, er wolle ja schließlich auch, dass der Busen in Form bleibt. Begeistert willigt der Mann ein, denkt er schon

wieder an die hemmungslose Erotik aus der Anfangszeit. In diesem Moment kommt ihm nicht die Erinnerung, dass er in den letzten Monaten die runden Objekte der Begierde gar nicht mehr zu Gesicht bekommen hat, hatte der Kleine bei der ganzen Nuckelei diese ständig abgedeckt. Das Abstillen hat dabei für die Frau eine ganz andere Bedeutung. Es wird nicht nur der Kleine, sondern auch der große Fan ihrer Brüste systematisch abgestillt. Beides bedeutet, dass für unseren Jungakademiker das nächtlich mehrmalige Aufstehen zu einem Pflichttermin wird, weil er dem Nachwuchs die Flasche geben muss. Zum anderen wird die Abstinenz von den weiblichen Brüsten verlängert, da sich durch das Stillen eine unangenehme Empfindlichkeit oder gar Allergie auf männliche Berührungen einstellt. Auf die vorsichtige Nachfrage, wie lange das denn dauern werde, legt man ihm einen Bericht aus der „Frau direkt" vor, dass dies schon mal ein Jahr dauern könne. Beginnt dann der kleine Fratz zu krabbeln, fällt der Frau Magister die Decke auf den Kopf. Er habe es so schön in der Arbeit, habe intellektuellen Austausch, pflege in der Firma soziale Kontakte und sie sitze allein zu Hause und müsse den ganzen langen Tag mit Spaziergängen in überfüllten Einkaufszentren verbringen und sich die Nerven in den Sandkästen der Spielplätze ruinieren. Der Mann könne sich nicht vorstellen, wie viele „gestresste Mütter" dort zu ertragen seien. Was seien das nur für Frauen, die sich dort stundenlang die Sonne auf den Pelz brennen lassen? In diesen Momenten wird sich der junge Vater zum ersten Mal bewusst, dass er selbst so eine Dame kennt!
Aus Harmoniegründen und der Hoffnung, am Abend endlich mal wieder Schlafzimmer-Atmosphäre ohne Kind genießen zu dürfen, sagt er erst mal nichts. Frau Mutter hingegen brauche jetzt auch wieder mal Zeit für sich allein und habe einen Yoga-Kurs dreimal wöchentlich zwischen 7 und 9 Uhr abends

gebucht. Das treffe sich optimal, denn wenn der Herr Rechtsanwalt um 18.30 nach Hause komme, habe er die Möglichkeit, auch mal alleine mit dem Kleinen zu spielen und könne den Stress von sich abfallen lassen, nach den ganzen Juristereien untertags in der Kanzlei und vor Gericht. Super nicht? Zum ersten Mal tauscht er sich dann wenigstens ein bisschen mit einem Kollegen aus, wie das bei ihm zuhause so sei. Dieser will sich keine Blöße geben und bestätigt, das dies ganz normal sei und zeitlich absehbar. Ein glatte Lüge, aber was soll man von einem umerzogenen Fraumännchen verlangen? Man tue es ja gern und für das Wohl der Kinder. Eine weitere haarsträubende Lüge! So sieht unser Held seine nicht mehr so ganz Liebste montags, mittwochs und freitags nur mehr im Hausflur, denn die Lady wartet schon fertig angezogen und geschminkt, wenn er abgehetzt um 18.30 Uhr nach Hause kommt. Der Kleine hätte schon so großen Hunger und freue sich schon so richtig darauf, dass er vom Papi gefüttert werde. Sie wünsche den beiden so richtig viel Spaß und entschwindet aus den Gemächern. Nach weiteren zwei Wochen wurde der ursprüngliche Zeitrahmen des sich Sehen noch kleiner, weil sie ihrem Mann mitteilt, dass sie beim Yoga eine so gemütliche Truppe seien, die sich nach den Übungen noch kurz auf ein Gläschen Wein zusammensetzen würde. So durfte der Mann drei Mal pro Woche den ganzen Abend allein zu Hause verbringen, da sich die gestresste Mutter selten vor 23.00 Uhr im trauten Heim einfand und sich Vater und Kind schon im Reich der Träume befanden. Das Kind freute sich natürlich, es war ja so kuschlig mit dem Papi, einem Vater, der seine neuen Aufgaben genauso ernst nahm wie seine Anwaltspflichten und sich somit jeden Abend neue Spielereien für den Kleinen ausdachte. Einige Wochen später jedoch musste Papi aus Gründen der physischen Erschöpfung seine abendliche Vorgehensweise abändern. Er suchte während der Arbeitszeit im Internet nach möglichst monotonen und somit stark einschläfernden Gute Nacht Geschichten, die er sich von seiner Sekretärin Fräulein Zauberhügel ausdrucken lies. Ein bezauberndes Persönchen übrigens, die er sich leider mit seinen zwei anderen Jungadvokaten-Kollegen teilen musste. Egal! Ein Drittel Zauberhügel war weitaus besser wie gar kein Zauberhügel. Somit hatte er am Abend wenigstens ein dringend benötigtes Hilfsmittel, wenn der Sohn mal wieder ums Verrecken nicht einschlafen wollte. Er hatte es schon mit 12 Monaten gecheckt, wie man Papi auf Trab halten konnte. Er verlegte sich immer dann auf ein theatralisches Kreischen, wenn das von Vati inszenierte Marionettentheater den Vorhang fallen ließ und er einschlafen sollte. So verlegte er sich eben auf diese Internet-Einschlafgeschichten. Der Kanzleichef machte zudem mächtig Druck, weil die Kunden von Großklient Pauk und Cloppenbach keine weiteren Verzögerungen duldeten. Er sei schließlich noch jung und wolle doch hier in der Kanzlei noch so richtig Karriere machen. Gerade jetzt, wo er stolzer Familienvater sei und ihm seine Gattin den Rücken freihalte, könne er sich so richtig auf den Beruf konzentrieren. Es gäbe nichts über ein intaktes Familienleben! Übrigens solle er die junge Mutter von seiner eigenen Gattin grüßen und ihr ausrichten lassen, dass nächstes Wochenende eine Yoga-Session auf Burg Zwiesel stattfinde, auf der der Yogameister Pasquale Brommel sein neues Karma-Training vorführe. Er selbst habe seiner Frau schon einen Platz gebucht. Ok, nicht ganz billig, wie er zugebe, aber letztendlich seien die 1750 Euro für das Wochenende gut angelegt. Das wäre doch auch was für seine Frau. Aha, dachte sich unser mittlerweile recht unglückliche Held. So läuft das System im Berufsleben. Man muss also zuerst mächtig schuften, damit man sich Frau und Kind leisten kann und wenn man Karriere gemacht hat, dann muss man kräftig Geld ausgeben, damit man es sich leisten kann, dass die Gattin ein Wochenende mindestens 100 Kilometer weg vom trauten Heim verbringt. Es wusste doch wirklich jeder (außer seiner Frau natürlich, die es wohl auch nicht wissen wollte), dass Franz von Beutelschneider seit Jahren monatlich alternierende Verhältnisse mit Frau Ziermichnicht aus der Buchhaltung und Fräulein Ichwillhoch, der jungen, langbeinigen Assessorin aus der Vertragsrechtsabteilung hatte. Kollege Mayer meinte, diese Mal sei die Ziermichnicht an der Reihe. Woher er das so genau wisse, wollte unser Jungvater wissen. Dies sei immer derselbe Ablauf, denn, wenn die Ziermichnicht dran ist, ist sie immer vier Tage vorher krank. Scheinbar ist der Alte immer noch ganz schön fit, was aber auch kein Wunder sei, überlasse er ja die ganze Maloche mit Pauk und Cloppenbach ihnen beiden. Schöne Aussichten für die Zukunft! Abends schwärmte die Gattin schon eine geschlagene Stunde vom Yogameister Brommel. Es war heute Dienstag und er wollte endlich mal wieder ran. Sie erinnern sich, Dienstag und Donnerstag war kein Yoga. Er hörte ihr verständnisvoll zu, genauso wie er es bei seinen Klienten machte. Nur mit dem Unterschied, dass er am Ende eine dicke Rechnung schreiben konnte und hier bei seiner Frau am Ende nur neue Probleme und zusätzliche Kosten auftraten. Genau so war es auch heute. Sie erzählte ihm, wie locker und biegsam der große Meister den Körper mache und welche tiefen inneren Emotionen damit nach außen treten könnten. Solche Sätze kommen bei den zuhörenden Männern übrigens gänzlich anders an, wie sie von Frauen eigentlich gemeint sind. Noch dazu, wenn der Testosteron-Spiegel auf ein schier unerträgliches Maß angestiegen ist. Der Herr Rechtsanwalt deutet es jedenfalls als eine Aufforderung, dass heute wieder mal Anlass für das monatliche Highlight sei, was sich jedoch als fataler Irrtum herausstellte. Sofort, als er seine

Absichten erkennen lässt, wurde er brüsk von seiner Gattin als Trieb gesteuerter Prolet zurückgewiesen. Sie versuche gerade ein ernsthaftes Gespräch über innere Werte zu führen und er, der, ich zitiere „alte geile Sack, denke immer nur ans ficken". Das sei ja mal typisch Mann. Er interessiere sich nicht im Geringsten für ihre Ängste, Nöte und Emotionen. Sie als intellektuelles Wesen, habe keinerlei Bedeutung für ihn. Es sei immer dasselbe mit diesen Ego-Typen, erst machen sie einem ein Kind und dann lassen sie einen vollkommen allein mit den ganzen Sorgen. Er würde eh bloß den ganzen Tag in der Kanzlei rumhängen, sich im Internet eine Pornoseite nach der anderen reinziehen und der Zauberhügel in den Ausschnitt glotzen. Männer seien einfach nur Schweine. Sie könne nicht begreifen, wie sie auf so einen Typen wie ihn nur reinfallen konnte!
Tja, liebe Leser, das waren die originalen Worte einer sogenannten „modernen" Frau! Wie zu befürchten war, wurde es nichts mit dem Erotikabend und die Dame des Hauses sprach zwei Tage kein Wort mehr mit dem Vertreter der untersten männlichen Kaste. Leider hat ein solches Erlebnis dramatische Auswirkungen auf das Selbstverständnis eines Mannes. Von Selbstzweifel geplagt und mit Schuldgefühlen behaftet, hatte unser Proleten-Schwein in einer Express-Aktion einer anderen Kursteilnehmerin des „Karma-Seminars" deren Ticket samt Zimmerbuchung abgekauft. Dies war nötig geworden, da diese Selbsterleuchtungs-Session komplett ausgebucht war. So war er glücklich, es doch noch möglich gemacht zu haben, dass seine Holde nicht mehr glaube, er sei ein sexgeiler Juppie. Leider hatten sich so die Kosten für das Wochenende auf ansehnliche 3500,– Euro hochgeschraubt, da die Verkäuferin nicht nur scharf auf Erleuchtung, sondern auch betriebswirtschaftlich gut ausgebildet war. Sie begründete die Verdoppelung des Preises mit

einer Art Schadensersatz und anfallendem Schmerzensgeld. So stand er voller Zuversicht am Freitag Punkt 18.30 Uhr mit einem Blumenstrauß vor der eigenen Haustür. Sie erinnern sich sicherlich, dass Montag, Mittwoch und Freitag 18.30 Uhr die Übergabe-Termine im Hausflur waren, damit die genervte Mutter wenigstens einige Stunden Freiraum hatte. So bat er mit einem reumütigen Gesichtsausdruck um Verzeihung für sein rüpelhaftes Proleten-Verhalten. Er würde es nie wieder tun und überreichte einen 100,– Euro Blumenstrauß. Um wenigstens ein bisschen was gut machen zu können, möchte er ihr ein kurzes Wochenende bei Yoga-Guru Brommel schenken. In zwei Stunden um 20.30 Uhr würde sie eine Limousine abholen und sie direkt zum Seminar nach Zwiesel bringen. Alles sei für sie arrangiert. Gnädig dankte ihm seine neue Herrin, hauchte ihm einen Kuss auf die Wange und sagte, es sei gut, aber er wisse schon, dass man mit materiellen Dingen einen solchen tiefen Schmerz auch nicht ansatzweise gut machen könne. Sie möge aber Gnade vor Recht ergehen lassen und ihm eine neue Chance geben. Damit hatte unser armes Schwein seine Ernennungsurkunde zum rechtlosen Erfüllungssklaven unterschrieben und dabei auch noch 3500,– Euro gelöhnt. Hierbei handelt es sich um die typische Karriere eines Fraumännchens und leider keinen bedauernswerten Einzelfall. Mit knapp zwanzig ein hoffnungsvoller Spross der modernen Marktwirtschaft und zehn Jahre später ein mittelloser subalterner Befehlsempfänger, der um das blanke Überleben kämpft.

Aufruf zum Aufstand

Deshalb steht auf ihr unterdrückten Fraumännchen und heftet euch an die Fährten der wahren Männer jenseits der 50. Sie haben noch das Wissen und die Erfahrung, wie man sich gegen die Übermacht der modernen Frau wehren kann. Nur mit diesen harten Kämpfern gibt es noch die Chance, dass der echte Mann nicht ausstirbt. Tretet heraus aus der tristen Existenz eines Jammerlappens, der nur mehr Pflichten und keinerlei Rechte kennt. Gemeinsam seid ihr stark und könnt aufbegehren und siegreich sein gegen einen Feind, der von Anfang an mit unfairen Mitteln gekämpft hat. Der weibliche Körper wurde als tödliche Waffe gegen euch eingesetzt. Eine Waffe, deren Zerstörungskraft weit jenseits jeglichen atomaren Arsenals von Weltmächten liegt. Macht euch frei davon. Konzentriert eure Kraft auf diese Minderheit von Frauen, die den ursprünglichen, starken Mann zu lieben und zu schätzen weiß. Bildet Interessensgruppen, die Frauen mit Koch- und Backkünsten fördern und fordern. Spenden wir alle, um diesen Frauen den Zugriff zu hochwertigen Miele- und Bauknecht-Waschmaschinen zu ermöglichen. Leistung soll sich für diese Frauen wieder lohnen. Neue Bonussysteme werden auch so manchen Trockner wieder möglich machen. Wir werden diese unsere Verbündeten großzügig mit attraktiver, körperbetonter Kleidung ausstatten, so dass wieder Freude in deren und unser Leben kommen möge. So werden junge Männer lernen, wie es ist, wenn sich eine Frau wieder weiblich gibt, zeigt und bewegt. Löst euch von den maßlosen Forderungen, eurer Modern Way of Live Frauen!
Kehrt zurück an die Stammtische und in die Kaffeerunden. Bildet Fahrgemeinschaften zu allen Stadien dieser Welt. Programmiert den Sender „Sky“ auf Sendeplatz 1 auf eurem Widescreen-Bildschirm. Holt euch die bunten Fernsehzeit-

schriften zurück ins Wohnzimmer, auf denen sich 14-täglich Michelle Hunziker und Scarlett Johansson abwechseln und euch Männern wieder Freude bereiten.
Sie lächeln für jeden Einzelnen von euch! Und macht euch bewusst, dass diese beiden Engelchen nicht die geringsten, verwandtschaftlichen Verhältnisse zu den, euch bis dato bekannten, Racheengeln haben! Am Anfang dieses langen Weges zurück werdet ihr euch noch vorkommen, wie die Männer vom River Kwai, aber bald schon werdet ihr merken, dass sich nicht mehr 20 von euch die Gunst einer einzigen, hausfraulich begabten Dame, sondern nur mehr zehn oder fünf diese teilen müssen. Lieber ein Zehntel des Guten und Schönen, als ein Ganzes vom Teufel. Macht euch dort, wo ihr noch nicht offen diesen Kampf angehen könnt, die Vorteile eines Partisanenkrieges gegen die Tyrannei der modernen Frau zunutze. Gezielte Nadelstiche werden die Übermacht bröckeln lassen! Lasst alles, was nach Leinen oder Schafswolle aussieht, in den Altkleidersammlungen verschwinden, denn dort gehören sie auch hin! Zieht die Magazine der Weisser Zeitschriften Gruppe aus den Briefkästen und entsorgt sie direkt in die blauen Papiertonnen! Verbrüdert euch mit den männlichen Boten der Deutschen Bundespost und überzeugt sie davon, dass sie diese Magazine gar nicht mehr zustellen, sondern schon auf dem Postwege verloren gehen lassen! Ändert den Bezug dieser ketzerischen Zeitschriften um in ein Doppel-Abo von Auto Motor Sport und Men´s Health! Pfeift auf der Straße wieder munter hinterher, wenn wogendes Haar und was sonst noch unterhalb dazu gehört durch die Straßen schwebt! Zeigt bei den modernen Frauen zuhause demonstratives, körperliches Desinteresse! Kommt wieder zu spät nach Hause! Vergesst ab sofort den Geschirrspüler einzuräumen! Findet die neue Packung Windeln für den Nachwuchs einfach nicht mehr! Bittet den Chef, euer Gehalt zu reduzieren und

dafür Essensgutscheine in Traditionsgasthöfen auszugeben! Das ist steuertechnisch günstiger für die Firma und das gute Essen steigert euer Durchhaltevermögen. Das alte, aber so wahre Sprichwort „ohne Mampf kein Kampf" muss wieder seine alte Bedeutung bekommen. Es wird ein zäher und auch anstrengender Kampf werden, aber am Ende wird die Wiedererlangung unserer Freiheit stehen. Es lebe der wahre Mann!

Wahre Männer und ihre Mütter

Wahre Männer und ihre Mütter, dies ist eine Verbindung von großer Bedeutung. Leider auch eine sehr zweischneidige. Die ersten zwanzig Jahre des Lebens ist die eigene Mama ein Segen in allen Lebensbereichen. Danach wird sie aber mehr und mehr zum Problemfall, manchmal zum Drama. Über das Lebensjahr 1 bis 3 kann man ehrlicherweise wenig berichten, denn an diese Zeit kann sich nahezu niemand konkret erinnern. Es scheint aber so, dass es in dieser Zeit wunderschön gewesen sein muss, beobachtet man Babys und Kleinkinder. In einer Art Rundumsorglos-Paket fühlt man sich geliebt, versorgt und beschützt. Mama macht alles für Einen und ist Einem nie böse. Was kann es Schöneres geben. Umso bedauerlicher, dass der Mann sich an diese Zeit nicht erinnern kann. Vielleicht hat die Natur dies auch bewusst so eingerichtet, damit Einem der Kontrast zum späteren Leben nicht so massiv auffällt? Könnte durchaus so sein, oder? Wenn es dann in den Kindergarten geht, ändert sich nicht viel, außer der Pflicht, dort jeden Tag aufzukreuzen und mit anderen Rabauken spielen zu dürfen. Andere Pflichten gibt es keine. Mama sorgt fürs Frühstück, Mama sorgt fürs Mittagsmahl und Mama bereitet ein schönes Abendessen zu. Sie lernt dem jungen Mann tolle Dinge, weiß auf alles eine Antwort und tröstet, wenn mal das Lieblingsspielzeugauto kaputt geht. Pflichten sucht man sich zumeist selbst, weil man gerne der Mama zeigen möchte, was man kann. So hilft man beim Backen, deckt den Tisch oder trägt den Müll runter. Man wird gelobt und in seinem Tun bestärkt, auch wenn es einmal nicht so gut läuft. Und was dem kleinen Erdenbürger besonders gut gefällt, sie nimmt einen überall hin mit. Mit ihr wird die Welt entdeckt, auch wenn diese meist nur aus einem fünf Kilometer Radius besteht. Schön ist es trotzdem! Dann geht es ab in die Schule und wieder wird die Mama zum großen Förderer. Sie erklärt dem jungen Mann alles, was die Lehrerin nicht wusste oder was man alles vom Vormittagsunterricht vergessen hat. Hat man mal wenig Freude an den Hausaufgaben, wird Einem durch ein Hanuta oder ein Duplo neue Kraft gegeben. Sie lässt dem jungen Mann den Spaß, später einmal Baggerführer, Polizist oder Feuerwehrmann zu werden. Sie findet ihn rundum toll, holt ihn aber auch auf den Boden der Tatsachen zurück, wenn er einmal übertreibt. Hier kommt mir immer wieder eine alltägliche Szene mit meiner eigenen Mutter in den Sinn. Jeden Mittag, wenn mich meine Mama um halb eins mit dem Fahrrad vom Kindergarten abholte, lief ich ihr immer freudig entgegen und sie rief:

„Da ist er ja, der Herr Generaldirektor“ und ich wurde jedes Mal einen halben Kopf größer. Und jedes Mal fügte sie sogleich hinten an, „der Generaldirektor von der Maikäferfabrik“. Schon als kleiner Bub wurde mir also schnell klar, dass sie mächtig stolz auf mich war, aber dass dies kein Grund zum Durchdrehen sei. Ohne dass man es merkt, erzieht die Mama den Nachwuchs zu einem selbstständigen Wesen. Sie nimmt dich mit zum Bäcker, zum Metzger und zur Bank. Lässt dich zuerst nur mitlaufen und zuschauen. Wartet geduldig, bis du zu fragen beginnst, was die verschiedene

Farbe der kleinen Münzen bedeuten, warum es Geld aus Papier gibt oder warum wir immer von jeder Wurst 100 Gramm kaufen? Man lässt es sich dann nicht mehr nehmen, auch selbst eine Tasche zu tragen, auch wenn sie am Anfang schon nach zwanzig Metern die Arme länger macht. Mama erzählt, wie sie den Papa kennengelernt hat und ist froh, dass er so fleißig ist, auch wenn sie ihn nur am Abend sieht. Obwohl sie für den Kleinen der große Held ist, bringt sie immer wieder die Bedeutung vom Papi für alle Mitglieder der Familie ins Spiel. Sie freut sich darauf, dass der Kleine selber auch mal ein Papi werden wird und sie dann eine Oma. Auf die Frage, ob sie dann auch mal auf seine Kinder so aufpasst, wie auf ihn, sagt sie einfach, ich glaub schon und alles ist in Ordnung. In der Jugend hat es die Mama nicht mehr so leicht, denn auf einmal machen junge Mädels der Mama viel Konkurrenz. Als Junge verbringt man immer mehr Zeit mit ihnen und geniest das Ausgehen und die Feste. Schnell aber merkt man, dass die umworbenen Frauen anders sind als die Mama und das ist auch gut so. So ist man auf einmal mit der Schule fertig und die Mama sagt Einem, dass man sich jetzt um einiges selber kümmern muss und das bis dato Gelernte in die Tat umsetzt. Sie mischt sich nicht mehr so oft ein und hilft nur dann, wenn man sie darum bittet. Man merkt aber schnell, dass sie immer noch für Einen da ist und Einen nie im Stich lassen wird. Sie überlässt Einem aber die Freiheit zu tun, was man tun will und ermahnt Einen, es dann auch immer mit Überzeugung und Tatkraft zu tun.

So, und was haben wir nun aus den letzten paar Seiten gelernt?

Ich denke, wir wissen nun, dass es sehr schön ist, eine gute Mama zu haben und dass dies die besten Voraussetzungen birgt, Generaldirektor oder eben Baggerführer zu werden!

Alle echten Männer, die mir im Laufe meines Lebens begegnet sind, waren immer voller Hochachtung und Zuneigung zu ihren Müttern. Bestimmt kein Zufall!

Die moderne Mama ... oh, oh, oh ...

So, sagen sicherlich Einige, jetzt mal Schluss mit der Märchenstunde. Recht haben sie, denn das Verhältnis zur Mama bei den unterjochten Männern von heute sieht komplett anders aus. Bei ihnen ist es ein riesiger Vorteil, dass sie sich nicht an die ersten drei Jahre ihres Daseins erinnern. Prinzipiell gibt es da zwei Kategorien von Einbahnstraßen-Bubis.

Kategorie 1 ist geprägt vom „No nuckeln, no fun“-Syndrom, was bedeutet, dass die moderne Mutter bereits während des Geburtsvorgangs der Hebamme oder dem Arzt klar macht, dass sie spätestens nach drei Tagen auf Fläschchen umstellen wird, weil sie:

a) überhaupt keine Termine mehr frei habe für dieses ständige Brustgeben und
b) schon aus ästhetischen Gründen eine übermäßige Beanspruchung des Bindehautgewebes für sie nicht in Betracht komme.

Wohingegen Kategorie 2 praktisch das komplett andere Extrem darstellt. Hier heißt die Maxime: „Ich nuckle dich in die KITA“, was bedeutet, ein Abstillen des Nachwuchses kommt frühestens mit drei Jahren in Betracht. Das Kind könne ja von den verseuchten, mit Schadstoffen übersäten Mahlzeiten aus den Häusern Hipp und Milupa in seiner Entwicklung katastrophalen Schaden nehmen.

Bei beiden Kategorien würde ich sagen, es ist ein Segen für den Nachwuchs, dass die Erinnerung daran anschließend

erlischt. Darf man allerdings Professoren aus Amerika Glauben schenken, was an sich schon schwer genug fällt, hat dies trotzdem nicht unerhebliche Auswirkungen auf das spätere Selbstbewusstsein. Wenn dann die KITA-Zeit ansteht, sehen sich die Kleinen einem gewaltigen Kontrastprogramm gegenüber. Die Erzieherinnen oder die Kinderpflegerinnen sind so ganz anders drauf wie die Mama.
Ich habe jetzt bewusst diese beiden Berufsbezeichnungen gewählt, habe ich ansonsten wieder den Verband der deutschen Kinderpädagogen am Hals, weil ich keine „political correctness" habe walten lassen. Also, für alle vom alten Schlag, ich rede hier von den Kindergärtnerinnen! Einfacher haben es diejenigen Jungen, die spätestens schon mit einem Jahr in die KITA kommen, denn dort kümmert sich die KITA-Tante meist besser um sie, als die karriereaffine Mama mit Kurzhaar Frisur. Da sind, Gott sei Dank, die Auswirkungen der Teilzeitmutter nicht so ganz verheerend, wie bei denen, die erst kurz nach ihrem dritten Geburtstag in die KITA gebracht werden. Dies aber erst um 9.30 Uhr, weil die morgendliche Nuckel-Brotzeit zuhause noch nicht abgeschlossen war. Die KITA-Leiterin weist natürlich pflichtgemäß auf die damit verbundenen Probleme hin, muss aber nach den Regeln der Bundesverordnung Nr.286/Absatz 4 zur Entwöhnung von Kleinkindern in bundeseigenen Kindertagesstätten akzeptieren, dass die Mutter die Karenzzeit zur Entwöhnung des Kindes voll in Anspruch nimmt. Sie selbst taucht dabei täglich zweimal am Vormittag in der KITA auf und entwöhnt sich dort in einer separat durch einen Sichtschutz abgetrennten Stillecke von der Bindung zum Kind. An dieser Stelle sei erwähnt, dass sich Klein Robin schon lange vorher ziemlich uncool vorkommt, weil die anderen Jungs beim Kinderturnen selbstständig Purzelbäume schlagen können, aber bei ihm dies nicht möglich ist, weil ihm die Mama jenseits des Busens

kräftig im Wege steht. Dass er dann in den nachfolgenden drei Monaten (die Mutter reizt die Karenzzeit zu 100 % aus) von seinen Kindergarten Spezies ständig gehänselt wird, macht die männliche Entwicklung auch nicht gerade leichter. Auf jeden Fall merkt der Nachwuchs schnell, dass seine drei KITA-Vorgesetzten komplett anders sind als die eigene Mutter. Leider gehen nicht alle Kindergarten-Abteilungsleiterinnen in dieselbe Richtung. Am besten sind die Kinder dran, deren Erzieherinnen ihr Praktikum in der Eliteeinheit GSG 9 gemacht haben und somit eindeutige und klare Ansagen machen. Leider neigen vor allem die Jüngeren dieser Zunft, da sie meist selber gerade Mutter sind, dazu, mit den oft bockigen Dreiradpiloten in ewiges Diskutieren zu verfallen. Das Wort „nein" scheint in deren Sprachgebrauch nicht vorzukommen, denn jedes Mal, wenn der Kleine keinen Bock auf die Aktivitäten der KITA-Tante hat, eröffnet sie ihm eine weitere Möglichkeit, wie er ihren Anweisungen eben nicht Folge leisten kann!
Kürzlich habe ich im Guinessbuch der Rekorde gelesen, dass es in Bad Winkelbach, das liegt ganz in der Nähe von Geiselkollersberg, eine Kinderpflegerin gibt, die einen ihrer Zöglinge erst nach 4 Stunden 36 Minuten und 12 Sekunden davon überzeugen konnte, doch bei „Mensch Ärgere Dich" mitzuspielen, nachdem sie ihm exakt 317 Spielalternativen angeboten hatte. Dies hätte sie trotzdem nicht geschafft, hätten nicht zwei benachbarte KITAs durch Kurierfahrer genügend weitere Spiele zur Verfügung gestellt. Egal, jetzt steht sie auf jeden Fall im Guiness-Buch als alleinige Weltrekordhalterin, allerdings nur ganz knapp vor der KITA-Leiterin aus Burgwedelsbach bei Ludwigsburg, die nur zwei Spiele weniger benötigte.

Die Kindergartenphase ist zudem geprägt von ständigen Terminvereinbarungen zwischen Mutter und Kindergartenleitung, weil die Mama zwar keine Zeit hat, sich um den Bub persönlich zu kümmern, aber keine Möglichkeit auslässt, um den Erzieherinnen die Meinung zu geigen, wenn Klein Robin wieder mal den Roger an die Kloschlüssel gekettet hat und er dafür zehn Minuten allein in der Spielecke Lego spielen musste. Dieses vollkommen unpädagogische Vorgehen wird dann von der Super-Mammi schwer gerügt, wisse doch jede moderne Frau schon seit Jahren, dass eine Studie der weltweit renommierten Universität von Bogota belegt, dass das freie Ausleben von Macht- und Gewalt-Fantasien bei den Kindern von Urwald-Stämmen im kolumbianischen Grenzgebiet zu Brasilien zu einer deutlichen Reduzierung des Konfliktpotenzials führte. Öha, sagt da der Amateurvater aus Niederbayern! Offensichtlich hat die Amateur-Pädagogen-Tussi übersehen, dass dort ausschließlich Völker leben, die das Verspeisen des Nachbarschafts-Nachwuchses als besondere Delikatesse ansehen. Klar, mit vollem Bauch lebt ein Menschenfresser-Kind deutlich entspannter! Auffällig ist bei diesem permanenten Austausch zwischen Mutter und Kindergartenpersonal, dass sich besonders solche Mütter hervortun, die irgendein Pädagogen-Diplom auf deren Visitenkarten vorweisen können. Also Lehrerinnen aller Art bzw. Sozial-, Musik- oder Kunstpädagoginnen. Die Kinder haben dann wenigstens mehr Zeit, sich untereinander zu terrorisieren, denn nach neuesten Statistiken verbringt eine Erzieherin mehr als 60 % ihrer Arbeitszeit in Diskussionsrunden mit dem weiblichen Elternteil. Weniger als 40 % mit den Kindern selbst. Kein Wunder also, dass die KITAs ständig über die personelle Unterbesetzung klagen. Ich habe bewusst den Begriff „Runde" aus dem Boxsport benutzt, da es zwischen den modernen jungen Frauen dabei zumeist zu

einem harten, offenen Schlagabtausch kommt, in dem zwischen latinisierten Pädagogik-Floskeln und hysterischen Oraleskapaden abgewechselt wird. Jeder Ringrichter eines WBO Weltmeisterkampfes würde hier wegen wiederholten, absichtlichen Tiefschlages vorzeitig abbrechen.
Ein paar Jahre später verlagert sich der Kriegsschauplatz in die Grundschule, wobei sich zwar die Lokalität, aber nicht der Feind geändert hat. Natürlich ist der Lehrkörper der Hort allen Übels und keinesfalls der Sohnemann, welchen bayrische Traditionalisten mit seinen sechs Jahren wohl jetzt schon als „der is aber scho sauba komisch" einstufen würden. Wenn man schon vom Übel spricht, spielt der Hort dabei eine nicht unwichtige Rolle, da die mittlerweile endgenervte Mutter (im Beruf Teilzeit-Studienrätin mit 38 Prozent Teilzeitstelle) den kleinen Mann, der schon am zurückliegenden Morgen 38 Tote auf dem Gameboard produziert hat, schon ab dem ersten Schultag dorthin verfrachtet hat. Also, das Übel ist nicht der Hort an sich, denn dort gibt es wenigstens einige, wenige Regeln und einen nicht zu unterschätzenden Vorteil: Es gibt was Richtiges zu essen!
Und das von Montag bis Freitag! Und es ist auch Fleisch dabei! Da klingelt es mal wieder so richtig in meinen Gehörgängen. Wir reden hier von vernünftiger und genussvoller Nahrungsaufnahme und nicht von den haarsträubenden Kombinationen von Trockenfrüchten und Hühnerkörnern, denen Marketingstrategen die verniedlichende Bezeichnung Müsli gegeben haben.

Genussvolles Essen ist gesund

Wo wir jetzt schon gerade dabei sind, komme ich nicht umhin, gleich an dieser Stelle Einiges los zu werden zum Thema Essen in der modernen Frauenwelt.
Als Erstes müssen wir das Thema Frauen und Essen und als Zweites das Thema Frauen und Kochen genauer durchleuchten. Als Drittes wären dann die weitgreifenden Auswirkungen von Punkt 1 und 2 auf den heutigen Mann zu betrachten.
Ich warne aber vorher explizit alle Leser: Wer jetzt weiterliest, riskiert mit schockierenden Erkenntnissen konfrontiert zu werden, die sich nachhaltig auf das zukünftige Essverhalten auswirken können. Sollten sie über einen schwachen Magen bzw. einen niedrigen Blutdruck verfügen oder aktuell stabilisierende Psychopharmaka einnehmen, bitte ich sie dringend, die nächsten Seiten zu überblättern.
Sind sie bereit?
So, ihr Hartgesottenen oder die, die es werden wollen, den Sicherheitsgurt angelegt und den Sturzhelm auf. Ab jetzt sind wir nur mehr über das dort eingebaute Head-Set miteinander verbunden: „Hier spricht Euer Secret-Guide! Ich werde Euch nun in das Innerste der Gedankenwelt einer modernen Frau zum Thema Essen einführen! Zuallererst ist festzuhalten, dass für Frauen Essen ein grausamer unerbittlicher Feind ist, den es ein Leben lang zu bekämpfen gilt. Im Gegensatz zum Ursprungsmann, für den Essen der pure Genuss ist und einen bedeutenden Eckpfeiler des täglichen Lebens darstellt, ist für die Modern Way of Live Lady das Essen das personifizierte Grauen!
Nun, warum ist das so? Darüber könnte ich ihnen mindestens 4248 Literaturhinweise allein im deutschen Sprachraum auflisten, wovon sich 2800 auf den Langzeitbestsellerlisten von

Amazon befinden. Ich mache es aber kurz und bringe es für sie auf einen ganz einfachen Nenner: Essen macht fett!
Diese drei Worte werden praktisch nie von modernen jungen Frauen ausgesprochen, aber sie schweben wie ein Damoklesschwert über jedem einzelnen Kopf. Immer bereit, grausam herunterzustoßen und auf die Schwimmreifen-Wülste, die sich an den Hüften des Weibes nach außen stülpen, hinzudeuten und gnadenlos die nächste Konfektionsgröße anzukündigen. Aber nicht nur an dieser Stelle zeigen sich die apokalyptischen Ausmaße des Essens. Überall am weiblichen Körper vermehren sich die Millionen von Fettzellen und geben dem eigenen Körper eine Form, die man schon nach einigen Wochen nicht mehr zu erkennen glaubt. So schmiedet das heutige, weibliche Wesen spätestens nach dem 15. Geburtstag individuelle Strategien, um dieser Bedrohung entgegen zu wirken. Dabei gibt es einige bekannte Hardliner-Lösungen und hunderte von Underground-Techniken, über die junge Frauen nicht einmal untereinander reden. Die wohl bekanntesten sind Magersucht und Bulimie. Beides hat den gleichen Effekt. Beides verhindert das Zunehmen. Kann sich der Mann unter Ersterem gerade noch etwas vorstellen, so ist Bulimie vielen Männern nur selten ein Begriff.

Also gibt es jetzt mal erst eine kleine Vorlesung für den echten Horror-Fan:

Lektion 1: Die Magersucht.

Die Frau versucht jede Art von Essenseinnahme zu vermeiden. Das beginnt mit der penetranten Weigerung, Kochen und Backen zu lernen, was wiederum eminente Auswirkungen auf den Mann hat, dazu aber später. Dann geht sie dazu über, dass sie nur mehr solche Lebensmittel einkauft, die ihr überhaupt nicht schmecken. Dies wird besonders bei Frauen jenseits der zwanziger Grenze praktiziert. Das ist die Phase, wo Frauen beginnen, REWE, Edeka und Tengelmann gegen einen Bio-Markt einzutauschen. Wenn es nach einigen geschmacks-zerstörenden Versuchen mit dem Verzehr von Tofu-Leberkäse und Sojaschnitzeln immer noch nicht genügt, die Freude am Essen ausgelöscht zu haben, stürzt man sich in die Low-Weight-Literatur oder durchpflügt das World Wide Web auf der Suche nach dem „Null-Kalorien"-Essen. Da dies verständlicherweise auch nach intensivsten, mehrjährigen Suchen nicht gelingt, redet man sich die Mengen, die auf einem Teller vor einem liegen, schön. Dabei ist wirklich erstaunlich, mit welcher Ausdauer und Beharrlichkeit Frauen hier vorgehen, obwohl sie mittlerweile eher einem Baugerüst als einem weiblichen Wesen ähneln. Schön reden muss man sich so vorstellen: Man legt drei Erbsen zusammen mit einer geachtelten Karotte auf einen weißen Teller und garniert diese mit einem wasserbenetzten Kopfsalatblatt, auf dem ein 10 mm auf 10 mm gewürfeltes Käsestück der Magerstufe thront, und beglückwünscht sich selbst zu einem opulenten Sonntagsmahl. Um den Sättigungseffekt hinauszuzögern, braucht man dazu ungefähr 14 Minuten, das ist die vom Gastronomen-Verband ermittelte Durchschnittszeit, in der in Gaststätten Rindsrouladen mit Spätzle mit gemischten Salattellern verzehrt werden. Anschließend stellt man sich vor einen Ganzkörper-Spiegel und stellt mit tiefster Zufriedenheit fest, dass man die einzige Frau in der Fakultät für Psychologie an der Uni ist, die ihre Oberkleidung bei H & M noch in der Kinderabteilung kaufen kann. Dass man schon seit Monaten an überraschenden Schwächeanfällen leidet und die Kommilitonen allein im letzten Monat drei Mal den Notarzt gerufen haben, weil sie regelmäßig bei Studenten-Partys

ohnmächtig vom Stuhl kippt, wird als wenig bedenklich eingestuft.
„Sehr bedenklich, äußerst bedenklich“, sagt dann zumeist der Oberarzt bei seiner morgendlichen Stations-Visite, wo unser 33 kg Topmodel anschließend auf Intensiv liegt und mit dem Ableben ringt!
Mädels, Mädels, lasst endlich diesen Wahnsinn, sag ich da.

So, nun zur Lektion 2: Die Bulimie.

Das ist nicht recht viel weniger schlimm, schaut aber anfänglich nicht so schlimm aus. Eine besonders raffinierte Technik junger Frauen sich selber zu betrügen. Genau genommen, ihren eigenen Körper hinter das, von allen Menschen ins Spiel gebrachte, Licht zu führen!
Und dies funktioniert so: Man geht zum Beispiel mit dem neuen Freund zum Essen. Es gibt eine Vorspeise, einen opulenten Hauptgang und auch noch ein Eis mit Sahne hinten drauf. Der junge Mann freut sich, dass die neue Flamme so richtig zulangt und nicht so lustlos wie die letzten Eroberungen in den wenigen Salatblättern herumstochert, die der Herr Ober als „Salat ohne alles“ auf den Tisch serviert hatte. Geht also auch so, sagt er sich, und blickt bewundernd auf ihren wohl proportionierten weiblichen Body. Sie wirkt genüsslich, fröhlich und verführerisch. Als sich die beiden einige Wochen kennen und sie schon eine Reihe von gemeinsamen Essen hinter sich haben, wundert sich unser Junker der Provinz, dass sie sich bei jedem Dinner in der Gastronomie dreimal zum Nase pudern begibt und zu Hause bei Pasta Bolognese ohne Vor- und Nachspeise nur einmal das Klein-Apartment mit der Doppelnull aufsucht. Zuerst glaubt er, dass sie sich auswärts immer besonders schön machen

möchte, aber dann vernimmt er in der doch recht dünnwandigen Studentenbude seiner Principessa recht eigenartige Geräusche hinter der Klo-Tür, die gewiss nicht vom Nachbessern der Lidschatten herrühren. Auch der ziemlich lange Aufenthalt dort macht ihn stutzig. „Geht es Dir gut?", fragt er dann und jedes Mal strahlt sie ihm ein „blendend, mein Liebling" entgegen. Aber der tiefe Wunsch unseres ehrgeizigen Kommissars in spe, auch diesen kniffligen Fall zu lösen, lässt ihn nicht los. Er will wissen, warum es jenseits der Wohnzimmerwand immer so krächzt nach dem gemeinsamen Mahl. Und jetzt, liebe Leser, wieder mal besonders die Löffel gespitzt! Der Grund, warum unser Kurvenwunder so regelmäßig zum Händewaschen geht, hat nur einen einzigen Grund: Sie geht zum Kotzen! Die Technik heißt, rein mit den Spaghetti, nicht länger als drei Minuten setzen lassen, ab aufs Erleichterungskabuff, Zeigefinger in den Hals und schon zeigt die Waage wieder das Ausgangsgewicht. Das ist wahrer Genuss und Lebensfreude! Und warum zu Hause nur einmal Kotzen und auswärts gleich dreimal? Ist doch klar, dort gibt es ja Vor- und Nachspeise. Und wer zahlt die fast immer? Du lieber Jüngling!

Die ganze Sache hat aber einen großen Haken und der hängt sich massiv im Leben dieser Damen ein. Sie haben extreme Gemütsschwankungen und große Angst entdeckt zu werden. Nicht selten begehen sie Selbstmordversuche und immer häufiger sind sie erfolgreich dabei. Dieses „Essen rein und Essen raus"-Prinzip führt zu extremen Mangelerscheinungen, da der Körper ja überhaupt keine Zeit hat, dem Essen die Nährstoffe zu entziehen. Zahnfleischschwund und Zahnausfall sind die Folge. Eure Grazie wird sich innerhalb eines Jahres zu einer Trauerweide entwickeln. Meist wird es aber gar nicht so weit kommen, weil sie sich unter irgendeinem haarstäubenden Vorwand aus eurer Beziehung verabschieden wird. Immer dann, wenn der Stress, die heile Welt vorzutäuschen und doch entdeckt zu werden, zu groß wird. Lass sie ziehen, Cowboy, und reite deiner eigenen Wege, sonst zieht sie dich mit in den Abgrund!

Essenz aus Lektion 1 und 2: Beide Spielarten von Frauen haben massivste psychische Probleme und kommen mit der Welt nicht zurecht. Sie wollen die perfekte Super-Lady sein und konzentrieren ihre ganzen Probleme auf den eigenen Körper. Das Verrückte dabei ist, dass die Magersüchtige tatsächlich glaubt, 33 kg bei 1,75 m seien Schönheit pur und die Bulimie-Kranke tatsächlich der festen Überzeugung ist, sie könne schlauer sein als die Natur. Beides endet in der Katastrophe! Und das alles für nichts und wieder nichts.
Also, weibliche Leser, aufgepasst! Auch auf die Vermutung hin, dass die meisten von euch schon vor einiger Zeit mein Buch weggeworfen oder verbrannt haben, nehmt euch einen dicken, fetten Edding-Stift und schreibt euch Folgendes auf den Badezimmerspiegel:
Männer wollen Frauen, die weiblich ausschauen und nicht die Anzahl der Rippen beim Sex zählen. Weiblich heißt kurvig. Kurvig heißt nicht 90-60-90, sondern lieber zu viel als zu wenig. Männer wollen es eben kuschlig, halten sich gerne an Rundungen fest und können vor allem lebenslustigen Frauen viel abgewinnen. Was Männer absolut nicht mögen, sind Schauspielerinnen und Showgirls! Einem Mann ist es vollkommen egal, wenn die Frau fürs Leben mit 58 kg in den gemeinsamen Ring des Lebens steigt und 10 Jahre später 75 wiegt. Sie selbst haben ja gewiss auch einigen Wohlstand auf ihren eigenen Rippen angelegt. Claudia Schiffer Frauen stehen bei den Männern alles andere als ganz oben auf der Liste der Begierde. Vor kurzem habe ich eine Blitzumfrage in meinem Bekanntenkreis gemacht und 20 Männer zwischen 25 und 50

gebeten, ihr spontanes Votum abzugeben. Anonym natürlich. Zur Wahl standen die Schiffer, Barbara Schöneberger und Scarlett Johansson.
Und jetzt bitte festhalten, ihr Magerstufe-Fanatikerinnen:
Die üppige Schöneberger bekam 12, die Hollywoodschöne immerhin 7 und Miss Superbarbie lediglich einen Punkt. Über meine, alles andere als repräsentative, aber sehr wirklichkeitsnahe Studie muss ich sagen, dass ich dabei auch bewusst einen einzelnen Mann ausgewählt habe, der schon von Kindheit an, ausgesprochen gerne, mit den Puppen der großen Schwester gespielt hat und seit einigen Jahren der Star einer Travestie Show im oberpfälzischen Weiden ist. Den Namen werde ich aus datenschutzrechtlichen Gründen selbstverständlich hier nicht nennen! Das Ergebnis verwundert mich keineswegs, scheint aber bei allen Frauenzeitschriften der Welt, besonders bei denen der Mechthild Weisser Gruppe, immer noch nicht angekommen zu sein.
Hallo aufgewacht! Die wissen ganz genau, was los ist, verschweigen es aber bewusst, weil sie euch auf Trab halten wollen. Würde das Thema Essen und Abnehmen real und vernünftig behandelt werden, würde der Umsatz mit Frauenzeitschriften um über 70 % zurückgehen und somit einen Großteil der frustrierten, dreifach geschiedenen Redakteurinnen, die seit Jahren das goldene Männerhasser-Abzeichen am oberen Rand ihrer Raufaser-Unterwäsche befestigt haben, arbeitslos machen. Da will ich lieber arbeitslose Journalistinnen in unserem Sozialsystem mitschleifen, als dass diese täglich Männern und Frauen die schönste Sache der Welt vermiesen. So, Lektion 1 und 2 sind nun zu Ende!

So können wir uns nun dem epochalen Thema Frauen und Kochen zuwenden. Nach dem 2.Weltkrieg, in der Zeit des

Wirtschaftswunders, waren Frauen wahre Genies, wenn es hieß, aus einem ganz schmalen Budget etwas Nahrhaftes und zudem Schmackhaftes zu machen. Insbesondere Mehlspeisen und solche, die aus Kartoffeln bestanden, standen hoch im Kurs bei den Frauen dieser Zeit. In den sechziger Jahren hatte man diese Kunst perfektioniert und heute noch träumen Männer von den Apfelstrudeln, Kartoffelpuffern und Dampfnudeln der Mama oder Oma. Da gab es kein langes Zusammentrommeln des Nachwuchses zur Mittagszeit. Im Gegenteil, die Truppe saß von selbst und aus tiefster eigener Überzeugung punkt 12.00 Uhr am Mittagstisch. Man konnte ja schließlich nicht riskieren, auch nur ein einziges Häppchen des köstlichen Mahles an den Bruder oder die Schwester zu verlieren, nur weil man eine Minute zu spät kam. Der Tisch war immer gastlich gedeckt und meist rissen sich die Kinder sogar darum, wer den Tisch decken durfte. Erstens, weil es Spaß machte und zweitens, weil es einen räumlichen Vorsprung bei der Essensausgabe verschaffte. Die Frau des Hauses war glücklich zu sehen, wie es den Kleinen schmeckte und alle unisono riefen: „Mama, Du bist die beste Köchin der Welt." Das Schönste dabei war, dass dies keine leeren Worte, sondern die tiefste Überzeugung jedes einzelnen Sprösslings waren. Dem Ehemann erging es nicht anders, wenn er am Abend nach Hause kam. Seine Liebste hatte immer eine leckere Überraschung parat und er wusste dies sehr zu schätzen. Aus Wenigem Vieles und Gutes zu machen war in deutschen Familien höchst anerkannt. Nebenbei hatte das leckere Essen zudem den Effekt, dass alle Familienangehörigen automatisch zusammenkamen, meist eben um 12 Uhr mittags oder so gegen sechs Uhr am Abend. Das hielt die Familie eng zusammen.

Leider hat sich dies in den letzten 20 Jahren dramatisch verändert. Nahezu keine Frau unter dreißig Jahren hat noch

einigermaßen akzeptable Fähigkeiten hinter dem heimischen Herd vorzuweisen. Eigentlich vollkommen unverständlich, sollte man doch meinen, dass sie auch selber gerne Gutes essen möchte. Dem ist aber nicht mehr so. Warum verweigert sich aber die moderne Frau so hartnäckig dem Erlernen dieser so segensreichen Fertigkeiten? Haben die alle keinen Hunger mehr oder sind alle nur stinkfaul?
Die Antwort ist: Sie wollen keinen Hunger mehr haben, deswegen wollen sie auch nicht kochen lernen. Klingt verwirrend, ist aber ganz einfach. Gibt es jeden Tag etwas Feines auf dem Tisch, ist die Gefahr sehr groß, dass man Einiges isst. Folglich tritt wieder die Monstergefahr auf den Plan und die heißt, wie uns allen bereits bekannt: Gewichtszunahme! Super Frauen-Logik! Woooow! So reduziert man systematisch die eigenen Bedürfnisse und schaltet am Ende dieser Kette auf Notbetrieb um. Hier müssen wir uns mal kurz in Erinnerung rufen, dass ein schönes, erfülltes Leben einhergeht mit Genüssen und Freuden. Gibt es also Keines von Beiden, läuft man Gefahr, seine eigene Empfindungsfähigkeit zu verlieren. Setzen sie sich also mal in ein Cafe und beobachten sie zuerst die weiblichen Gäste und werfen dann einen Blick auf die männlichen Kaffeehaus-Besucher. Die meisten Frauen gehen scheinbar desinteressiert an der Kuchentheke vorbei, wohingegen die Männer begeistert stehen bleiben, jede einzelne Torte begutachten und sich schon an deren Anblick erfreuen. Wenn z. B. ein Paar Platz nimmt, bestellt der Mann umgehend ein leckeres Stück Kuchen und fragt bei der Kellnerin noch interessiert nach, was denn da alles Feines drin ist in dem Stückchen Genuss. Die Dame ordert hingegen einen Espresso und antwortet auf die Frage „darf es auch ein Stückchen Kuchen sein“ pikiert mit „nein, um Himmelwillen, ich muss endlich mal wieder auf die Linie achten, ich habe doch erst letzte Woche gesündigt“.

Mann, oh Mann! Liebe Freunde der Volksmusik. Notiert euch diese Frauen und setzt sie auf eure persönliche „Blacklist". Wer schon ein vierzehntägliches Himbeerkuchen-Essen als Sünde empfindet, ist doch nicht ansatzweise in der Lage, etwaige „echte" Sünden mit euch in die Tat umzusetzen!
Erst kürzlich habe ich von einer der wenigen Vorteile des Internets mitbekommen, wo ein findiger Endvierziger „Blacklist for Men" gegründet hat, in der Mitglieder sich untereinander vor solchen Frauen warnen und somit ihrem Leben wieder mehr Freude und Sinn geben. So gibt es in Deutschland etwa schon millionenfach Frauen, die behaupten, sie würden heute mal was Feines für den neuen Lover kochen und dann nichts anderes tun, als in der Küche ein Pfund Nudeln in den Kochtopf werfen, um anschließend einen Schuss Olivenöl auf die verkochte Pampe zu gießen. Dies wollen sie dann dem hungernden Mann als Cucina Italiana verkaufen! Einfach schockierend! Dabei sollte man noch erwähnen, dass die meisten Frauen zudem vollkommen erstaunt sind, dass man die Nudeln nicht länger als 10 Minuten kochen sollte. Zudem bräuchte man dazu ausreichend Wasser und sollte vielleicht auch noch eine gehörige Portion Salz beigeben. Umrühren könnte auch nicht schaden. Ein Vermeiden von dauernder Stufe 9 (sprich Vollgas!) könnte eventuell auch die Verteilung des entstehenden schaumigen Wasserdampfes auf den Ceran-Feldern verhindern. Also, wahre Jungs, denkt an die „Blacklist for Men" und gebt in so einem Fall sofort einen Notruf über das Smartphone ab, um eure Artgenossen frühzeitig zu warnen.
Noch härter geht es zu, wenn sich moderne Frauen eines der Millionen von Backbüchern zulegen und die eigene Küche in ein infernalisches Szenario verwandeln. Die einzigen, die sich über die Backversuche dieser Frauen freuen, sind deutsche Handwerksmeister, die anschließend eine Komplett-Renovie-

rung von Wänden und Fußböden vornehmen dürfen. Oft fallen auch für Saturn, Media Markt oder etwaige Elektrogeräte Hersteller einige Folgeaufträge ab, weil sie versaute Altgeräte durch neue sogenannte „Showgeräte“ ersetzen. Showgeräte sind eine neue Klasse von Küchengeräten, die nicht mehr auf Funktion, sondern rein auf Optik ausgelegt sind. Der neue „Show Total plus“ von Siemens, der kürzlich auf den Markt kam, ist der weltweit erste Elektroherd, der komplett ohne Strom auskommt und keinerlei Fehlerfunktionen aufweist. Dies wird von Siemens in einer 10 Jahres Garantie festgehalten. Superservice wird sich einer denken, aber null Problem für die Siemens Techniker, denn das Gerät hat weder einen Stromanschluss noch Akkus oder Batterien. Sogar die Drehknöpfe sind Dummies, so dass auch hier die Superköchin nichts mehr anstellen kann. Dieses als HighEndProduct vermarktete Gerät ist der Renner des Jahres und das trotz oder gerade wegen seines Preises von 4980,– Euro. Aktuelle Lieferzeit 6 Monate! Fracht und Installation natürlich extra. Für Nichtkocher-Frauen ein absolutes Muss! Nun genug der Werbung, sind die hohen Absatzzahlen zwar gut für die Volkswirtschaft, aber bringen sie den wahren Mann immer weiter in eine Zukunft ohne Schnitzel und Schweinebraten. Da die meisten Frauen nur mehr versuchen, möglichst wenig zu essen und dadurch auch ihre Geschmacksnerven vollkommen verkümmern, hat dies auch außerhalb der eigenen vier Wände immensen Einfluss auf die gastronomische Esskultur. So wird jetzt bei Bestellannahme in Lokalen unterschieden zwischen Essen für weibliche oder männliche Gäste. Vom Preis kostet beides gleich, aber bei den Frauenspeisen spart sich der Koch die Hälfte der Zutaten, lässt die Gewürze und das Dressing weg. Bei Fleischgerichten, die ohnehin bis auf Pute oder anderes Geflügel sowieso kaum mehr von modernen Frauen bestellt werden, wird automatisch nur mehr ein Drittel von der normalen Portion Fleisch serviert und dies zumeist auch nur mehr aus optischen Gründen. In über 50 Prozent der Fälle geht auch dieses, eh schon kleine, Häuflein Genuss meist unberührt in die Küche zurück. Der Wirt eines großen Traditionsgasthofes im unteren bayrischen Wald verriet mir vor kurzem, dass er sich sogar teilweise das gelernte Küchenpersonal spare, weil die jungen Frauen nun mal keine Ahnung mehr hätten, wie gutes Essen wirklich schmeckt. Traurig, traurig, traurig! Was aber noch mehr schmerzt sind die Antworten, die Frauen Männern präsentieren, die sich einmal trauen, in einer Beziehung die weibliche Kochunfähigkeit der Partnerin anzusprechen. Hier kann man geradezu von einer Hitparade der Unverfrorenheiten sprechen!

Die Top 5 dieser Antworten sind:

Nr.5:
Willst Du eine Freundin oder ein Heimchen am Herd?

Nr.4:
Wenn Du das fette Essen Deiner Mutter möchtest, hättest Du gar nicht von zu Hause ausziehen sollen!

Nr.3:
Fleischessen ist total ungesund und macht impotent.

Nr.2:
Ich kann natürlich super kochen, aber ich lass mich von Dir doch nicht als Koch-Magd missbrauchen

und die absolute Nr.1:
Ich denke, ihr habt eine Kantine in der Arbeit und außerdem weißt Du, wo der Kühlschrank steht.

Grausam, grausam, grausam!

So, nun sind wir zwangsläufig bei Punkt Nr.3 angelangt und den damit verbundenen Auswirkungen auf den heutigen Mann.
Dafür müssen wir uns mit den Gesetzmäßigkeiten der Evolution im Tierreich und des Homo sapiens beschäftigen. Allerdings würde ich dabei Tier und Mensch mittlerweile auf dieselbe Stufe stellen, mit Tendenz zu Ungunsten des Menschen. Homo sapiens heißt wie diejenigen, die in der 7. Klasse des gymnasialen Lehrsystems aufgepasst haben, zu Deutsch, der weise Mensch. Wie Bezeichnungen doch über die Realitäten hinwegtäuschen können. Mit weise oder zumindest wissend hat das, was die modernen Frauen den Männern mit ihrer Kochverweigerung aufhalsen, schon lange nichts mehr zu tun.
Im Tierreich, liebe Damen, und das müsste auch den kurzsichtig ausgerichteten unter ihnen schon seit einiger Zeit bekannt sein, haben sich immer die Starken durchgesetzt. Der Schwache oder Kranke blieb immer auf der Strecke. Über Jahrtausende haben sich die Frauen immer den Stärksten ausgesucht, um sich mit ihm fortzupflanzen. Und wer war immer der Stärkste? Derjenige, der das beste Fressen bekam!
Und dies haben die Frauen auch noch im 20. Jahrhundert kapiert! Und warum ist dies jetzt im 21. Jahrhundert auf einmal nicht mehr gültig? Wer sind denn die Könige des Tierreichs? Der Löwe, der Tiger, der Leopard oder auch der Puma! Und was fressen diese Herrscher des Tierreichs alle? Fleisch, jede Menge Fleisch!

Und eben keine Körner oder Miniatur-Pflänzlein! Und was hat das größte Tier der Erdgeschichte im Gegensatz dazu gefressen? Blätter und Gras! Und was ist denn aus dem Brontosaurus geworden? Genau! Ein megafetter 30 Tonnen Brocken, der gänzlich ausgestorben ist. Und wer ist heute am meisten vom Aussterben bedroht? Exakt! Der von den Ökotanten so geliebte Wal! Und warum ist das so? Weil er meistens rumschwimmendes Algenzeug frisst mit einer mikrobiologischen Fleischbeilage namens Plankton. Wenn das kein Beweis ist, dass das vegetarische Leben der direkte Weg in den Untergang ist.
Also, nochmal eine kleine Gedankenkette zur Evolution: Bekommt der Mann gutes Essen, das heißt Fleisch mit oder ohne Beilagen, wird er stark. Ist er stark, setzt er sich im Leben durch, will heißen, macht berufliche Karriere und schafft genügend Knete für Frau und Kind heran. Bekommt er nur Körnerpampe oder Grünzeug, wird er leistungsschwach, bleibt in der Buchhaltungsebene stecken und kann nichts mehr zur Produktion der Nachwelt beitragen. Auf längere Sicht gesehen sind die sogenannten modernen Frauen zwar von ihren lästigen sexuellen Kontakten befreit, aber auch in Kürze ausgestorben. So gibt es nur eines, was ich ihnen nun dringend aus Selbsterhaltungsgründen empfehlen kann:
Ab zum Telefon und schnellstens zu einem sechswöchigen Intensivkurs bei Deutschlands Meisterköchen anmelden!

Passaus Jungakademikerinnen

Nach diesen so wichtigen Ausführungen zum Thema Kochen zurück zum Verhältnis von Mutter und Sohn. Nach der Schule muss unser Nachwuchsmann also in den Hort. Dort spielt sich dann die meiste Zeit des nichtschulischen Geschehens ab. Es ist mir zwar ein Rätsel, warum so manche moderne Frau überhaupt Mutter geworden ist, aber es ist keinesfalls pädagogisch wertvoll, wenn der eigene Sohn vom 10. bis zum 16. Lebensjahr für den kompletten Nachmittag in den Kinderhort wandert, zumal man bei diesen Teenies kaum mehr von Kindern sprechen kann. Mechthild Weissers Meinungsbildner sehen dies allerdings in ihren monatlichen Kommentaren als die Selbstverwirklichung der Frau. Jetzt erzähl ich euch mal, wie diese Selbstverwirklichung in realitas ausschaut. Nehmen wir als Beispiel eine von 8000 Studentinnen, die unsere Stadt derzeit als ihren momentanen Lebensstandort gewählt haben:

Kurz nachdem Deutschlands zukünftige weibliche Elite Abitur gemacht hat, lässt man sich vom Papi die studentische Nobelbude im hippen Passau einrichten. Die notwendige Einrichtung dazu hat dieser selbstverständlich 1000 km quer durch die Republik gekarrt. Kurz vor Papis Abreise hat dieser dann noch die Abbuchungserklärung von dessen Konto für die monatliche Miete klargemacht und die Kaution auf einem Passauer Sparkassen-Konto hinterlegt. Smartphone und Laptop mit Internet Zugang sind eine Selbstverständlichkeit für unser Püppi. Sie soll ja fleißig studieren können. Ach ja, wer viel studiert braucht ein wenig Ablenkung. Sie denkt, dass 800 Euro Taschengeld nicht übertrieben sind, und Papi lächelt hilflos. Dann noch eine Tankkarte von Shell ins Auto gelegt, sonst läuft die Karre ja nicht. Blödsinn, eine Karre wäre ein alter, klappriger R4, dessen Stoßstange mit Klebebändern befestigt ist. Was heute in der Tiefgarage der Studentinnen-Lofts steht, ist meist in Latte Macchiato Farbe lackiert, kommt aus dem Konzern der Bayrischen Motorenwerke und nennt sich absurderweise Mini, obwohl er praktisch doppelt so groß ist wie sein britischer Urahn aus den sechziger Jahren des vergangenen Jahrhunderts. Hier muss ich allerdings auch auf eine nicht zu unterschätzende Mehrbelastung der Polizeiinspektion Passau und der niederbayrischen Polizei im Allgemeinen hinweisen. Fast täglich kommt es zu Anrufen von vollkommen aufgelösten jungen Studentinnen, die ihr Fahrzeug entweder als gestohlen melden oder Anzeige gegen eine andere junge Frau erstatten, die gerade versuche, in ihr Auto einzubrechen. Die Gründe sind simple, da bei derzeit 236 in Passau registrierten Minis oder Mini Cooper 199 in Latte Macchiato Farben sind! Wissen viele Frauen meist nach 10 Minuten sowieso nicht mehr, in welchem Parkhaus sie ihren Cityflitzer abgestellt haben, ist das Wiederfinden des eigenen Fahrzeugs praktisch unmöglich, wenn sich nach einem Popkonzert in der Dreiländerhalle im Parkhaus über 100 Minis befinden, die meisten davon auch noch nebeneinander stehend. Als vor einem Monat der Stargeiger David Garrett hier bei uns sein Können darbot, brach der polizeiliche Notruf 112 vollkommen zusammen, weil sich dort innerhalb von 10 Minuten sage und schreibe 133 Frauen meldeten, die hilflos ihr gestohlenes Auto wieder haben wollten. Auf diese neuen, bis dato unbekannten Herausforderungen hat der Polizeidirektor Passaus umgehend reagiert und eine Soko-Mini-Macchiato zusammengestellt, in der drei Beamtinnen rund um die Uhr ermitteln. Polizeiintern ist man gar nicht so unglücklich über diese Problematik, da die drei jungen weiblichen Kommissare der Sonderkommision somit die komplette Frauenquote des gehobenen Dienstes bei der PI Passau abdecken und die männlichen Kollegen endlich wieder in aller Ruhe ihre eigene Arbeit machen können. Auf jeden Fall studiert so die Nordlichtmieze drei, vier Jahre dahin, besucht im Schnitt 150 Studenten-Partys und tankt neue Kräfte bei kleinen Erholungstrips in New York, Tokio oder London. Meist nichts Großartiges, einfach mal 6–8 Wochen ausspannen in den Semesterferien.

Erfreulicherweise ist Vati, der alte Sack, zum Prokuristen befördert worden und die Familie kommt endlich wieder mit dem väterlichen Gehalt von 7300,– Euro netto so einigermaßen über die Runden und die monatlichen Hypothekenraten des Eigenheimes können wieder auf die ursprüngliche Summe hochgesetzt werden. Tochter Lili hat auch Verständnis, dass das Taschengeld dieses Semester nicht der aktuellen Inflationsrate angepasst wird, sondern es bei (mittlerweile) 1034,– Euro bleibt. Ja, in schweren Zeiten muss man auch einmal verzichten können. Am Ende des studentischen Daseins wedelt die junge Dame, die sich nur mehr in Gewändern hipper Berliner Modellabels hüllt und bei Zalando eine Auftragshistorie aufweist, die länger ist, als die täglichen Kassenbuchungen des Londoner Kaufhauses Harrods, mit einer Bachelor-Degree vor dem Papi herum und würde sich über eine kleine angemessene Belohnung ihres hart erkämpften Erfolges freuen. Papi entscheidet sich für ein Ende mit Schrecken als für ein Schrecken ohne Ende und opfert seinen leistungsorientierten Jahresbonus, um seiner Tochter diese dreimonatige Auszeit im argentinischen Buenos Aires zu finanzieren, wo sie in natürlicher Umgebung von einem südamerikanischen Tangolehrer in diesem für die Entwicklung einer frisch gebackenen Akademikerin so wichtigen Tanz unterwiesen werden kann. Zum Dank lässt sie Papa auch einmal wöchentlich über Facebook in der Heimat grüßen. Blöd nur, dass Papa in der Reha Klinik in der Lüneburger Heide aus therapeutischen Gründen überhaupt keinen Internet-Zugang hat. Wer aber glaubt, die jungen Dame würde jetzt am Beginn einer 40 jährigen erfolgreichen Berufskarriere stehen, irrt gewaltig, denn jetzt wird eine Stelle als Assistentin beim Institut für interkulturelle Zusammenarbeit in Berlin angetreten, bei der man sich um so wichtige Beziehungen wie zwischen dem mongolischen Jurtendorf-

Verband und der europäischen Kleingarten-Union kümmert. Dies natürlich mit vollem Einsatz in einer Teilzeitstelle mit anstrengenden 9 (neun!) Wochenstunden. Diese Stelle teilt sie sich mit drei weiteren hoffnungsfrohen Super-Bachelor-Absolventinnen. Eine andere Karriereversion ist das Antreten eines Referendariats an einer Münchner Grundschule, in dessen Verlauf man mehr Zeit in einer Burnout-Klinik am Chiemsee verbringt als im Unterricht mit den Kindern. Das bayrische Kultusministerium hat bereits im vergangenen Sommer beschlossen, alle Referendariat-Stellen doppelt zu besetzen, um wenigstens einigermaßen den Schulbetrieb an Seminarschulen aufrecht zu erhalten. Stopp! Jetzt hätte ich beinahe etwas vergessen! Fairness muss einfach sein. Das harte Ausleseverfahren an der Uni hatte auch eine äußerst positive Auswirkung, die hier besonders gelobt werden muss. Als 2013 ein verheerendes Hochwasser unser wunderschönes Passau heimgesucht hat, haben alle Studentinnen kräftig mit angepackt und Passau vor dem Untergang bewahrt. Meine Hochachtung! Noch heute sind allen männlichen Helfern die knallengen Worker-Outfits der Jungakademikerinnen in schönster Erinnerung. Liebe Studentinnen, vielen Dank für euren tollen Einsatz vor drei Jahren!

Nun aber zurück zur Konsequenz der beiden geschilderten Karrieren, welche beide zumeist abrupt enden, denn direkt nach dem bestandenen Referendariat oder dem Ablauf der Frist zu einem unbefristeten Arbeitsvertrag ändert sich das weibliche Lebensziel um 180 Grad und sie werden zur Überraschung aller – schwanger!

Und jetzt kann es endlich losgehen mit den wahren weiblichen Zielen der Selbstverwirklichung. Die Aktion Fraumännchen kann beginnen!

All diese Zeilen will ich nicht beenden, ohne den Männern, die noch nicht die vollständige Umerziehung zum Fraumännchen vollendet haben, einen Mustertext eines Ehevertrags an die Hand zu geben, um ein manneswürdiges Leben führen zu können oder einfach nur zu überleben!

Muster-Ehevertrag (Verwendung ausdrücklich erlaubt!)

Hiermit wird zwischen Friedrich Mustermann und Sophie Musterfrau folgendes vereinbart:

Dieser Vertrag gilt vorerst zwei Jahre und verlängert sich erst nach ausdrücklicher beidseitiger Einverständniserklärung, die frühestens einen Monat vor Ablauf der Vertragslaufzeit erfolgen darf. Beide Parteien müssen bei Vertragsabschluss durch Atteste eines Amtsarztes nachweisen, dass sie weder unter Drogen-, Pharmaka- oder Alkoholeinfluss stehen. Jede Vertragspartei verpflichtet sich, drei Bürgen aus dem persönlichen Umfeld zu benennen, die bezeugen, dass sie sich seit mindestens fünf Jahren vor Abschluss des Ehevertrages bei klarem Verstand befinden und auch sonst nicht im gesellschaftlichen Leben auffällig verhielten. Beide Parteien frieren bei einem unabhängigen Bankinstitut 90 % ihres bis dato bestehenden Vermögens ein und bringen nur 10% als Startkapital für ihre Ehe ein.

Herr Mustermann muss folgende Fähigkeiten durch geeignete Zertifikate oder Zeugenaussagen vorweisen:

1) Einen gültigen Führerschein für PKWs und Lieferwagen, damit die Einkäufe bzw. Ikea-Besuche bewerkstelligt werden können.
2) Die eigene persönliche Trag- bzw. Nutzlast muss mindestens 50 kg betragen, damit Streusalz oder Zementsäcke getragen werden können.
3) Der Gehörtest beim Hals-Nasen-Ohrenarzt muss mindestens mit mangelhaft attestiert werden.
4) Die Fähigkeit, täglich mindestens 15 Minuten passiv zuhören zu können, muss gewährleistet sein.
5) Der seit 2014 angebotene VHS-Kurs nach EU Zertifikat ZA0815 zur Erlangung von Basiswissen in der Anfertigung von Komplimenten muss erfolgreich abgeschlossen worden sein.

Frau Mustermann verpflichtet sich folgende Nachweise bis zur Unterschrift des Vertrages vorzuweisen:

1) Der erfolgreiche Abschluss eines achtwöchigen Intensiv-Kurses bei einem Küchenmeister der traditionellen Küche. Ersatzweise wird auch der dreiwöchige Kurs „Alles ohne Ingwer“ bei Starkoch Alfons Schuhbeck als Befähigung akzeptiert.
2) Frau Mustermann akzeptiert, dass jegliche von ihr kreierte Speise von ihr selbst vorgekostet werden muss.
3) Frau Mustermann legt an Eidesstatt eine Erklärung zum Tragen von weiblicher und körperbetonter Kleidung ab.

4) Sie bestätigt, dass es in den letzten 36 Monaten vor Vertragsabschluss zu keinerlei Migräne-Anfällen oder zu starken Kopfschmerzen gekommen ist.
5) Eine Unverträglichkeit mit Wasch- oder Geschirrspülmitteln wird durch beigefügte Atteste ausgeschlossen.
6) Der sexuelle Kontakt zu Herrn Mustermann darf 3,5 Wochentage pro Woche nicht unterschreiten. Frau Mustermann ist berechtigt, sexuelle Offerten von Herrn Mustermann abzulehnen, sollte der Faktor siebenmal pro Woche überschritten werden. Letzter Punkt ist keine Muss- sondern explizit eine Kann-Regelung.
7) Der Haarschnitt von Frau Mustermann muss sich mindestens zu 50 % von Herrn Mustermann unterscheiden, die Kosten dafür hat Herr Mustermann aufzubringen.
8) Die nötige Fachkenntnis zum Betrieb von Haushaltgeräten insbesondere Staubsauger, E-Herde, Waschmaschinen, Trocknern und Mixern sind nachzuweisen. Kenntnisse im Bereich der Mikrowellentechnik sind hingegen nicht von Nöten.
9) Der Nachweis zum Fahren eines Kleinwagens bis zu einer maximalen Länge von 3,50 Meter ist vorzulegen. Dies beinhaltet nicht nur den Besitz eines gültigen EU-Führerscheins, sondern auch den Nachweis einer zusammenhängenden Fahrtenperiode von mindestens sechs Monaten.
10) Der Einsatz von Materialien, die die körperlich Optik erhalten oder verbessern, wird ausdrücklich zugesagt. Darunter fallen die Verwendung von Makeups, Körpercremes, formgebenden Textilien und ermunternden Parfums. Die anfallenden Kosten sind von Herrn Mustermann zu tragen.

P.S.

Sollten Sie, liebe Leser, den Eindruck gewonnen haben, dass ich eine eher ablehnende Haltung gegenüber Frauen vertrete, so muss ich dieser Annahme, hier an dieser Stelle, ausdrücklich widersprechen.

Im Gegenteil: Echte Männer, wie ich, lieben echte Frauen!